GrafiTäter & GrafiTote

Leo P. Ard/Michael Illner: Flotter Dreier - Gemischtes Doppel • *Leo P. Ard/ Reinhard Junge:* Der Witwenschüttler - Meine Niere, deine Niere - Die Waffen des Ekels - Das Ekel schlägt zurück - Bonner Roulette • *Dorothee Becker:* Mord verjährt nicht - Der rankende Tod • *Jacques Berndorf:* Eifel-Sturm - Eifel-Jagd - Eifel-Rallye - Eifel-Feuer - Eifel-Schnee - Eifel-Filz - Eifel-Gold - Eifel-Blues • *Horst Bieber:* Eckhoffs Fall - Kaiserhof • *Horst Eckert:* Finstere Seelen - Aufgeputscht - Bittere Delikatessen - Annas Erbe • *Christoph Güsken:* Pommes Rot-Weiß - Angsthase, Pfeffernase - Spiel's nicht noch mal, Henk - Mörder haben keine Flügel - Schaumschlägers Ende - Bis dann, Schnüffler • *Harald Irnberger:* Ein Krokodil namens Wanda - Das Schweigen der Kurschatten - Geil - Stimmbruch - Richtfest • *Andreas Izquierdo:* Jede Menge Seife - Das Doppeldings - Der Saumord • *Annette Jäckel:* Talk • *Reinhard Junge/Leo P. Ard:* Das Ekel von Datteln • *Reinhard Junge:* Straßenfest - Totes Kreuz - Klassenfahrt • *Jürgen Kehrer:* Vorbildliche Morde - Der Minister und das Mädchen - Irgendwo da draußen - Das Schapdetten-Virus - Das Kappenstein-Projekt - Bären und Bullen - Spinozas Rache - Schuß und Gegenschuß - Wilsberg und die Wiedertäufer - Kein Fall für Wilsberg - Gottesgemüse - In alter Freundschaft - Und die Toten läßt man ruhen • *Agnes Kottmann:* Tote streiken nicht • *Leenders/Bay/Leenders:* Ackermann tanzt - Eulenspiegel - Clara! - Feine Milde - Jenseits von Uedem - Belsazars Ende - Königsschießen • *Fabian Lenk:* Der Gott der Gosse - Mitgefangen, mitgehangen - Schlaf, Kindlein, schlaf - Brandaktuell • *Hartwig Liedtke:* Scharfe Schnitte - Tod auf Rezept - Klinisch tot • *Heike Lischewski/Stefanie Berg:* Bananensplit • *Reiner Nikula:* Tödliches Schach - Ein Stückchen Hirn • *Theo Pointner:* Und du bist weg! - Rechts-Außen - Einer nach dem andern - Scheinheilige Samariter - Tore, Punkte, Doppelmord • *Beate Sauer:* Der Heilige in Deiner Mitte • *Niklaus Schmid:* Der Hundeknochen - Die Wettreise • *Ursula Steck:* Alles im Fluss • *Werner Schmitz:* Auf Teufel komm raus - Dienst nach Vorschuß - Nahtlos braun • *Gabriella Wollenhaupt:* Zu bunt für Grappa - Grappa-Baby - Grappa und die fantastischen Fünf - Killt Grappa! - Grappa und der Wolf - Grappa fängt Feuer - Grappa dreht durch - Grappa macht Theater - Grappas Treibjagd - Grappas Versuchung • *Jan Zweyer:* Siebte Sohle - Alte Genossen - Glück auf, Glück ab

© 1993 by GRAFIT Verlag GmbH
Chemnitzer Str. 31, D-44139 Dortmund
E-Mail: Grafit-Verlag@t-online.de
Internet: http://www.grafit.de
Alle Rechte vorbehalten.
Umschlagzeichnung: Peter Bucker
Druck und Bindearbeiten: Fuldaer Verlagsanstalt
ISBN 3-89425-034-8
7. 8. 9. / 2002 2001 2000 1999

Gabriella Wollenhaupt

GRAPPAS VERSUCHUNG

Kriminalroman

Die Autorin:
Gabriella Wollenhaupt, Jahrgang 1952, arbeitet seit 20 Jahren als Journalistin im Ruhrgebiet, zur Zeit als Hörfunk- und Fernsehredakteurin in Dortmund. Weitere Krimis mit Maria Grappa sollen folgen.

Die Personen:
(in alphabetischer Reihenfolge)

Dr. Arno Asbach, Fraktionschef der Bunten, wandelnder Karriereknick mit erheblichen Webfehlern.

Hajo Brunne, wie alle Fotografen träumt er von blonden Models und viel Geld.

Gregor Gottwald, der Oberbürgermeister. Steckt alle in die Tasche und klebt an seinem Stuhl.

Maria Grappa, Journalistin, immer auf der Suche nach der Wahrheit. Nach mörderischen Erfahrungen muß sie sich mit der Wirklichkeit zufrieden geben.

Kurt und **Lisa Korn**, Bauunternehmer und Bürgermeisterin. Die Kombination der beiden Berufe des Ehepaares führt zu einem millionenschweren Geldsegen.

Richie Mansfeld, jung und tot. Und allen ist es egal.

Michael Muradt, schön und kultiviert. Lügt nur leider ein bißchen viel.

Manfred Poppe, Radiomann mit der schönsten Stimme nördlich des Äquators.

Karl Riesling, Chef des Lokalradios. Erst spät findet er zu seiner wahren Berufung.

Willy Stalinski, Chef der Mehrheitsfraktion. Hat alles und jeden im Griff.

Heinz Strickmann, Staatsanwalt, der Damen gern bei Pannen hilft.

Elfriede Strunk, eine nette alte Dame, die nicht aus ihrer Wohnung ausziehen will und dafür büßen muß.

Die Geschichte spielt in Bierstadt, einer Großstadt im Revier, die nach einer neuen Identität sucht. Fußballverein, Brauereien und Stahl bestimmen aber noch immer das Leben der Menschen, die unter Wohnungsnot und Arbeitslosigkeit leiden. Trotzdem sind die Menschen offen und freundlich und versuchen, ihr Leben zu meistern.

Ähnlichkeiten zwischen real existierenden Personen und den Personen in dieser Geschichte sind rein zufällig, auch wenn sich Übereinstimmungen manchmal geradezu aufdrängen.

Ein ganz gewöhnlicher heimtückischer Mord

Für einen Tag Anfang März war es recht mild. Vier junge Männer verließen das Gasthaus »Zum Stier« gegen 23 Uhr. Einer der vier ging nicht mehr sicher auf seinen Beinen. Die drei anderen paßten auf, daß er nicht hinfiel. Die vier hatten ein Ziel. Sie wollten den dunkelgrünen alten Mercedes erreichen, der um die Ecke im Halteverbot parkte. Behutsam schoben zwei der jungen Männer den dritten auf den hinteren Sitz, so, als hätten sie Angst, daß er sich verletzen könnte. Sie fuhren nicht weit und hielten auf dem Gelände der Universität an. Um diese Zeit war hier niemand — die vielen Autos der Studenten, die tagsüber kreuz und quer parkten, waren verschwunden.

Der Mann am Steuer stoppte und stieg aus. Die anderen beiden zerrten den jungen Mann vom hinteren Sitz ins Freie. Im Schein der Straßenlaterne war zu erkennen, daß der Mann blondes Haar hatte, recht groß war und daß dunkle Streifen vom Haaransatz bis zum Adamsapfel führten. Es sah aus wie Blut, das aus einer Kopfwunde geflossen und eingetrocknet war.

»Gib deine Hände«, forderte einer barsch. Der Blonde rührte sich nicht. Sie drehten ihm die Hände auf den Rücken und fesselten sie mit einem Kabel. Dasselbe geschah mit den Füßen.

Die anderen beiden gaben dem Blonden einen Stoß. Er fiel hin.

Der Fahrer des Wagens stieg ins Auto, setzte etwa 50 Meter zurück, legte den Vorwärtsgang ein und gab Gas. Die beiden sahen ungerührt zu, wie der alte Wagen über den Mann auf dem Boden rollte.

Zehn Meter hinter dem Opfer, das sich noch bewegte und wimmerte, legte der Fahrer mit einem Ruck den Rückwärtsgang ein und fuhr noch einmal langsam über den Körper am Boden.

»Das dürfte reichen«, sagte einer der Zuschauer und zündete sich eine Zigarette an. Er zog gierig an ihr und sie glimmte auf. »Laß uns weg hier«, drängelte er.

Doch der Fahrer schüttelte den Kopf. Er hatte noch nicht genug, er wollte sicher sein. Er öffnete den Kofferraum des alten Wagens, der mit Quietschen aufsprang, und holte ein Abschleppseil heraus. Er band es um die Knöchel des Toten, verknotete es und legte das Ende des Seils um den Abschlepphaken.

Die drei stiegen ein, der Fahrer gab Gas. Der Körper wurde mitgeschleift, überschlug sich ein paar Mal, doch das Seil hielt.

Der Fahrer stoppte und stieg aus. »Jetzt ist er hin«, konstatierte er und drückte seine Zigarette auf dem Boden aus. »Packt mit an!«

Gehorsam stiegen die beiden aus und halfen, den leblosen, blutüberströmten Körper in den Kofferraum zu legen. Dann fuhren sie los in Richtung Norden. Das Auto hielt vor einer Bundesbahnbrücke und die drei schleppten den Körper die Böschung hinauf und legten ihn mitten zwischen die Schienen, so, daß Arme und Beine ausgebreitet auf den Schottersteinen lagen.

Sie hatten eine häufig befahrene Strecke ausgewählt. Hier verkehrten in regelmäßigen Abständen Güterzüge, S-Bahnen und die schnellen Intercitys.

Es dauerte deshalb auch nicht lange, bis ein Zug sein Kommen ankündigte. Einer schaute auf die Uhr. »Pünktlich! Der Intercity Basel-Dortmund.«

Die drei traten etwas zurück. Dann kam der Zug. Mit Tempo 120 überfuhr der Stahlkoloß den Körper des Blonden und zerfetzte ihn.

»Sauerei«, murrte einer der Zuschauer und wischte sich mit einem Taschentuch ein Stück blutiger Masse von der Hose. Die Hand säuberte er notdürftig und leise fluchend an dem Gras, das den Bahndamm spärlich bewuchs.

»So, das wär's«, der Fahrer drehte um und die anderen kletterten mit ihm die Böschung herunter. »Der ist tot, toter geht's nicht.« Die beiden anderen lachten. Es war ein Lachen der Zufriedenheit. Hier war ein Job schnell und ohne Spuren erledigt worden.

»Meine Kehle ist verdammt trocken, ich brauch' ein kühles Blondes.«

»Und ich eine heiße Blonde«, wieherte einer der drei im Dunkeln. »Dann laß' uns hier verschwinden.« Ein paar Augenblicke später lag der Bahndamm wieder verlassen und einsam da. Die Dunkelheit deckte einen Schleier über die blutigen Überreste eines jungen Mannes, dessen Leben mit ganz gewöhnlicher, fast schon alltäglicher Gewalt beendet worden war.

In der Ferne drängelte sich eine Sirene durch die Dunkelheit. Die Bierstädter Feuerwehr war zu einem Einsatz irgendwo in der Stadt ausgerückt.

Drei Gebote des Reporters —
Tarnen, täuschen und verpissen

Das Verhältnis zwischen meinem Chef und mir ist von tiefer, gegenseitiger Achtung geprägt. Er denkt »Achtung!«, wenn er mich sieht und ich denke dasselbe, wenn er mir über den Weg läuft. Ich verließ gerade das Funkhaus, verstaute den Kassettenrecorder im Auto, als er mir entgegenrief: »Nun, Fräulein Grappa, geht's wieder auf Recherche?«

»Frau Grappa bitte, Herr Riesling. Eine Reporterin ist immer auf Achse. Aber, wem sage ich das? Ihre letzte Reportage vor 15 Jahren beeindruckt mich noch heute.«

Ich sah, wie er rot anlief. Er wußte, daß er im Funkhaus »der Schreibtischtäter« genannt wurde. Und er fand das — im Gegensatz zu mir und meinen Kollegen — überhaupt nicht komisch.

Riesling kochte. Doch Schlagfertigkeit war nie seine Stärke gewesen. Er hielt es mehr mit Schüssen aus dem Hinterhalt, die dann einschlugen, wenn sein Opfer an nichts Böses dachte.

Ich wartete ab, was er sagen würde. Denn er würde antworten, das sah ich ihm an. Sein Hals war angeschwollen, seine Mundwinkel zuckten, doch die Worte wollten nicht so recht kommen. Kleine Sprachhemmung. Gar nicht gut für einen Journalisten, den eine schnelle Reaktionsfähigkeit auszeichnen sollte.

Doch bei manchen dauern die Schrecksekunden halt minutenlang. Ich sah ihn amüsiert an. Was würde kommen? Einige Dinge aus seinem mageren Repertoire kannte ich schon.

Na endlich, er hatte eine Antwort gefunden, denn er öffnete den Mund und holte Luft. Ich schaute ihn interessiert an und legte ein mildes Lächeln in meine Züge.

»Sie und arbeiten? Ich kann mich auch noch an die drei Gebote eines Reporters erinnern«, zischte er, »tarnen, täuschen und verpissen ...«

Den Spruch kannte ich wirklich schon. Schade, ich hatte was Neues erwartet. Ich schwieg, denn ich hatte mir vorgenommen, meine manchmal etwas derben Umgangsformen zu verfeinern und nicht in jedes Messer zu laufen, das mir hingehalten wurde. Sollte er mich doch kreuzweise, der Dödel.

Ich winkte ihm nur noch freundlich zu und gab Gas und machte mich auf den Weg. Eigentlich war der Schreibtischtäter kein Problem für mich. Er würde mich in Ruhe lassen, solange ich die Leichen in seinem Keller nicht ans Tageslicht zerrte.

Solange ich ihn zum Beispiel nicht daran erinnern würde, daß er vor fünf Jahren von der Stadt ein preiswertes Grundstück direkt neben einem Naherholungsgebiet erhalten hatte. Ein Grundstück, das sicherlich viele gern gekauft hätten — etwa 800 Quadratmeter für 70000 Mark in allerbester Wohnlage.

Und das in einer Stadt wie Bierstadt , wo Grundstücke in solcher Lage mindestens 250 bis 300 Mark pro Quadratmeter kosten — wenn es sie überhaupt zu kaufen gab.

Er würde mich in Ruhe lassen, solange ich ihn nicht daran erinnern würde, warum er in einer Zeit der hohen Zinsen einen äußerst günstigen Kredit bei der Stadtsparkasse erhalten hatte. Solange ich nicht ausplaudern würde, daß er in keiner seiner bevorzugten Gaststätten in Bierstadt das Portemonnaie rausholen mußte, bevor er ging. Oder — daß Bierstädter Autohäuser ihm seine Autos zu Testzwecken lieferten und er so immer in den neuesten Modellen durchs Städtchen kutschieren konnte. Machte Eindruck bei den Mädels und bei seinen Kumpanen im Rotary-Club, der Mann von Welt mit Haus und Autos und einem Radio-Sender, den er stolz »mein Dampfradio« nannte.

Vor 30 Jahren hatte der Schreibtischtäter noch Sporttabellen ins Reine getippt und war gern gesehener Gast in Ortsvereinsversammlungen und bei Heimatfesten gewesen. Langsam und stetig hatte er sich hochgebuckelt und nun war unsere Redaktion mit ihm gestraft. Ich seufzte tief, während ich mit meinem Auto vom Funkhaushof rollte.

Zwischen dem Schreibtischtäter und mir gab es seit vielen Monaten einen Waffenstillstand. Nicht offiziell vereinbart, sondern unausgesprochen und trotzdem wirksam. Ich hatte außerdem das Gefühl, daß er die Zeit bis zu seiner kurz bevorstehenden Pensionierung möglichst ohne viel Streß bewältigen wollte. Es sei ihm von Herzen gegönnt, dachte ich und war stolz auf meine Großzügigkeit.

Solange ich machen konnte, was ich wollte, würde ich auch keinen Grund haben, ihn an diese Dinge, mit denen er sich sein Leben so bequem eingerichtet hatte, zu erinnern.

Termin in einer Dorfkneipe — ratlos!

Im Gasthaus »Zum Stier« war nicht viel los, noch nicht. Das gelbgetünchte Haus war durch Anbauten quer durch die Jahrzehnte verwinkelt, der Eingang zur Gaststätte lag fast versteckt an der spitzen Seite des Hauses. Die schwere Holztür stammte noch aus Kaiser Wilhelms Zeiten.

Merkwürdig, daß Kneipen immer so schrecklich riechen müssen. Nach Rauch von Zigaretten, nach schalem Bier und den großen Sprüchen, die von betrunkenen Männern jeden Abend hier geklopft wurden.

Ich mußte durch einen engen Gang, bevor ich den Schankraum betreten konnte. Nicht viel los, wie gesagt. Aber es war noch früh. Pulsierendes Bierstädter Kneipenleben gab's sowieso nur im Norden der Stadt und nicht hier in diesem Stadtteil, wo alles noch ländlich-sittlich ablief und in den die Großstadt noch nicht ihre Wunden geschlagen hatte.

Es kam mir merkwürdig vor, daß ein junger, inzwischen dahingeraffter Mann hier verkehrt haben sollte ... weil sie weder eine Diskothek noch eine Szenekneipe für junge Leute war, diese Gaststätte »Zum Stier«.

Ich schaute mich um. Ein Stammgast hob den Blick über den Rand seines Bierglases, als ich zielstrebig zum Tresen marschierte. Den Kassettenrecorder hatte ich erst mal im Auto gelassen, denn manche Leute reagieren allergisch auf das schwarze Ding.

Der Mann hinter dem Glas erwachte langsam. »Was will'en die Frau hier«, lallte er in Richtung Wirt und versuchte sich aufzurichten.

Auf dem Tresen standen noch die ungespülten Gläser von gestern, die Aschenbecher auf den Tischen waren voller Kippen, und aus Richtung Klo zog der zarte Duft von Urinstein in meine Nase. Ich mußte niesen und schüttelte mich.

Miese Atmosphäre, ich haßte solche Kneipen, aber manchmal hatte ich beruflich drin zu tun. Wie jetzt. Ich ging zur Bar. Der Wirt musterte mich schräg. »Bitte?«

»Ein Wasser, ohne Eis und Zitrone.«

»Eis ham wer sowieso nicht.«

»Na prima!« gab ich zurück.

Es klirrte, als er die Flasche auf den Tresen knallte. Dann knallte er noch ein Glas daneben. Ich goß mir ein und setzte die Lippen vorsichtig ans Glas und nippte. Das Wasser war badwarm und schmeckte wie abgekaute Fingernägel.

»Vor zwei Wochen«, begann ich , »soll es hier eine Schlägerei gegeben haben ...«

»Kloppereien gibt's hier immer. Das liegt an der Gegend.«

»Ich dachte, so was liegt eher an den Gästen ... Also konkret: Skinheads gegen einen jungen Mann, blond, einsfünfundachtzig, Typ Gottschalk für Arme.«

Er knurrte. »Ich hab' der Polizei schon alles gesagt. Was wollen Sie noch und wer sind Sie überhaupt, daß Sie hier reinschneien und Fragen stellen?«

»Ich bin vom Lokalradio. Ich mache eine Serie über ungeklärte Mordfälle.«

»Wieso Mord? Der hat sich doch selbst auf die Schienen gelegt. Probleme mit der Freundin, was weiß ich.«

»Also erinnern Sie sich doch?«

»Nix tu ich! Stand doch alles in der Zeitung.« Er kam hinter dem Tresen auf mich zu. »Hören Sie mal, Frollein. Ob der hier war, weiß ich nicht. Kann sein, aber kann auch nich' sein. Ich lass' mir von meinen Gästen nicht den Ausweis zeigen, bevor sie ein Bier kriegen. Kapiert?«

Ich schüttelte den Kopf und versuchte es trotzdem weiter.

»Da sollen noch drei Leute dabei gewesen sein, so hat es einer Ihrer Gäste der Polizei erzählt. Kannten Sie die? Waren die inzwischen wieder da? Die drei Leute, meine ich?«

»Ich weiß nicht, wen Sie meinen. Und ich will es auch nicht wissen. Wir alle müssen mal sterben und jetzt raus.«

Ich wurde wütend. Was bildete sich der Kerl ein? »Hören Sie, so können Sie mit mir nicht umspringen.«

»So?« fragte er und kam ein bißchen näher. »Und wie wollen Sie's gerne haben, junge Frau?« Er nahm das ein, was im Polizeideutsch eine »drohende Haltung« genannt wird.

Ich machte mich abflugfertig und rutschte schnell vom Barstuhl runter. Jetzt mischte sich auch noch der besoffene Gast vom Nebentisch ein, rappelte sich hoch und wollte mich »beschützen«.

»Hömma Heinz, so kannste doch mit 'ner Dame nich' umgehen. Nich, wenn ich dabei bin, da bin ich ganz eigen!« Er torkelte auf uns zu, sich redlich bemühend, den Weg zu finden.

»Setz dich hin, Paul und spiel nicht den Helden«, blaffte ihn Heinz unbeeindruckt an. Das half. Paul setzte sich und spielte nicht den Helden.

Heinz kam noch näher, er stank nach altem Schweiß und frischem Spülmittel. »Wenn Sie mich anfassen, haben Sie in zehn Minuten die Polente da!« drohte ich mit etwas kläglicher Stimme.

»Ach nee. Da schlottere ich ja vor Angst. Und jetzt raus hier und zwar plötzlich.«

Da ich klüger war als Heinz, gab ich nach und trollte mich. Nicht jeder Tag ist ein erfolgreicher. Vorher hatte ich noch locker zwei Mark auf den Bierdeckel gelegt. »Für das Wasser und Ihre Mühe.« Und in der Tür sagte ich: »Bis bald, ich komme wieder.« Auch das schien ihn nicht weiter zu erschrecken, denn er machte Anstalten, mir wieder näher auf den Pelz zu rücken.

Ich sah zu, daß ich in mein Auto kam und gab Gas. Der Wagen knallte vom Bordstein runter. Irgendwann würde ich mir die Achse bei solchen Fluchtmanövern ruinieren.

Die Sache mit dem Toten auf den Schienen war nicht ganz

koscher. Mein Informant im Polizeipräsidium hatte mir etwas von Ungereimtheiten erzählt. Das viele Blut an der Böschung, Hirnmasse im Gras und Schleif- und Reifenspuren. Keiner, der sich verzweifelt vor den Zug schmeißt, haut sich vorher so eins auf den Kopf, daß der Schädel zerspringt.

Das sah nach vertuschtem Mord aus. Und dann die Sache mit den drei Typen. Alles verdammt merkwürdig.

Nachbarn sind wir alle — von Schreibtischtätern und Samaritern

Der Schreibtischtäter war beim Oberbürgermeister von Bierstadt zum Hintergrundgespräch eingeladen, das konnte Stunden dauern. Gregor Gottwald, der Kaiser von Bierstadt, redete gern, und es war ihm irgendwie egal, wer ihm zuhörte. Hauptsache, es war überhaupt jemand da. Er stand auf Kriegsfuß mit den deutschen Fällen, verwechselte »als« und »wie« und »mir« und »mich«, was der Aussagekraft seiner Worte dennoch keinen Abbruch tat. Er wurde von den Bürgern verstanden, denn er sprach wie sie. Ohne Schnörkel und ohne Eiertanz.

Klar, die Gesellschaft »Rettet dem Dativ« hätte ihn gern zum Ehrenmitglied gehabt, und das Finanzamt hätte seinen Mitgliedsbeitrag sicherlich als Weiterbildungskosten anerkannt. Und irgendein »intellektueller Wichser« hatte irgendwann mal die Frage gestellt, ob sich eine aufstrebende strukturgewandelte Stadt einen solchen Mann noch leisten konnte, der bei der Begrüßung einer englischen Delegation munter und unverdrossen in den Ratssaal gedröhnt hatte: »Ei griet ju fromm se bottom of mei hart«.

Die Bürger liebten ihn dafür, denn er tat nicht so, als seien seine Fremdsprachenkenntnisse besser als ihre. Nein, so schnell legte Gregor Gottwald sein Zepter nicht nieder und stieg vom Sockel herunter. Er liebte Macht und Ansehen und manches Vögelchen mit akademischem Abschluß hatte sich in den Leimruten zu Tode gezappelt, die Gregor Gottwald fein säuberlich um seinen Sockel ausgelegt hatte.

Ich zumindest hörte ihn gerne reden. Gregor Gottwald war seit 20 Jahren unser Oberbürgermeister und es hatte einige Zeit gedauert, bis ich mich an seine Art gewöhnt hatte. Und er sich an meine Art, auch über ihn kritisch zu berichten.

Beim Schreibtischtäter lag die Sache anders. Riesling fühlte sich wohl unter Menschen, die was darstellten, die ein Amt oder Geld hatten. Riesling bezog sein eigenes Selbstwertgefühl aus dem Umgang mit der Macht.

Die Hintergrundgespräche im Rathaus fanden in schöner Regelmäßigkeit statt, heraus kam dabei nichts, wenigstens nichts Journalistisches. Kleiner Kaffeeklatsch über Gott und die Welt. Die Rollen waren auch verteilt: Der Oberbürgermeister war Gott, und die Welt war Bierstadt und der Schreibtischtäter der journalistische Statthalter – so glaubte er wenigstens.

Die Arbeit in der Redaktion gestaltete sich heute ruhig. Im Sendestudio nebenan lief gerade die Sendung »Nachbarn sind wir alle«, moderiert vom »Samariter«. Meine »Lieblingssendung«. Hier konnten aufmüpfige Ehefrauen gegen nette Kanarienvögel eingetauscht werden, hier konnten sich ganze Familien neu einkleiden lassen, hier wurden Wohnzimmerschränke, Couchgarnituren und alte Matratzen verschenkt. Aber – hier schwärzten auch gute ordentliche Deutsche ihre schlechten Nachbarn an, hier erzählten neurotische Hausfrauen ihre Alpträume der letzten Nacht. Lebenshilfe live per Telefon.

Die Sendung für die Mühselig' und Beladenen, die Suchenden und die Findenden. Der Samariter, der mit bürgerlichem Namen Manfred Poppe hieß, knapp über 50 war und die schönste Radiostimme in der freien westlichen Welt besaß, nahm grundsätzlich alle Anrufer ernst, denn er war der Mann, der Hilfe und Trost spendete, der die Welt liebte und alle Kreaturen mit ihr.

Jedes Wesen war seiner Meinung nach von Natur aus gut – außer mir natürlich. Denn da ich ihn und sein selbstloses Lebensgefühl nicht ernst nahm und dies auch bei jeder passenden Gelegenheit kund tat, gehörte ich zur anderen Hälfte der Welt, zu denen, deren Leben ohne gute Taten einfach so sinnlos verstrich.

Doch immerhin: Der Samariter gab den Anrufern, die sich meldeten, das Gefühl: »Wir sind gar nicht so beschissen, wie wir uns meistens fühlen und wie man uns sagt, daß wir sind.«

Leider überstand dieses neue Selbstwertgefühl noch nicht mal die Dauer der Sendung, und die lief nur eine Stunde. Und in den Tagen danach wanderten die Altmöbel dann doch auf den Sperrmüll und der junge Mann, der im Radio live versprochen hatte, der alten Dame den Müll herunterzutragen, hatte nach zweimal Tütenschleppen die Nase voll.

»Vielleicht gibt es in Bierstadt einen armen, armen Menschen, der die zehn Jahre alte Schrankwand von Frau Müller aus der Nordstraße noch gebrauchen kann? Rufen Sie uns an ...« und der Samariter gab zum xten Mal die Nummer des Hörertelefons durch.

In der einen Stunde wurden an diesem Tag vier Katzen verschenkt, ein Wellensittich gefunden, zwei Matratzen und die Schrankwand von Frau Müller wechselten den Besitzer.

Der Samariter verabschiedete sich nach getaner Sozialarbeit und kam mit hochrotem Kopf ins Großraumbüro. »Es gibt so viel Not in Bierstadt«, sagte er erregt und blickte mißbilligend auf mich, die ich gerade — dekadent wie ich war — in meiner Lieblings-Gourmet-Zeitschrift mit den total ausgeklügelten Gaumenfreuden blätterte.

»Manfred, hier ist ein italienisches Mandelkuchen-Rezept drin, das zieht dir die Schuhe aus. Eischnee, geriebene Mandeln, Puderzucker und nur 50 Gramm Mehl, danach wird das ganze mit Amaretto getränkt und noch glasiert. Einfach köstlich ...«

Ich sah, wie ihm das Wasser im Mund zusammenlief. Trotz seiner sozialen Aufgabe, der er sich immer wieder mit Inbrunst stellte, war er ein ausgebufftes Schleckermaul, besonders wenn es um Süßes ging. Er war ein genialer Erfinder lockerer Nachtische und seine Petits-Fours erreichten höchste Zustimmungsquoten. Und zwar live, wenn er die Kollegen nach einer gelungenen Backarie am Wochenende mit seinen Köstlichkeiten verwöhnte und die Rezepte mit seiner sonoren Stimme vortrug. Es war für alle ein Genuß: Für die Augen, für die Ohren und für den Gaumen.

»Manfred, ich brauche deine Hilfe«, sprach ich ihn an. »Vor 14 Tagen hat es im Gasthaus 'Zum Stier' eine Schlägerei gegeben. Das Opfer, ein junger Mann, bekommt erst die Hucke voll und wird am anderen Morgen in Einzelteilen neben den Schienen des Intercity Basel-Dortmund gefunden. Die Staatsanwaltschaft glaubt zur Zeit noch an Selbstmord, hat die Leiche dann aber doch kurz vor der Beerdigung beschlagnahmen lassen. Meiner Meinung nach ist er vorher ermordet und dann auf die Schienen gelegt worden, um die Spuren zu vertuschen.«

Er schaute mich angeekelt an. »Und was willst du mit diesen Krawallgeschichten bei mir?« fragte er. Er war inzwischen ganz auf italienischen Mandelkuchen eingestellt, denn er hatte mir mein Gourmet-Heft aus der Hand gerissen, um sich in das Rezept zu vertiefen.

»Deine Sendung hat nun mal die höchste Einschaltquote und ich dachte mir, daß du für mich nach Zeugen suchen könntest ... Ob jemand den Jungen nach der Schlägerei noch irgendwo gesehen hat, vielleicht zusammen mit drei Typen, mit denen er aus der Kneipe wegging. Irgendwas, das mir helfen könnte, ein bißchen zu spekulieren. Die Polizei kommt zur Zeit nicht weiter in der Sache und ich habe, wie gesagt, das Gefühl, daß es kein Selbstmord ist ...«

»Ah ja«, meinte er triumphierend, »dazu ist meine Sendung plötzlich gut genug. Und sonst zerreißt du dir dein Schandmaul darüber ...«

Ich sagte nichts und bemühte mich, eine betroffene Miene zu machen. Doch auch Menschen wie ich hatten ein Recht auf Hilfe. Ich wußte, daß der Samariter mich nicht im Regen stehen lassen würde. »Ich werde nie mehr was schlechtes über deine Sendung sagen«, versprach ich und wir beide wußten, daß ich diesen Vorsatz schnell wieder vergessen haben würde.

»Na gut, erkläre mir die Geschichte und ich frage meine Hörerinnen und Hörer morgen danach. Die Menschen, die du spöttisch als Mühselige und Beladene bezeichnest ...«

Ich schlug betroffen die Augen nieder. Nein, ich war kein guter Mensch! Wo er recht hatte, hatte er recht.

»Danke, Manfred! Du bist der Beste. Ich werde mich bessern!«

Die Töne kannte er. Er grinste mich an und warf einen Blick gen Himmel. Als Wiedergutmachung lieh ich ihm mein Gourmetheft.

Am nächsten Tag überreichte mir der Samariter einen Zettel mit einem Namen und einer Telefonnummer. »Mehr haben sich nicht gemeldet«, meinte er nicht ohne Stolz.

Ich steckte den Zettel ein. Ein Name stand drauf. Nicht viel, aber immerhin besser als gar nichts. »Ich danke dir, Manfred ... — und nimm meine Kommentare über 'Nachbarn sind wir alle' nicht immer so furchtbar tragisch. Du weißt, ich mein' das nicht so.«

»Ich weiß genau, wie du das meinst, Maria. Und du wirst auch nie aufhören, dich über die Sendung lustig zu machen«, lächelte er ein bißchen gekränkt.

»Trotzdem danke.« Und ich nahm mir vor, ihn künftig etwas netter zu behandeln. Ich nahm es mir wirklich ganz ernsthaft vor. Hoffentlich würde es sich mal irgendwie ergeben.

Mord — oder »Die Frau an seiner Seite«

Ich verzichtete dann doch auf einen erneuten Besuch im Gasthaus »Zum Stier«. Der Wirt war derart unangenehm, daß es sowieso nichts gebracht hätte. Fragen an Leute zu stellen, die partout nicht antworten wollen, kostet Zeit und bringt keine Erfolge. Höchstens ein blaues Auge, und darauf kann ich verzichten. 14 Tage hatte es gedauert, bis ich wieder normal aussah, als mir zwei Jungs bei einer Faschisten-Demo die Faust entgegengestreckt hatten. Und im Funkhaus konnte ich damals noch den Spott der anderen ertragen.

Nein, wenn schon Veilchen, dann nur für ganz heiße Stories und die war noch nicht heiß genug. Ich hatte eher das Gefühl, daß sie langsam abkühlte. Und zwar mit jedem Tag mehr. Vielleicht sollte ich die Serie über unaufgeklärte Mordfälle doch fallen lassen. Zuviel Blut und zuviele unangenehme Leute. Die anderen Fälle, die ich mir zusammengesucht hatte aus dem Pressearchiv, lagen teilweise Jahre zurück, waren also noch kälter.

Ich hatte mir alles so schön vorgestellt: Ich würde durch unermüdliche und intelligente Recherchen neue Spuren finden, die zur Ergreifung der Täter führen würden. Mal gucken, wie lange ich meinen Kinderglauben behalte, dachte ich mürrisch.

Die Serie »Die Frau an seiner Seite«, die mir der Schreibtischtäter schon seit Wochen aufs Auge drücken wollte, riß mich allerdings auch nicht vom Hocker. In ihr sollten die Gattinnen bekannter Bierstädter Größen einer uninteressierten Öffentlichkeit nahe gebracht werden. Frau Chefarzt-Gattin, Frau Theaterintendanten-Gattin oder Frau Brauerei-Besitzers-Gattin. Das würde bedeuten, stundenlang für die neusten Ikebana-Kunststücke Interesse zu heucheln oder die Kinderkrankheiten der jeweiligen Bälger durchhecheln zu müssen oder darüber zu reden, wie man dem Herrn Gemahl am nettesten die Pantoffeln nachschleppt ... Nein, dann doch lieber Leichen auf Intercity-Strecken als Prominenten-Ehefrauen! Die Mordserie mußte einfach was werden!

Ich machte einen kleinen Umweg, als ich nach Hause steuerte. Ich fuhr zu der Stelle, an der dieser Richie Mansfeld ums Leben gekommen war. Nichts deutete darauf hin, daß es hier vor zwei Wochen einen ungewöhnlichen Vorfall gegeben hatte, der mit dem Tod eines Menschen endete. Bei der Bahn hatten sie Leute, die die Toten und ihre Überreste von den Gleisen schaffen mußten. Und die restlichen Spuren wurden von Wind und Wetter beseitigt. Warum ich dort hingefahren war? Ich wußte es nicht mehr. Einfach nur mal gucken, vielleicht begreifen wollen, was nicht zu begreifen war, daß hier ein Leben beendet worden war.

Es war ohne Sinn. Ich fuhr die Strecke zu meiner Wohnung. In ihr war es warm und gemütlich. Ich zog mich bequem an und erinnerte mich an den Zettel. Mal schauen, ob die Spur taugte. Wenn nicht, würde ich mich langsam in die Serie »Die Frau an seiner Seite« eindenken müssen. Verdammter Job!

Ich wählte lustlos die Nummer, die der Samariter auf einen kleinen Zettel geschrieben hatte. »Michael Muradt« stand dort. Merkwürdiger Name, klang irgendwie arabisch – auf jeden Fall geheimnisvoll. Ich wählte die Nummer.

»Spreche ich mit Herrn Muradt? Gut. Hier ist Maria Grappa vom Lokalradio«, begann ich meinen Spruch, »ich plane eine Serie über ungeklärte Mordfälle und ich interessiere mich für den Tod von Richie Mansfeld. Sie haben sich in der Sendung gemeldet. Wissen Sie etwas darüber?«

»Nicht am Telefon«, meinte eine mitteltiefe kühle Männerstimme mit einem kleinen S-Fehler, »wir sollten uns treffen.«

»Hören Sie, ich kann mich nicht auf blauen Dunst mit jemandem treffen, den ich nicht kenne. Etwas mehr müssen Sie mir schon sagen, meinen Sie nicht auch?«

»Na gut, Richie Mansfeld war mein Neffe. Und ich bin logischerweise sein Onkel. Reicht das?«

»Ja. Wo treffen wir uns und wann?«

»In einer Stunde. Im Pinocchio.«

Ich kannte das italienische Nobelrestaurant nur vom Hören. »Wieso gerade da? Sind Sie dort Pizza-Bäcker oder essen Sie nur gerne?«

Er lachte und sein Lachen gefiel mir. »Beides falsch. Das Restaurant gehört mir.«

»Gut, ich rufe nur noch einen Freund an und sage ihm, wo ich hingehe.«

»Sie sind wohl besonders vorsichtig.« Wieder dieses Lachen und die leichten Schwierigkeiten bei den S-Lauten. Die Sache gefiel mir. »Ihnen kann nichts passieren, denn mein Restaurant ist stets gut besucht. Klappt es in einer Stunde? Und wenn Sie da sind, dann fragen Sie nach Herrn Muradt.«

Die letzte Anregung hätte er sich sparen können. »Ich werde mich beeilen. Bis dann.«

Ich wusch mir schnell die Haare, zog das kleine Blaue an, das mich zehn Pfund schlanker machte, und die flachen Schuhe, in denen ich prima wegrennen konnte, falls es nötig sein würde. Noch ein Pfund Lippenstift und die großen mexikanischen Ohrringe, die zu meinen Henna-Haaren paßten.

Und die Nase pudern, das war's. Ich konnte mich sehen lassen.

Ich wußte nicht, warum ich mich so in Schale schmiß, denn Menschen mit schönen Stimmen müssen noch lange nicht sympathisch sein. Aber vielleicht war er es doch ...? Ich rief mich energisch zur Ordnung. Meine Affinität für schöne Männer in Hollywood-Klassikern neutralisierte wohl inzwischen meine 15jährigen Erlebnisse in diversen Frauengruppen, in denen ich die Schlechtigkeit und Triebhaftigkeit der Männer nur zur Genüge durch die Erzählungen geschundener Frauen kennengelernt hatte!

Wenn ich mich schon für einen Unbekannten mit kühler Stimme und S-Fehler so rausputzte, war Alarm angesagt. Ich mußte meine Männerverteufelungskurse dringend wiederholen.

Aber — so sagte das Weibchen in mir — wenn der Mann so aussah, wie seine Stimme klang, wollte ich trotz aller Frauenbewegungsideale nicht aussehen wie eine nahe Verwandte des Glöckners von Notre Dame.

Ich gab den Katzen noch eine halbe Dose Futter und machte mich auf den Weg. Der Abend war noch jung und ich fühlte mich gut.

Bierstadt ist nicht Casablanca

Das »Pinocchio« lag mitten in der Stadt und war für seine italienische Küche bekannt. Keine Vorortpizza oder Spaghetti bolognese, sondern erste Sahne mit entsprechenden Preisen.

Ich betrat den Laden. Spiegel an der Wand, Messing und Silber, die Tische in Nischen, so daß niemand sehen konnte, was am Nachbartisch verspeist wurde. Eine leise Musik im Hintergrund und gedämpfte Stimmen.

Hier fehlte zum Glück die dunkle Gemütlichkeit der Bierstädter Restaurants, in denen ich mit dem Kopf an die Korblampe stoße, wenn ich in Richtung »kleine Mädchen« aufstehe. Der Raum war so hell erleuchtet, so wie ich es mag, weil dann ein schmieriges Glas keine Chance hat und ich genau sehen kann, was ich auf dem Teller habe.

»Sind Sie Frau Grappa?« sprach mich ein dünner Kellner in halblautem Tonfall an, »Herr Muradt hat einen Tisch für Sie reserviert. Kommen Sie bitte.«

Er führte mich zu einem Tisch für Zwei. Kristallgläser und Silberbesteck, 925er Sterling. Nobel, nobel! Aber hier klauen die Gäste vermutlich nicht.

Ich musterte das Personal, das die Gäste umschwirrte. Nein, in Kellnerkluft würde der Besitzer wohl kaum ankommen. Mir fiel ein kleiner Dicker auf, der an einer dezent versteckten Kasse saß. Vielleicht war er der Herr mit dem arabisch klingenden Namen und der schönen Stimme. Ich lächelte. Könnte sein, da erwarte ich Rübezahl und wer kommt: Rumpelstilzchen!

Doch der kleine Dicke machte keine Anstalten seinen Hintern zu lupfen und an meinen Tisch zu kommen. Er tippte eifrig Zahlen ein. Ich wartete und nahm eine lässigere Haltung ein.

Jemand stand hinter mir, ich spürte einen leichten Luftzug.»Wie schön, daß Sie gekommen sind ...« Der kleine S-Fehler war nicht zu überhören bei drei S-Lauten in einem Satz. Ich drehte mich um.

Da stand er. Sehr groß, was vermutlich daran lag, daß ich saß. Sehr männlich, was vermutlich daran lag, daß ich zur Zeit etwas entwöhnt war. Sehr überlegen, was vermutlich daran lag, daß ich Naturgewalten schon immer für etwas Schicksalhaftes gehalten habe, gegen die ein normal Sterblicher nicht die geringste Chance hat und die man einfach nur überstehen muß.

Da stand er immer noch — eine Mischung aus Charlton Heston und Winnetou. Wie im Film. Gut ausgeleuchtet. 15 Jahre strenges Training in Frauengruppen waren wie weggeblasen. Meine Hormone jubelten. Meine Knie wurden weich. Mein Magen schlug Purzelbäume. Hier stand er, der Mann, von dem ich immer gern geträumt hätte, wenn ich hätte annehmen können, daß es ihn überhaupt geben würde. Ich hatte es irgendwie geahnt, daß dieser Abend der Auftakt zu einer Menge Schwierigkeiten emotionaler Art sein würde, jammerte ich innerlich und bedauerte mich jetzt schon. Hoffentlich war er verheiratet und hatte einen Stall voll Kinder oder war wenigstens stockschwul.

Ich atmete tief durch und bemühte mich, meiner Stimme einen überlegenen Klang zu geben. Ich war schließlich im Dienst und nicht bei einer Single-Party.

Jetzt drehst du durch, dachte ich. Nur nichts anmerken lassen. Ich setzte mein charmantestes Lächeln auf, zog den Bauch ein und hauchte: »Herr Muradt, wie ich mich freue ...«

Du lieber Himmel, ich sülzte vielleicht einen Quatsch! Schließlich hatte er sich in der Sendung gemeldet, er war der Onkel des Toten und wollte was von mir. Doch meine Ansprache schien ihn nicht zu irritieren. Er war es vermutlich gewohnt, daß sich Frauen freuen, wenn er auftauchte.

»Die Freude ist ganz auf meiner Seite. Ich hoffe, Sie haben noch nicht zu Abend gespeist. Ich habe mir nämlich erlaubt, ein Abendessen für uns zusammenzustellen. Sie mögen die italienische Küche?«

Und wenn er mir Hundefutter angeboten hätte! »Ich bin ein Italien-Fan«, säuselte ich. »Pizza, Spaghetti, Knoblauchbrot ...«

Er schaute mich an wie ein Kind, das am liebsten Fischstäbchen mit Himbeer-Soße ißt. Bei der Erwähnung von Pizza kräuselte er die Stirn in leiser Verachtung.

Seine Stimme klang verzeihend, als er sagte: »Ach ja, Pizza! Ich hatte da an etwas anderes gedacht. Zuerst gibt es 'melanzane riepine di riso', gefüllte Auberginen mit Reis. Danach 'vitello arrosto alla milanese', das ist Kalbsbraten auf Mailänder Art, danach 'tonno al cartoccio', Thunfisch in Alufolie, und über das Dessert sprechen wir später. Als Wein würde ich einen 'Barbera del Monferrato' vorschlagen oder ziehen Sie einen 'Recioto della Valpolicella' vor?«

Er ahnte vermutlich, daß ich nur Chianti und Lambrusco kannte und trug entsprechend dick auf.

Valpolicella, den kannte ich aber auch und ich sagte – ganz 'grande dame': »Ich glaube, der Valpolicella paßt besser zu den weiblichen Hormonen im Kalbsbraten.« Er verstand meine Anspielung auf die zahlreichen vergangenen Fleisch-Skandale nur eingeschränkt, denn er zuckte mit keiner Wimper.

»Wie recht Sie haben«, meinte er überaus höflich und ich wußte nicht, ob er mich veralbern wollte. »Ich hätte selbstverständlich dieselbe Wahl getroffen.«

Er winkte den Kellner heran. »Aperitif und die Vorspeise, Luigi, bitte.«

Ich betrachtete ihn. Ein wirklich schöner Mann. Ein ganzes Ende größer als ich, Mitte 40, scharf geschnittenes Gesicht mit schmalen Lippen. Seine Augen waren dunkel und blickten wahlweise leicht amüsiert oder leicht irritiert. Seine Ohren standen etwas ab, was er geschickt mit dem Haarschnitt kaschierte, der kürzer war, als ich es bei Männern eigentlich mag.

Er hatte schöne schmale Hände ohne Schmuck, also auch ohne Ehering. Aber das hieß ja erst mal überhaupt nichts. Verheiratet wirkte er nicht und schwul? Nein, das konnte ich mir wirklich nicht vorstellen. Die Kühle seiner Stimme paßte zu den Farben seines Anzuges. Ein dunkles mattes monochromes Blau, das Hemd hatte einen Stich ins rosé, die Krawatte war zwar edel, aber ein bißchen langweilig.

Vor mir saß ein Mann, der mir gefiel. Punktum. Und ich mußte aufpassen, daß der heutige Abend nicht den Auftakt zu meiner Rückentwicklung zum Weibchen einläutete.

Seine Umgangsformen schienen tadellos zu sein. Obwohl es ja nur Äußerlichkeiten sind ... ich habe trotzdem was gegen Männer, die mit den Fingern essen und sich anschließend die Fleischbrocken aus den Zähnen bohren, auch wenn das so schön alternativ ist.

Ein Relikt meiner bürgerlichen Erziehung, in der der virtuose Gebrauch der Hummergabel höher eingeschätzt wurde, als beim Kegeln alle Neune umzubolzen.

Ich schnüffelte. Nein, er benutzte kein Rasierwasser oder Herrenparfum. Er schien auch kein Raucher zu sein. Nahezu perfekt. Denn nichts ist ekelhafter, als einem Mann näher zu kommen, aus dessen Poren der Teer tropft, der nicht nach Haut, sondern nach alten Zigarettenkippen riecht.

Der Aperitif riß mich aus meinen Gedanken. Mein trockener Sherry und sein Campari mit Eis standen bereit. Er hob sein Glas.

»Ich habe Sie schon mal im Radio gehört«, stellte er fest.

»Sie machen mich verlegen«, sagte ich und es sollte ironisch klingen.

»Ich weiß, daß Sie klare Worte lieben und das zu Ende führen, was Sie anfangen. Sie lassen niemandem im Interview entkommen, für meinen Geschmack könnten Sie Ihren Stil aber noch etwas verfeinern. Aber es macht Spaß, Ihnen zuzuhören, auch wenn ich den real existierenden Kapitalismus nicht so ablehne, wie Sie es zu tun scheinen. Lassen Sie uns darauf anstoßen, daß unsere Bekanntschaft für beide angenehm und erfolgreich sein wird.«

Endlich ein Minuspunkt: Er hörte sich gerne reden! Genau wie ich. Aber auch ich habe kurze Ansprachen für fast jede Gelegenheit in meinem Repertoire. Ich lächelte süß, hob mein Glas, versuchte, mich in seine Augen zu vertiefen und sprach: »Es freut mich, daß Sie meine Arbeit schätzen. Und ich hoffe, daß Sie mir mit Informationen über das schreckliche Ende Ihres Neffen weiterhelfen können. Daß dieses Treffen in einem so netten Rahmen stattfindet, freut mich besonders. Wenn Ihr Neffe ermordet worden ist, so werde ich das rauskriegen. Auch ich möchte mit Ihnen auf unsere neue Bekanntschaft anstoßen.«

Ich hob mein Glas, schaute ihm noch tiefer in die Augen und wir tranken. Und als der Klavierspieler im hinteren Teil des Restaurants wie auf Kommando anfing, die Tasten zu malträtieren, wartete ich nur auf seinen Satz: »Schau mir in die Augen, Kleines«. Aber, das tat ich ja ohnehin schon. Außerdem hatte der Pianist nicht »As time goes by« sondern die »Love Story« im Programm. Doch Bierstadt war nicht Casablanca. Und ich war nicht Ingrid Bergmann und er hatte auch nicht die geringste Ähnlichkeit mit Humphrey Bogart, denn er sah um Längen besser aus.

Er leerte sein Glas und winkte die Vorspeise heran, mit der Luigi schon wartete. So mit einer ganz legeren fast unsichtbaren Handbewegung, in deren Unmißverständlichkeit etwas Gewalttätiges lag. Etwas, das den geringsten Widerspruch oder eine fahrlässige Nichtbeachtung mit einer saftigen Strafe belegen würde. Der Mann war hart und duldete nicht die geringste Mißachtung seiner Befehle!

Zweiter Minuspunkt also: Super-Macho mit tyrannischem Einschlag. Luigi wieselte mit den Antipasti-Tellern heran. Wir speisten göttlich und ich erfuhr die Geschichte. Die Geschichte von Richie Mansfeld, dem Sohn seiner Schwester, die früh an Krebs gestorben war. Er hatte ihn aufgezogen – oder was er dafür hielt – und auf die Hotelfachschule geschickt, damit er später die Restaurants des Onkels – er besaß noch zwei weitere – übernehmen konnte.

»Doch Richie ging seine eigenen Wege, er entglitt mir«, seufzte Michael Muradt tief und quälte die 'dolce santa brigida' mit seinem silbernen Dessertlöffel, »er vernachlässigte seine Ausbildung, zog aus in ein teures Appartement in City-Nähe. An den Restaurants hatte er auch kein Interesse mehr. Er wollte Spaß im Leben haben, so nannte er das.«

»Und wovon hat er gelebt?« fragte ich. »Wer hat ihm die teure Wohnung bezahlt?«

»Ich habe keine Ahnung. Richie rief mich zwei Tage vor seinem Tod an und erzählte, daß er mich dringend sprechen müsse. Ich hatte aber leider keine Zeit für ihn. Unsere letzten Treffen waren ... sagen wir mal, nicht ganz harmonisch. Ich habe ihm Vorwürfe gemacht, weil er die Ausbildung abgebrochen hatte und sich – so glaubte ich – in schlechter Gesellschaft herumtrieb. Auch sein Äußeres hatte er verändert. Nein, nicht daß er sich vernachlässigt hätte, ganz im Gegenteil. Er kleidete sich teuer und erzählte etwas vom großen Geld, das nicht mehr lange auf sich warten lassen würde. Irgendwas stimmte nicht mit ihm, und ich habe die Chance verpaßt, es zu erfahren und ihm zu helfen. Vielleicht wäre er noch am Leben, wenn ich Zeit für ihn gehabt hätte!«

Muradt seufzte wieder und schien ehrlich betrübt zu sein. Er rührte dabei so an meinen Pflegetrieb, daß ich ihm am liebsten das Taschentuch gereicht, den Kopf getätschelt und das

Händchen gehalten hätte. Als Einstieg in ein längeres Beschäftigungs-Programm mit caritativen Aspekten.

»Das sind doch nur Vermutungen. Hat er denn niemals eine Andeutung gemacht, mal einen Namen genannt?«

Muradt schüttelte den Kopf. »Wir haben uns ja auch nur selten gesehen. Richie war volljährig und hätte sowieso gemacht, was er wollte. Nur zum Schluß, das ist mein Eindruck, schien ihm die Sache über den Kopf zu wachsen. Er wirkte am Telefon nervös und ängstlich ... Und kurze Zeit später erfuhr ich von der Kripo, daß seine Leiche auf den Schienen gefunden worden war.«

»Wieso sollte Richie eigentlich alles erben?« fragte ich, »haben Sie keine eigenen Kinder?«

»Nein, leider nicht. Ich bin noch nicht einmal verheiratet.«

Ich nickte verständnisvoll. »So wie Sie aussehen, kriegen Sie natürlich keine Frau mit, das ist vollkommen klar. Geben Sie doch mal eine Anzeige auf ...«, riet ich ihm. »Oder, es gibt da bei uns eine Sendung, in der armen einsamen Menschen geholfen wird ... soll ich mal ein gutes Wort für Sie einlegen? Wie soll sie denn aussehen, die Frau Ihrer Träume?«

Nein, Ironie war nicht sein Ding. Entweder kapierte er sie nicht oder der Tod seines Neffen hatte ihn unempfänglich für spöttische Töne gemacht.

Er schaute mich mit einem tiefen Ernst an. »Sie haben recht. Nichts ist schwieriger im Leben, als den richtigen Partner zu treffen. Wenn es gar nicht mit mir klappen sollte, werde ich vielleicht doch mal in dieser Sendung anrufen, von der Sie gerade sprachen. Kann ich mir die Frau dann bei Ihnen abholen, oder wie läuft das? Und auch wieder abgeben, wenn es doch nicht die Richtige ist?«

Na also, es ging doch mit dem Humor. »Abgeben geht nicht«, sagte ich, »aber Sie können sie eintauschen, gegen eine Waschmaschine oder ein Dampfbügeleisen.«

Er lachte, langsam stellte er sich auf meinen Stil ein. Dann hob er das Glas und meinte: »Vielleicht ist der heutige Abend der Beginn einer erotischen Glückssträhne?«

»Wieso? Haben Sie heute noch einen Termin?«

»Nein, nur diesen einen. Aber lassen wir das Thema vorläufig beiseite. Hat Ihnen das Essen geschmeckt?«

»Es war göttlich«, schwärmte ich.

»Was haben Sie heute abend noch vor?« wollte er wissen. Er wartete auf meine Antwort und legte mir in der Zwischenzeit seine schmale schöne Hand ohne Ehering auf meine unlackierte, von Katzenkrallen und Kugelschreiberspuren verzierte Rechte. Wenn jetzt die Nummer mit der Briefmarken- oder der Münzsammlung käme, wäre der ganze Abend im Eimer.

»Eigentlich habe ich nichts Konkretes geplant«, sagte ich. »Haben Sie vielleicht einen Vorschlag?«

»Ja, ich habe einen Vorschlag. Lassen Sie uns doch in diese Kneipe gehen, in der Richie zuletzt lebend gesehen wurde. Vielleicht sind die drei Männer zufällig wieder da.«

»Um diese Uhrzeit? Es ist gleich elf!«

»Warum nicht? Lassen Sie uns doch gleich anfangen mit den Ermittlungen. Oder haben Sie Angst, da noch mal hinzugehen?«

»Nicht, wenn Sie mitkommen. Aber ... Sie werden auffallen in diesem Anzug! So ein Teil hat man im 'Stier' noch nie zu Gesicht bekommen!«

»Ach, das stört mich nicht. Sie sehen auch nicht gerade nach Vorstadtkneipe aus. Besser zu gut angezogen, als zu schlecht. Also, gehen wir?«

»Wir können es versuchen. Haben Sie eine Waffe dabei? Der Wirt ist ein bißchen gewalttätig.«

»Lassen wir's doch mal drauf ankommen. Fahren wir mit Ihrem oder mit meinem Wagen?«

»Mit meinem. Ich setze Sie dann hier wieder ab.«

Wer fragt, bekommt eine blutige Nase

Im »Stier« schwappte die Musik aus der Box bis auf die Straße. Eine Luft zum Schneiden, Bierdunst und die Emissionen von uralten Frikadellen. Unser Erscheinen wurde zunächst nicht registriert, zu dicht war der Vorhang aus Nikotin.

Wir klemmten uns in eine freie Lücke am Tresen. Der Wirt versuchte gerade einen Gast zu überzeugen, daß er doch nicht mehr mit dem eigenen Auto nach Hause fahren sollte. Welch eine Fürsorge dieser Bursche an den Tag legte. Mir hätte er fast eine gehauen, als ich nach Richie gefragt hatte.

»Und was jetzt?« fragte ich Muradt. Schließlich hatte er unbedingt hierher gewollt, also konnte er auch die Initiative ergreifen. In dem Augenblick erspähte der Wirt uns. Ich winkte ihm neckisch zu, so, als ob er ein alter Bekannter von mir wäre. Er schaute mich an, als würde er nicht daran glauben wollen, mich zu kennen. Ich winkte ihn heran. Er schlurfte näher. »Fragen stellen Sie aber«, zischte ich Muradt zu.

Doch das brauchte er gar nicht, denn der Stier brüllte gleich los: »Mein Lokal ist kein Auskunftsbüro. Ich habe Ihnen schon mal gesagt, daß ich nichts weiß ...«

»Hören Sie mal«, mischte sich Muradt ein, »es muß doch möglich sein, sich mit Ihnen vernünftig zu unterhalten. Wir wollen Ihnen nichts anhängen, sondern nur wissen, mit wem der junge Mann, nach dem diese junge Dame Sie schon gefragt hat, zuletzt zusammen war. Warum wollen Sie uns nicht helfen? Der Tote war mein Neffe und ich möchte natürlich wissen, warum er einen gewaltsamen Tod sterben mußte.«

Muradts sachliche Ansprache schien zu wirken. »Ich weiß wirklich nichts«, brummte der Wirt. »Gucken Sie sich mal um ... hier ist es jeden Abend rappelvoll. Und da soll ich mir noch merken, wer mit wem spricht und wer mit wem weggeht? Bißchen viel verlangt, oder?«

»War denn der Tote häufiger Gast bei Ihnen?«

»Nee. Das hab' ich der Polizei aber auch schon gesagt. Der war vorher noch nie hier.«

»Und die drei Männer? Sind die noch mal wiedergekommen?«

Der Stier schüttelte den Kopf. Er hatte genug erzählt und seine Gesichtszüge wurden wieder schlaff und er wandte sich ab.

»Kommen Sie, Herr Muradt«, raunte ich ihm zu. »Es ist sinnlos. Entweder, er weiß wirklich nichts, oder er wird nichts sagen. Lassen Sie uns gehen. Ich habe morgen einen harten Tag vor mir und muß ins Bett.«

Muradt packte mich am Ellenbogen und führte mich zur Tür. Einige Gäste guckten uns konsterniert an. So ein Pärchen wie uns hatten sie wohl noch nicht gesehen. Wenigstens nicht in einer solchen Kneipe.

Draußen war die Luft kühl und roch nach Frühling. Ich schloß die Augen und atmete tief durch. Plötzlich sah ich im Augenwinkel eine Gestalt auf uns zukommen. »Achtung!« schrie ich geistesgegenwärtig und versuchte, Muradt zur Seite zu ziehen. Zu spät, denn der Schwinger landete voll in seinem Gesicht. Er stöhnte kurz auf und wollte zurückschlagen, doch die Gestalt rannte weg. Der Kerl war massig und Muradt hätte sowieso keine Chance gehabt, ihn zu erwischen nach diesem Überraschungsangriff.

»Lassen Sie ihn laufen«, sagte ich und hielt ihn an seiner Jacke fest. »Es hat doch keinen Sinn, der schlägt höchstens nochmal zu.«

Ich zerrte ihn unter eine Straßenlaterne. »Sind Sie verletzt?« Ich sah, wie sich eine Blutspur aus seiner Nase in den Kragen schlängelte. Die Lippe war auch aufgeplatzt, der Schläger hatte kurz und gezielt zugelangt.

Muradt holte ein weißes Taschentuch aus der Hosentasche und tupfte vorsichtig die blutenden Stellen ab. Er sagte nichts. Ich hatte den Eindruck, daß es ihm peinlich war, daß sein Äußeres so derangiert worden war. »Kein schönes Ende eines sonst so schönen Abends«, meinte ich trocken, »soll ich Sie ins Krankenhaus fahren oder zu einem Arzt?«

»Soweit kommt das noch«, meinte er wütend. »Ich habe mich schlagen lassen wie ein Anfänger ... es tut mir wirklich leid, Frau Grappa!«

»Wieso tut es Ihnen leid? Sie sind doch vermöbelt worden. Wenn Sie nicht zum Arzt wollen, soll ich Sie zur Polizei fahren? Wollen Sie Anzeige erstatten?«

»Nun hören Sie endlich auf«, wehrte er meine Angebote ab, »eine solch kleine Schramme bringt mich ja wohl nicht um. Am besten setzen Sie mich vor meinem Restaurant ab, dort gibt es einen Erste-Hilfe-Kasten mit Pflaster. Können wir fahren?«

»Sicher. Aber wir fahren zu meiner Wohnung, die liegt näher. Pflaster gibt's auch bei mir. Und ein bißchen Jod habe ich auch da.«

»Ich glaube nicht, daß ich Ihnen das zumuten kann«, meinte er reserviert.

»Du lieber Himmel«, langsam nervte er mich, »natürlich können Sie mir das zumuten. Und wenn das Jod brennt, dürfen Sie auch schreien. Ihrer Männlichkeit wird das ganz bestimmt keinen Abbruch tun und ich werde niemandem verraten, daß Ihnen jemand eine getunkt hat. Recht so?«

Ich zog ihn in Richtung Auto und verfrachtete ihn auf den Beifahrersitz. »Tut's weh?« wollte ich wissen. »Sicher tut es weh. Noch mehr weh tut die Wut, die ich habe. Hätte ich den Kerl nur erwischen können ...«

»Mein Gott, Sie werden schon noch Gelegenheit zur Rache kriegen. Der Angriff zeigt doch nur, daß wir auf dem richtigen Weg sind. Jemand hat beobachtet, daß wir Fragen gestellt haben. Und er wollte Ihnen einen Denkzettel verpassen.«

»Sie haben recht, Maria. Ist es noch weit zu Ihrer Wohnung? Ich könnte einen starken Kaffee brauchen.«

»Wir sind gleich da«, lächelte ich, »und wenn Sie lieb sind, dann zeige ich Ihnen meine Briefmarkensammlung. Oder wäre Ihnen meine Münzsammlung lieber?« Ich prustete los. Er verstand nicht, warum.

»Sie scheinen ja eine prima Laune zu haben.« Etwas gekränkte Männlichkeit war doch noch da.

»Habe ich auch. Es war ein aufregender Abend. Ein Abend, wie schon lange nicht mehr. So, wir sind da.«

In der Wohnung wies ich ihm einen Sessel zu und schaute mir die Bescherung an. Die Nase war etwas geschwollen, schien aber nicht gebrochen zu sein. Die Lippe war aufgerissen. Beides würde seiner Schönheit nur für ein paar Tage Abbruch tun.

»Halb so schlimm, das Ganze. Bald wird man nichts mehr sehen. Jetzt ganz ruhig halten, ich tupfe etwas Jod auf die Lippe.«

Vor Schreck schloß er die Augen. Ich tröpfelte ordentlich drauf und er zuckte mit keiner Wimper. »Na also, da waren Sie aber schön tapfer. Keinen Mucks haben Sie von sich gegeben. Braver Junge!«

»Und was kriege ich als Belohnung? Zeigen Sie mir jetzt ihre Briefmarkensammlung?«

»Der Kaffee ist die Belohnung. Die Briefmarkensammlung ist gerade nicht greifbar, ich habe sie versetzt. Und das mit der Münzsammlung war sowieso gelogen.«

»Sie bringen nicht nur unbescholtene Männer in kriminelle Situationen, sondern Sie lügen auch noch. Machen das eigentlich alle Journalisten so?«

Na also, er hatte sich wieder gefangen. Er sah irgendwie putzig aus mit seiner geschwollenen Nase und dem Pflaster im rechten Mundwinkel. Wir unterhielten uns noch brav über Gott und die Welt und dann bestellte er sich ein Taxi.

Bevor ich einschlief, sagte ich mir noch, daß es wirklich der netteste Abend seit langem gewesen war. Ich hoffte, daß wir uns bald wiedertreffen würden.

»Wir wollen Brot und Rosen«

»Wir wollen Brot und Rosen!« forderten Anfang dieses Jahrhunderts 20000 Hemdblusennäherinnen in New York. Sie waren es leid, schuften zu müssen, Haushalt und Kinder zu versorgen und noch dem Herrn Gemahl eine fröhliche Gefährtin zu sein. Sie kämpften und streikten gegen unmenschliche Arbeitsbedingungen und für gerechte Löhne. Wählen durften sie 1908 auch noch nicht und das in einem Land, das im Jahre 1776 in der »Erklärung der Menschenrechte« in Artikel I verkündet hatte: »Alle Menschen sind von Natur gleichermaßen frei und unabhängig« und in dessen Unabhängigkeitserklärung im selben Jahr geschrieben wurde: »... daß alle Menschen gleich geschaffen sind, daß sie von ihrem Schöpfer mit gewissen unveräußerlichen Rechten ausgestattet sind, daß dazu Leben, Freiheit und das Streben nach Glück gehören ...«

Aus dem Kampf der amerikanischen Frauen, die erst 1920 das Wahlrecht erhielten, war der Internationale Frauentag entstanden, der in jeder Stadt am 8. März gefeiert wird. In Bierstadt geschah dies in der Bürgerhalle des neuen prunkvollen Rathauses, das vor wenigen Jahren für 65 Millionen Mark errichtet worden war — Oberbürgermeister Gregor Gottwald hatte mal wieder seinen Willen durchgesetzt.

Es war soweit. Ich durfte hin und sollte am anderen Morgen einen bunten Bericht abliefern. Kein Problem, auf Wunsch berichtete ich über alles. Zwar hätte ich lieber die Recherchen im Fall Mansfeld intensiviert — aber die Pflicht mußte eben auch erfüllt werden.

Bewaffnet mit Kassettenrecorder trabte ich zur Bürgerhalle. Bürgermeisterin Lisa Korn schüttelte den eingeladenen Frauen im Foyer der Bürgerhalle die Hand. Ihr Lächeln war gequält, ließ jene unbefangene Herzlichkeit vermissen, die ich bei OB Gottwald so mochte. Der fühlte sich unter so vielen Frauen wie der Hahn im Korb und benahm sich auch so.

Ich kam unbemerkt in den Saal, denn ich hatte keine Lust auf Small-Talk mit Frau Korn. Der Saal war voll. Die Tische weiß eingedeckt. Unter der Freitreppe, die zu den Sitzungssälen führte, war eine kleine Bühne aufgebaut. Ich setzte mich an einen freien Tisch und winkte dem Kellner. Er kam näher und ich bestellte ein Glas Sekt. »Das müssen Sie aber selbst bezahlen«, warnte er mich vor. »Die Stadt bezahlt für alle nur das Bier und Limonaden und den Imbiß.«

»Kein Problem, junger Mann«, gab ich gut gelaunt zurück. »Her mit dem Schampus ...«

Ich guckte mich um, langsam füllte sich die Halle. In der Ferne sah ich die Ratsfrau der Bunten, Erika Wurmdobler-Schillemeit, die immer einen guten Kontakt zu den Medien suchte. Hoffentlich kam sie nicht auf die Idee ... Ich hatte es kaum zuende befürchtet, da stand sie schon schnaufend neben meinem Stuhl. »Ist das der Pressetisch oder kann ich mich setzen?« Die acht Stufen der Rathaustreppe hatten ihr hektische Flecken auf den Hals gezaubert.

»Heute gibt es keine Regeln, Frau Wurmdobler-Schillemeit«,

säuselte ich, »wenn Frauen ganz unter sich sind, wir gehen doch einfach anders miteinander um, gell?«

Sie nickte dankbar und ließ ihre 100 Kilo in den nachgeahmten Thonet-Stuhl plumpsen. Ich guckte sie verstohlen an. Ich mochte sie gut leiden, denn ich freue mich immer, wenn ich eine Frau sehe, die dicker ist als ich.

Der Kellner, der recht passabel aussah, brachte den Sekt und goß ein. »Noch einen Wunsch, die Dame?« fragte er und warf seine blonden Locken in den Nacken. Dann schmiß er mir einen galanten Blick zu. Ihm dürfte der Kampf der New Yorker Frauen um Gleichberechtigung schnuppe sein — dachte ich und fragte: »Wie fühlen Sie sich unter so vielen Frauen?« Sicherheitshalber hielt ich ihm dabei das Mikrofon unter die Nase. »Sehr gut«, schwärmte er und rollte mit den Augen, »manche sind ein bißchen alt für mich.«

»Ist ja auch kein Ball der einsamen Herzen, sondern der Frauentag, der internationale«, gab ich zu bedenken. »Ich weiß,« meinte er, »letztes Jahr hab' ich hier auch serviert. Nicht eine Mark Trinkgeld. Und noch Überstunden. Zahlen Sie gleich oder später?« Ich zog einen Zehner für den Piccolo aus dem Geldbeutel und sagte: »Der Rest ist für Sie und bringen Sie gleich noch einen, so in fünf Minuten.«

Erika Wurmdobler-Schillemeits Gesicht hatte durch die Ruhezeit auf dem Stuhl wieder eine normale Farbe angenommen. »Muß man hier selbst bezahlen?« fragte sie und guckte neidisch auf den Schampus. »Nur Sonderwünsche müssen extra gelöhnt werden«, beruhigte ich sie, »alles andere bezahlt Frau Korn.«

»Gut.« Erika Wurmdobler- Schillemeit war erst ein Jahr im Rat; sie war über die Bunte Liste nachgerückt. Von Beruf war sie Krankenschwester in der Bierstädter Nervenklinik, ein Job, der ihre Aussichten, es in der bunten Fraktion lange auszuhalten, unglaublich erhöhte.

»Ich finde es unmöglich, daß heute abend Männer als Kellner hier sind«, nörgelte sie. Dabei hatte ihr der Hübsche doch gerade galant ein Bierchen für lau auf den Tisch gestellt.

»Ach wissen Sie, Frau Wurmdobler«, lenkte ich ein, »Sie sollten das nicht so eng sehen. Betrachten Sie's als ungewollten Beitrag zur Befreiung der Frau. Früher haben Frauen die Männer bedient, heute abend ist es umgekehrt. Außerdem gibt's statistisch gesehen immer noch mehr Frauen, die als Serviererinnen arbeiten, als Männer. Und ich finde, daß man Männern den Zugang zu Frauenberufen nicht auch noch erschweren sollte.«

Erika Wurmdobler-Schillemeit kam ins Grübeln. Dann begann die Veranstaltung.

Das angekündigte Programm war eine Mischung aus Volksfest, Schulkonferenz, Ortsvereinsversammlung und Gerichtsverhandlung. 300 weibliche Wesen bei Musik und Gespräch fast »ganz unter sich«. In meinem Rücken hoben plötzlich vier Frauen eine Flöte und fingen an zu blasen. Im Programm hieß das: »Musikalischer Einklang«. Na ja, warum auch nicht, Flötespielen ist ja schließlich nicht verboten.

Ich zielte mit dem Mikro auf die Bläserinnen und prüfte über die Kopfhörer die Qualität meiner Aufnahme. Bißchen hohl klang es schon, eher wie aus einer Leichenhalle, und das Schmatzen von Erika Wurmdobler-Schillemeit war zwischen den barocken Flötentönen rhythmisch eingeklinkt. Inzwischen hatte es nämlich eine Platte mit abgezählten Schnittchen für jeden Tisch gegeben.

Dann trat Bürgermeisterin Lisa Korn zum Pult. Nach Begrüßungs-Elogen und der Verlesung von Grußadressen von bekannten Menschen, die heute abend leider nicht mit uns Mädels feiern konnten, ging's dann ans »Eingemachte«. Da wurde die Wichtigkeit von Frauen in der Politik betont, die Kriege und Menschheitskatastrophen verhindert hätten, da wurden Rechte eingefordert und Mißstände angeprangert. Tausendmal gehört und tausendmal ist nix passiert...

Lisa Korn sprach mit einer dünnen leblosen Stimme ohne Höhen und Tiefen und ohne Betonung. Es muß ja nicht jeder ein Cicero sein, aber ein bißchen Schwung hätte schon sein dürfen. Politiker sollten, bevor sie öffentlich reden, zu einer Sprecherziehung geschickt werden!

Die Rede war aus und die Bürgermeisterin schritt danach

wie eine Königin durch die Tischreihen, gefolgt von ihren »Hofschranzen«: ihrer Referentin, der Vorsitzenden der Gleichstellungskommission des Rates und zwei weiteren Frauen der Mehrheitsfraktion. Immer auf der Jagd nach O-Tönen mischte ich mich mit startbereitem Mikro in die Damen-Riege. Prima, Lisa Korn schritt auf den Tisch mit Ausländerinnen zu. Das wär doch was, Dialog zwischen der Bürgermeisterin und ausländischen Mitbürgerinnen. In den Zeiten zunehmender Ausländerfeindlichkeit könnte sie hier »Zeichen setzen«.

Ich pirschte mich ran und bekam folgenden Dialog auf die Audiokassette:
»Guten Abend, Sind Sie Ausländerinnen?«
»Ja.«
»Und woher kommen Sie?«
»Aus Bierstadt.«
»Nein, ich meine ursprünglich ...«
»Aus Spanien.«
»Aus Spanien. Das ist aber schön. Und ... fühlen Sie sich wohl in Bierstadt?«
»Ja, eigentlich schon.«
»Das ist aber schön. Und ... wann wollen Sie wieder zurück?«
Schweigen. »Oder wollen Sie gar nicht wieder zurück?«
»Mal sehen, ich weiß noch nicht.«
»Wie schön. Ich wünsche Ihnen noch einen schönen Abend und alles Gute.«
Und weiter ging's zum nächsten Tisch. Die Vorsitzende der Gleichstellungskommission des Rates kniff mir ein Auge zu. Ich kniff zurück. Irgendwie schwierig, der Dialog zwischen Frauen — dachten wir beide vermutlich gleichzeitig. Ich fragte die Spanierin, die geantwortet hatte, nach ihrem Namen. Sie hieß Ines Müller und promovierte gerade an der Universität über die englische Gewerkschaftsbewegung.

In meinem Rücken zückte das Flötenquartett wieder die Instrumente. Ich betätigte meinen Kassettenrecorder, um noch mal etwas Musik aufzunehmen. Erika Wurmdobler-Schillemeit aß nicht mehr, denn die Platte war spiegelblank. Nur ein krauses Zweiglein Petersilie vereinsamte dort.

»Und ... hat's geschmeckt?« konnte ich mir nicht verkneifen zu fragen. Sie nickte zufrieden mit Kinn und Kinneskinn.

Der hübsche Kellner schleppte noch ein Bier heran. Die Mädels an den Flöten taten derweil ihr Bestes und trafen die Töne immer präziser.

»Wie hat Ihnen die Rede von Frau Korn gefallen?« wollte ich von der Bunten wissen. »Eigentlich ganz gut«, meinte sie und wischte sich den Bierschaum von den Lippen.

»Und die Veranstaltung allgemein?«

Da war sie überfordert.

»Sagen Sie's mir vor dem Mikro.« forderte ich sie auf. Dafür, daß sie mir die Schnittchen weggegessen hatte, konnte sie sich wenigstens mit einem O-Ton revanchieren.

Doch sie wollte nicht, weil ihr Medienauftritt nicht mit der Fraktion abgestimmt war. »Unser Fraktionsvorsitzender hat das nicht so gern«, vertraute sie mir an.

»Na und? Lassen Sie sich doch von Dr. Asbach nicht so gängeln ... heute ist doch der Kampftag der Frauen.«

Ohne Erfolg. Die Angst vor Dr. Arno Asbach war größer. 100 Jahre Befreiungskampf hatten wir Mädels zwar hinter uns, doch ausgestanden war die Sache noch lange nicht.

Der Champagner war zu trocken

Sie hatte den Tisch gedeckt und wartete. Sie hatte schon so oft gewartet. Nicht ungeduldig, sondern gefaßt, wohl wissend, daß es spät werden konnte. Viertel nach acht, bisher wartete sie nur eine Viertel Stunde. Auch wenn sie warten mußte, bisher war er immer wieder zu ihr zurückgekommen.

Mit Blumen meist und einer Ausrede. Während er sich in Wahrheit mit irgendeinem blonden Flittchen im Bett gewälzt hatte.

»Schatz, da war noch ein wichtiger Anruf, geschäftlich natürlich.« Das Wort »geschäftlich« betonte er immer, seit dem sie einmal den Verdacht geäußert hatte, er hätte eine Geliebte.

Sie wußte schon lange, daß er sie betrog. Es war ihr egal, oder doch nicht? Am meisten machte sie wütend, wenn der Parfumgeruch seiner Weiber an ihm hing und er ihn mit zu ihr brachte.

In dieses schöne, große Haus, das schließlich von ihrem Geld bezahlt worden war. Sie hatte die Möbel ausgesucht und die Farbe der Tapeten bestimmt. Alles war ein Teil von ihr, in dem fremde billige Gerüche nichts zu suchen hatten.

Sie ging ins Bad, um sich — zum wievielten Male eigentlich? — die Hände zu waschen. Ihr Blick fiel auf ihr eigenes Spiegelbild. Für 46 konnte sie sich sehen lassen. Das Haar war zwar neuerdings gefärbt, aber in einem natürlichen Honigblond. Sie benutzte kein Make-up, nur Lippenstift und etwas Lidschatten. Sie war nie eine Schönheit gewesen, auch als junges Mädchen nicht.

Ihr Vater hatte — als Zeichen seiner guten Laune — »Klößchen« zu ihr gesagt, was sich weniger auf ihr Körpergewicht bezog, als auf ihre Art, sich zu bewegen. Sie trat mit dem ganzen Fuß auf, wenn sie ging und das gab ihr den plumpen Gang eines watschelnden Schwans.

Warum sie, die Tochter aus gutem Hause, immer an die falschen Männer geraten war? Immer waren sie eine Spur zu brutal, zu rücksichtslos, zu hart, zu verschlagen. Sie kannte nicht die gebildeten, die zärtlichen, die humorvollen. Hatte sich — wenn sie ehrlich war, aber auch nie für sie interessiert.

Die Männer, die sie in ihrem Leben getroffen hatte, hatten sie nur ausgenutzt und zum Narren gehalten. Weil sie nicht schön, sondern nur reich war.

Sie hatte gehofft, daß es bei ihm anders sein würde. Denn er kam aus kleinen Verhältnissen, hatte sich aus eigener Kraft hochgearbeitet, auch wenn sie ihn finanziell unterstützt hatte. Er machte wenigstens was aus ihrem Geld und das kam ihr schließlich auch zugute. Sie hatte ein politisches Amt angestrebt und errungen, weil er es wollte und es ihm bei seinen Geschäften in Bierstadt zugute kam.

Er wollte gesellschaftliche Anerkennung, er hatte sie durch sie bekommen. Sie hatte ihm jeden Gefallen getan und gehofft, daß außer Dankbarkeit noch Zuneigung entstehen könnte. Sie hatte beides nicht bekommen.

Gefühle waren bei ihm nie dabei gewesen. Bei ihr schon und nicht nur ganz am Anfang. Inzwischen hielt er es kaum noch aus, zu zweit, allein mit ihr. Immer wenn er bei ihr war, hatte sie das Gefühl, er sei auf dem Sprung. Daß er auf einen Anruf hoffte, der ihn von ihr wegholte.

Noch im Bad hörte sie, wie die Haustür aufging und er den Flur entlang kam. »Hallo, Liebling!« lächelte er, »da war noch ein geschäftlicher Anruf. Aber jetzt gehört der Abend uns.«

Sie lächelte und wollte ihn umarmen. Doch der süße, fremde Parfumgeruch ließ sie sich wieder abwenden. Und auch er hatte sich schon wieder umgedreht. »Ist der Champagner kalt?« fragte er und öffnete den Kühlschrank. »Jetzt trinken wir auf unseren großen geschäftlichen Erfolg. Die Sache mit den Wohnungen im Norden habe ich heute erfolgreich abgeschlossen und die Abbruchgenehmigung dürfte nur noch ein Klacks sein.«

Gekonnt entkorkte er die Flasche und ließ die Flüssigkeit in die Kelche gleiten. »Oh, etwas Kork«, er wandte sich ab und ging zum Spülstein.

Sie sah, daß er ein Päckchen aus der Anzugtasche zog, es vorsichtig aufriß und den Inhalt in das Glas gleiten ließ. Sie rührte sich nicht. Er kam auf sie zu und reichte ihr den Kelch. »Auf uns«, lächelte er und hob das Glas. Seine Augen lächelten nicht, sondern warteten. Warteten darauf, daß sie endlich das Glas zum Mund erhob.

»Auf uns«, sagte sie leise und trank. Der Champagner schmeckte so wie immer ... vielleicht war er eine Spur trockener, als gewöhnlich. Sie nahm noch einen Schluck, um die Erfahrung eines neuen Geschmacks in dem Champagner voll auszukosten.

Schwarze Musik für Lisa Korn

Lisa Korn war Mitte vierzig und wurde auch nicht wesentlich älter. Sie wurde tot in ihrer Wohnung gefunden. Die Bürgermeisterin hatte am Tag nach dem Frauenempfang noch einer 105jährigen zum Geburtstag gratuliert, ihr weiterhin gutes Gelingen gewünscht und ihr einen Blumenstrauß im Namen der Kommune Bierstadt überreicht. Radio Bierstadt war dabei. Denn bei solch sensationellen Ereignissen hatten wir unser Mikrofon immer am Puls unserer Stadt.

»Wie wird man denn so alt wie Sie, Frau Meininghaus? Haben Sie ein besonderes Rezept?«

Die Greisin hatte sie nur verständnislos-mümmelnd angeguckt. Nun war sie 105 geworden, hatte zwei Weltkriege überlebt und mußte jetzt noch diese Gratulationscour über sich ergehen lassen! Sie ahnte natürlich nicht, daß Lisa Korn noch vor ihr »den Löffel abgeben« würde. Es war ihr vermutlich auch schnuppe.

Lisa Korns Todesursache schien mysteriös zu sein, denn die Staatsanwaltschaft verhängte ein paar Stunden lang eine Nachrichtensperre und bestätigte lediglich, daß die Bürgermeisterin tot sei.

Der Schreibtischtäter schrieb höchstselbst einen Nachruf aus dem hohlen Bauch, simulierte tiefe Betroffenheit und würdigte die Leistungen der Toten. Was unter dem letzten genau zu verstehen war, wurde zwar nicht klar, aber warum auch. Die Stadt war schockiert, besonders, weil niemand wußte, wie das alles passiert war.

Nach dem Nachruf im Radio legte der Techniker die sogenannte »schwarze Musik« auf, die für finstere Anlässe im Sendestudio immer bereit lag. Schließlich konnte an eine so traurige Meldung, die der Tod eines Menschen ja immer ist, nicht irgendein seichter Disko-Titel drangeknallt werden, in dem eine Sängerin nach ihrem Liebsten gröhlt.

Mir war sie nie sehr sympathisch gewesen, die tote Bürgermeisterin. Und das hatte ich sie auch in meinen Berichten manchmal spüren lassen. Jetzt tat es mir fast leid, wer weiß, welche Probleme die Frau hatte, daß sie gestorben war. Nach dem Verhalten der Staatsanwaltschaft sah das Ganze für mich wie Selbstmord aus.

Was hatte mich eigentlich an ihr gestört? Daß sie Karriere durch die richtige Parteizugehörigkeit gemacht hatte? Als diese Partei ihre Frauenquote erfüllen mußte, suchte man diese Frau aus. Doch — nicht das allein war es gewesen. Sie wirkte bei allem, was sie tat, in der Öffentlichkeit merkwürdig kalt und uninteressiert. Sie war nicht herzlich und die Menschen, die ihr begegneten, merkten, daß sie sich nicht wirklich für sie interessierte.

Ich hatte ihr vielleicht unrecht getan. Sie hatte immer im Schatten von Gregor Gottwald, dem Oberbürgermeister, gestanden, und der trat ihr auch nur die Repräsentationstermine ab, zu denen er keine Lust hatte. Sie kümmerte politisch ein bißchen vor sich hin und entwickelte auch keine eigenen Initiativen, um aus dem Amt etwas zu machen. Auch wenn sie die Ratssitzungen leitete, kannte sie zwar die Formalien, konnte die Ratsvertreter aber nicht für Dinge begeistern oder mal hart zupacken, wenn der Teufel los war.

Gregor Gottwald bollerte zum Beispiel los, wenn der Fraktionschef der Bunten, Dr. Arno Asbach, seine psychischen Probleme mal wieder mit Verbalinjurien während der Ratssitzung lösen wollte. Sie ließ ihn dagegen gewähren. War hilflos gegen alles Unvorhergesehene, das außerhalb der ausgetretenen Pfade passierte.

Doch am meisten hatte mich bei Lisa Korn ihr Ehemann gestört. Ich kannte ihn persönlich nicht, doch ich hatte einiges über ihn gehört. Seine Karriere nahm plötzlich einen kometenhaften Aufschwung, seitdem seine Frau das politische Amt hatte.

Er baute plötzlich Häuser in Bierstadt wie verrückt. Wußte immer vor den anderen, welche Grundstücke als Bauland ausgewiesen würden und konnte entsprechend günstig kaufen und entsprechend günstig verkaufen. Und wenn ein Projekt ausgeschrieben wurde, war er grundsätzlich billiger als alle Mitbewerber.

Das hatte schon zu Anfragen der Bunten im Rat geführt, doch nie hatte jemand beweisen können, daß Kurt Korn gegenüber seinen Mitkonkurrenten einen erheblichen Vorsprung besaß. Und wenn die Anfragen im Stadtparlament zu dreist wurden, bügelte man sie ab. Denn Lisa Korns Partei hatte schließlich die satte Mehrheit im Bierstädter Rathaus. Und Fraktionschef Willy Stalinski ließ sich von ein paar wildgewordenen Bunten nicht in die Suppe spucken.

So hatte es Kurt Korn innerhalb von drei Jahren zu einem mittleren Imperium gebracht. Und Experten rechneten damit, daß er in weiteren fünf Jahren der größte regionale Bauunternehmer sein würde.

Endlich hatte das Warten ein Ende. Die Staatsanwaltschaft gab — vorbehaltlich der Obduktion — bekannt, daß Lisa Korn Selbstmord begangen hatte, vermutlich mit Schlafmitteln. Ein Abschiedsbrief lag nach den ersten Ermittlungen nicht vor.

Ich wollte mehr wissen, als in dem Fernschreiben stand und wählte die Nummer der Staatsanwaltschaft. Staatsanwalt Heinz Strickmann verwies mich auf die Pressekonferenz zum Todesfall Lisa Korn, an der natürlich der Schreibtischtäter teilnahm, im Schlepptau den Samariter, der einen adäquaten Bericht fürs Lokalradio verfassen sollte. Ich war aus der Sache raus und bereitete mich auf die Moderation der Sendung »Domina« vor, der Sendung mit den knallharten Themen aus den Bierstädter Vororten: Einbruch in ein Kleingartenheim, Schäferhund reißt junges Reh im Streichelzoo, Sprüher in der U-Bahn, Zusammenstoß zwischen Straßenbahn und Kinderwagen und ein Live-Interview mit dem Vorsitzenden des Bierstädter Schwimmverbandes zum Thema: »Macht Schwimmen schlank?«

Das war Bierstädter Leben live. Zwischen die Musiken streute ich meist ein paar kleine bunte Zwischenmoderatiönchen ein und die Leute am Radio hatten ihren Spaß. Hoffte ich wenigstens. Domina — die lieben Kollegen nannten sie »Die Sendung mit der Peitsche«. Na gut, ab und zu ging ich mal etwas härter mit meinen Interviewpartnern um, besonders wenn sie sich hinter Worthülsen verkrochen und auch auf mehrfache Nachfrage nicht antworten wollten.

Trotzdem haben sich bisher alle nach einem Interview bei mir bedankt — weil sie wieder wegdurften.

Zwei Leichen live —
oder »qui tollis peccata mundi«

Der Hauptfriedhof lag im Nebel, der so dicht war, daß die Geräusche der in langen Reihen vorbeiziehenden Autos auf der Bundesstraße 1 nur kaum zu hören waren. Der Frühlingstag war verhangen und feucht, das neue Grün der Eiben und Fichten trieb durch und ein einsamer Amselmann balzte sein Weibchen in den schönsten Tönen an.

Ich mochte Beerdigungen nicht, sie waren deprimierend und manchmal unehrlich. Da wird von lieben Entschlafenen gefaselt und zur gleichen Zeit schlagen sich die lieben Hinterbliebenen ums Erbe.

Ich schlenderte die Kieswege entlang und las die Namen auf den Grabsteinen. Da gab es die einfachen Gräber, wo nur eine oder zwei Personen lagen, aber auch hochherrschaftliche Familiengruften mit teuren Grabsteinen, Statuetten und sogar Marmorengel, die den Blick gottergeben zum Himmel richteten.

Die frischen Gräber waren mit Unmengen von Kränzen bedeckt, die alle von Floristen stammen mußten, die denselben Lehrmeister hatten. Auch die Sprüche ähnelten sich: »Wir werden dich nie vergessen«, oder »Die Trauer ist unser« oder gar — für Altsprachler »qui tollis peccata mundi.«

Es raschelte hinter mir. Der Nebel war inzwischen so dicht, daß ich nichts mehr sehen konnte. Instinktiv packte ich meine Handtasche fester. Ein Mann kam auf mich zu. »Hallo, Maria ...«

Ich atmete durch. »Ach, du bist es, Hajo!« Ich war beruhigt. »Was machst du hier?«

»Ich soll das Begräbnis von Lisa Korn fotografieren. Großer Bahnhof mit vielen Promis und Blasorchester. Kommst du nicht mit?«

Ich schüttelte den Kopf. »Nein, ich habe hier einen anderen Termin.«

»Termin? Konspiratives Treffen mit Geheimagenten auf dem Friedhof. Jeder von ihnen als Grabstein getarnt.« Hajos Phantasie hatte ihn noch nie im Stich gelassen. »Genau, Süßer. Geh du schön zu Frau Korn und laß mich zum Geheimtreffen. Aber folge mir nicht — wir werden beobachtet.«

»Dann mach's besser. Ich ruf dich mal an«, meinte er noch und winkte mir zu.

»Wenn du willst. Tschüs, Hajo.«

Ich sah dem langen blonden Schlaks nach, wie er, seine Fototasche auf dem Buckel, im Nebel verschwand.

Ich bog ab und fand die Stelle, an der heute die Einzelteile von Richie Mansfeld der Erde übergeben werden sollten. Die Staatsanwaltschaft hatte die Leiche freigegeben, die Ermittlungen hatten zu nichts außer Selbstmord geführt. Bißchen viel Selbstmord die letzten Tage, dachte ich.

In der Ferne hörte ich das Blasorchester spielen, zu Ehren von Lisa Korn, der Bürgermeisterin. Es klang wie ein fernes Rauschen, in dem die dunklen Töne stärker zu hören waren, als die hellen. Es war schließlich Nebel.

Nur Michael Muradt und die Sargträger standen an dem Grab. Er drückte mir fest die Hand und hielt sie eine Weile. Obwohl ich fröstelte, merkte ich doch, wie mir ein warmer Schauer von der Taille bis zum Nackenwirbel rann.

Wir sprachen nicht viel und die Beerdigung ging unfeierlich über die Bühne. Als alles zuende war, hatte sich der Himmel noch mehr zugezogen. Noch nicht einmal die Amsel sang mehr.

Muradt lud mich zum Mittagessen ein und langsam besserte sich meine Stimmung. Außerdem sah ich die Möglichkeit, mehr über Richie Mansfelds Tod zu erfahren.

»Warum nur«, fragte ich, »war Richie so nervös und ängstlich kurz vor seinem Tod? Und wovon hat er gelebt? Wenn wir das wissen, sind wir auf der richtigen Spur. Hatte er keine Freunde oder eine Freundin?«

»Ich habe keine Ahnung. Erst jetzt wird mir klar, daß ich mich nicht genug um ihn gekümmert habe. Ich weiß nicht viel über ihn. Die einzige Information, die er mir bei unserem letzten Telefongespräch gegeben hat, war die, daß er Urlaub machen wollte, in Teneriffa. Ich kann mich daran erinnern, weil ein Bekannter von mir dort eine Finca hat und ich auch ein paar Mal dort war. Ich gab ihm noch den Tip, lieber in den Norden der Insel zu fahren. Denn dort ist die Landschaft schöner als im Süden.«

»Hat er gesagt, mit wem er hin will?«

»Ich erinnere mich nicht, nein. Doch irgendwie hatte ich den Eindruck, daß er mit einer ganzen Gruppe junger Leute dorthin fahren wollte.«

Ich grübelte. »Bringt sich ein junger Mann um, der einen Urlaub plant, der seinen Job gewechselt hat und dem es offenbar finanziell nicht schlecht geht?«

Muradt guckte nachdenklich und wartete ab.

»Sind Sie schon in seiner Wohnung gewesen? Vielleicht gibt es dort Spuren oder Anhaltspunkte?«

»Die Hausverwaltung will mir in den nächsten Tagen einen Schlüssel aushändigen. Bei Richie wurde keiner gefunden. Vermutlich verloren gegangen ...«

Ich war mir da nicht so sicher.

»Vielleicht haben die Typen bei der Schlägerei im 'Stier' den Schlüssel genommen ... Dann waren die auch schon in der Wohnung ...«

»Ich habe die Hausverwaltung gebeten, die Tür von außen zu verriegeln, so lange, bis ich den Schlüssel habe.«

»Na ja, für einen Einbrecher dürfte das ja kein Hindernis sein. Ich frage mich, warum Sie nicht schon längst dort gewesen sind ... um nach Erklärungen zu suchen. Oder Beweisen, oder vielleicht nach einem Abschiedsbrief ...«

Er fühlte sich angegriffen und meinte, sich verteidigen zu müssen: »Nach einem Abschiedsbrief hat die Polizei doch längst gesucht, auch in Richies Wohnung. Gefunden wurde nichts. Warum sollte ich also dort hingehen? Ich bin doch bis vor kurzem auch von Selbstmord ausgegangen. Bis ich zufällig Ihren Aufruf im Radio hörte. Erst da kamen mir Zweifel. Erst da überlegte ich mir, daß es wirklich einige Ungereimtheiten gegeben hatte. Außerdem war ich terminlich angespannt. Glauben Sie wirklich, daß irgendwelche Beweise in seiner Wohnung sind?«

»Kommt drauf an, was man für einen Beweis hält. Kontoauszüge, Fotos, Rechnungen, zum Beispiel, die sind immer interessant. Briefe, persönliche Dinge eben.«

»So habe ich das bisher nicht gesehen. Sie recherchieren also weiter?«

»Sicher. Meine Serie über mysteriöse Todesfälle habe ich noch nicht aufgegeben. Die scheinen sich in unserem netten Bierstadt übrigens zu häufen. Ich meine damit den Tod der Bürgermeisterin Lisa Korn. Offiziell auch ein Selbstmord. Aber wer weiß? Vielleicht taucht die auch mal in meiner Serie auf. Kannten Sie Frau Korn eigentlich?«

Er zögerte, zu antworten. Dann meinte er vorsichtig und ohne den Blick von mir zu lassen: »Sie kannte ich nur flüchtig. Aber ihr Mann Kurt Korn ist mir bekannt.«

»Ach ja? Ist er wirklich so ein widerlicher Kerl, wie es heißt?«

»Was heißt widerlich? Er ist als Geschäftsmann sehr erfolgreich und macht Millionenumsätze im Jahr.«

»Deshalb kann er doch ein Widerling sein, oder? Viel Geld macht noch lange nicht sympathisch!«

»Privat weiß ich nichts über Korn. Ich habe ihn nur ein paar Mal gesehen, wenn er mit Geschäftsfreunden in meinen Restaurants gegessen hat.«

»Vielleicht hat er ja seine Frau umgebracht«, sinnierte ich, »und wenn ich das rauskriege, dann ist das eine Bombenstory ...«

»Jetzt geht aber Ihre Phantasie mit Ihnen durch«, lächelte er und hatte gleichzeitig eine gewisse Schärfe in seinem Ton. »Man sollte nicht leichtfertig über einen Menschen so etwas sagen, auch wenn es nur so dahingeredet ist ...«

Hoppla. Die Verbindungen zu Korn waren wohl doch nicht so unpersönlich. Er sagte offenbar nicht ganz die Wahrheit, wahrscheinlich hatte er Angst, daß ich ihn für eine Story aushorchen wollte.

Die Stimmung war hin und wir beendeten unser Mittagessen. Wir verabschiedeten uns, ohne über ein weiteres Treffen zu reden. Der Rest des Tages verlief ohne weitere Irritationen.

40 Jahre durch die Wüste zum Berg Sinai

Zuhause wandte ich mich meinen beiden Katzen Happy und Miou zu. Die Schäden, die sie angerichtet hatten, waren unerheblich, wenn ich an meine lange Abwesenheit dachte. Happy hatte mein Bett unterwühlt und es sich auf meinem Kopfkissen bequem gemacht, Miou hatte meinen Angora-Pullover ergattert und ein Nest daraus gebaut. Ich gab ihnen ihre Streicheleinheiten und schaute mir eine alte Hollywoodschnulze an.

Ich liebe diese Filme. Große Gefühle von kleinen Leuten, aber in Farbe und vor grandioser Kulisse. Mit meinem Lieblingsschauspieler Charlton Heston als Moses. Er führt sein Volk Israel 40 Jahre durch die Wüste und altert kaum dabei. Lediglich Bart und Haare werden immer länger und weißer, doch der Glanz seiner Augen bleibt. Die Frauen schleppen ihm die Pantoffeln und die Ziegenmilch hinterher, auf daß sich der Herr und Meister wohl fühle und den Kopf frei hat für goldene Kälber und brennende Dornbüsche.

Es reichte. Ich schaltete auf RTL. Liebesgrüße aus der Lederhose — ich roch es fast. Billig-Produktionen, seriöse Stars von heute als Porno-Darsteller von gestern. Ingrid Steeger läuft auch im tiefsten bayerischen Winter ohne Unterhosen rum, die Arme.

Die Fernbedienung führte mich direkt in eine dieser Talkshows. Lotti Huber, die Uralt-Mimin auf allen Wellen, gibt mal wieder Obzönes von sich. In ihrem Alter kann das sogar im Öffentlich-rechtlichen gesendet werden. Dort, wo man in der ersten Reihe sitzt oder in die ersten Sitze reihert.

In einem Magazin, das einen politischen Anspruch erhebt, durfte ein bekannter katholischer Kirchenkritiker sich an der Wahl des »Models des Monats« beteiligen.

Ich machte schlapp, schminkte mich ab und verkroch mich im Bett. In der Nacht träumte ich, wie ich mit Charlton Heston auf einem Friedhof italienisch aß und anschließend Nebelhorn blies.

Einladung zu einem erotischen Wochenende

In der Redaktion wurden bereits die ersten Prognosen gestellt, welches Ratsmitglied die Nachfolge von Lisa Korn antreten würde. Gregor Gottwald hatte da ein Wörtchen mitzureden und wie ich ihn kannte, hatte er bereits Vorstellungen. Und diese Vorstellungen stimmten nicht immer mit denen seiner Partei, der Mehrheitsfraktion, überein.

Es hatte schon häufiger zwischen Gregor Gottwald und

Willy Stalinski, dem Chef der Mehrheitsfraktion, geknallt. Gregor Gottwald gehörte zu der alten Garde der Männer aus dem Volk, die nie den Kontakt zu ihm verloren hatten. Das Gefühl für Macht und publikumswirksame Auftritte hatte er sich im Laufe der Jahre angeeignet. So kam es zu einer Mischung aus Spontaneität, Offenheit und dem, was Bauernschläue genannt wird. Und Gottwald spielte perfekt auf dieser Klaviatur.

Als jedoch Bierstadt sein Image einer Industrieregion mit Stahl und Kohle hinter sich lassen wollte, hielten viele in der Stadt Gregor Gottwald für ein auslaufendes Modell. Denn die demokratisch gewählten Vertreter der Stadt wurden plötzlich fein, verstanden keine klare Sprache mehr und besuchten nur noch widerwillig die monatlichen Ortsvereinsversammlungen ihrer Partei in den dunklen Gesellschaftszimmern von Bierstädter Vorortkneipen.

Die Männer — sie besetzten die Stühle im Rat noch immer mit satter Mehrheit — trugen plötzlich die besseren Anzüge von der Stange, legten Wert auf eine Designer-Krawatte, und auf den salopperen Hemden prangte ein Krokodil.

Das Wort High-Tech ging ihnen plötzlich besser von den Lippen als Hoesch-Stahl, sie hielten ein Fischmesser nicht mehr für einen Brieföffner und begriffen sogar den Unterschied zwischen Chateau-neuf-du-Pape und Chateaubriand.

Fraktionschef Willy Stalinski, der den Oberbürgermeister ebenfalls gern auf dem Altenteil gesehen hätte, scherte sich nicht um den Krawatten- und Krokodil-Kult. Er trug weiter seine Blousons aus den siebziger Jahren auf und hielt Chateau-neuf-du-Pape für eine sexuelle Stellungsvariante.

Wer also würde neuer Bürgermeister werden? In der Redaktion tippte die Mehrheit auf Walter Drösig, einen karrieresüchtigen freigestellten Betriebsrat eines Stahlkonzerns, der durch Wohlverhalten und bedingungslosen Gehorsam sich seit Jahren in der Sonne von Willy Stalinski wärmen durfte.

»Was meinst du?« fragte mich Manfred Poppe. »Hoffentlich nicht dieser Drösig«, antwortete ich, »großes Maul und nichts dahinter. Sitzt sich seit Jahren im Betriebsratsbüro den Hintern platt und glaubt, er sei ein Arbeiter. Der würde auch bei den Konservativen eintreten, wenn er dadurch ein höheres Pöstchen bekommt. Aber — er wird's wohl werden. In dieser Partei gibt es halt wenig guten Nachwuchs. Willy Stalinski hat nur die Ja-Sager hochkommen lassen in seiner Fraktion ... oder die Unauffälligen. Ich wundere mich nur, wie schnell alle wieder zur Tagesordnung übergehen. Die Frau ist doch gestern erst beerdigt worden und schon startet das Rennen um ihren Job ...«

»So ist das Leben«, meinte Poppe, »daß gerade dich das wundert, läßt mich staunen! Sollte es doch so etwas wie eine Seele in deiner Brust geben?«

Ich überhörte diese Unterstellung. »Frag doch mal deine Hörer« schlug ich Manfred Poppe vor, »das wäre doch mal so richtig schön basisdemokratisch! Die Bürger wählen sich ihren Bürgermeister selber — im Radio. Das ist noch nie dagewesen. Zu stellst drei Kandidaten zur Auswahl — laß mich überlegen ... welche Ratsmitglieder kämen in Frage? Walter Drösig von der Mehrheitspartei, Knut Bauer von den Konservativen und Erika Wurmdobler-Schillemeit von den Bunten ...«

Ich war Feuer und Flamme für diese Idee. »Dann gewinnt Drösig«, weissagte Manfred Poppe. »Knut Bauer hat keine Chance, denn rechts neben ihm ist nur noch die Wand und diese Bunte ... na ja! Allein dieser Doppelname ... dann laß uns lieber Asbach nehmen, den kennt wenigstens jeder in Bierstadt.«

»Jede Stadt hat ihren Hofnarren«, murmelte ich, »stell dir Arno Asbach bei einer Hundertjährigen vor, wie er ihr zum Geburtstag gratuliert im Namen der Stadt oder wie er in Vertretung von Gregor Gottwald die Ratssitzung leitet ...«

»Du hast recht«, räumte der Samariter ein, »die Oma würde das keine Minute überleben und das Kommunalparlament würde sich in Kürze selbst auflösen ...«

Ich wollte mich an der Diskussion nicht weiter beteiligen und zog mich in mein Büro zurück. Schon auf dem Flur hörte ich, daß das Telefon Sturm läutete.

»Hallo, morgen ist Wochenende«, meinte Michael Muradt und war sehr stolz auf diese Entdeckung, »ich habe ein Wochenendhaus am Meer in Holland. Ich wollte hinfahren. Das Wetter ist nicht übel. Hätten Sie Lust mitzukommen?«

Ich hörte mich ganz cool »Ja gern, warum nicht« sagen und vereinbaren, daß er mich tags drauf früh um sieben Uhr abholen sollte. Den Rest des Tages machte ich mir Gedanken über meine Garderobe und war kurz davor, zum Friseur zu gehen. Ich kämpfte jedoch erfolgreich gegen diesen Rückfall in jene finsteren Zeiten an, in denen sich Frauen für einen Mann noch schön gemacht hatten.

Schau mir in die Augen, Kleiner!

Am nächsten Morgen hörte ich ein pünktliches Klingeln. Er wartete, bis ich nach unten kam. Statt eines dunklen Anzugs trug er eine Breitcord-Hose und einen Norweger-Pullover. Einer der Pullover, in denen Männer unter Ein-Meter-achtzig aussehen wie fette Teddybären.

Obwohl noch gar kein Wind blies, waren seine schwarzen Haare zerzaust. Ein schöner Mann, viel zu schön für mich mit meinen Ende 30 und dem dicken Hintern.

»Es müssen meine inneren Werte sein«, erkannte ich und beschloß, daran zu glauben. Außerdem hatte mir ein Psychologe, den ich mal kannte, schon vor Jahren gesagt, daß ich mich, um schön zu sein, nur so fühlen müsse. Also beschloß ich, mich attraktiv zu finden.

Ich hatte meinen Koffer sorgfältig gepackt und meine besten Sachen für dieses Wochenende mitgenommen, den Kaschmir-Pullover oversized, den ich für sündhaft viel Geld erstanden hatte. »Sie müssen etwas Lockeres nehmen, Sie haben untenrum Probleme«, hatte die Verkäuferin messerscharf erkannt, als sie mir das gute Stück aufschwatzte. »Junge Frau«, hatte ich entgegnet, »ich habe nicht nur untenrum Probleme.«

Sie nickte verständnisvoll und ich empfahl ihr im Gegenzug eine umfassende Akne-Behandlung und einen Termin beim Kieferorthopäden.

Ich war also bildschön und sexy an diesem Wochenende und hatte für alle Fälle noch jede Menge innerer Werte im Handgepäck. Michael Muradt benahm sich so, als habe er nicht einen Augenblick damit gerechnet, daß ich nein sagen könnte. War es sein gesundes Selbstbewußtsein oder ein paar Pfund männliche Arroganz zuviel? Ich würde es in ein paar Stunden wissen ...

Was wollte er von mir? Ein schnelles Abenteuer? Nein, das war woanders einfacher zu haben. Aber, daß ihm viel an der Aufklärung des Todes seines Neffen lag, daran glaubte ich nicht einen Augenblick lang. Dazu schien mir die Verbindung zwischen beiden nicht herzlich genug gewesen zu sein. Warum hatte er sich gemeldet? Wahrscheinlich, um auf dem laufenden zu sein oder aus spätem Bedauern, daß er so wenig Zeit für seinen toten Neffen aufgebracht hatte, beruhigte ich mich.

Ich mußte auf jeden Fall noch einiges klären, bevor wir sein Haus in Holland betreten würden. Mir war klar, daß wir im Bett landen würden, die Atmosphäre war danach.

Ich war fasziniert von ihm. Ich wollte ihn und konnte es kaum erwarten. Aber er? Vielleicht war ich ein Kontrastprogramm zu den devoten allzeit bereiten Frauen, die nur darauf lauerten, daß ihnen ein Mann wie dieser, attraktiv und offensichtlich wohlhabend, ins Netz ging.

Und wenn er schnellen Sex wollte, dann brauchte er nur mit den Fingern zu schnippen und die Mädels standen Schlange. Also warum ich?

»Also warum ich?« dachte ich laut.

Er schaute nach rechts. »Was meinen Sie?« wollte er wissen.

»Warum haben Sie mich eingeladen in Ihr Haus? Was steckt dahinter?«

»Wollen wir nicht den Tod meines Neffen aufklären?« fragte er.

»Klar. Aber das können wir auch in Bierstadt. Was also noch?« beharrte ich.

»In einer schönen Umgebung, wo wir uns entspannen können, geht das Denken vielleicht einfacher.«

»Ach ja? Wäre es nicht sinnvoller gewesen, wir wären in die Wohnung Ihres Neffen gegangen, um dort zu denken?« wollte ich wissen und runzelte die Stirn.

Er schüttelte den Kopf und sagte völlig ernst: »Ich habe keine unseriösen Absichten, wenn Sie das meinen. Es geschieht alles so, wie Sie es wünschen. Der Ablauf des Wochenendes liegt nur bei Ihnen.«

Bei mir! Das war ja das Problem. Genervt durch meine Fragerei trat er das Gas durch.

»Hätte ich nicht fragen sollen?« quengelte ich.

»Man kann schöne Situationen auch zerreden«, meinte er milde, »warum nicht alles auf sich zukommen lassen? Warum nicht spontan reagieren? Sich seinen Gefühlen hingeben? Sich einfach treiben lassen?«

Guter Tip! Sich den Gefühlen hingeben. Und danach? Ein schaler Geschmack und das war's dann? Scheiß-Moral! Was soll's? Eine Affäre mehr oder weniger? Meine Laune tendierte gegen Null. Am liebsten hätte ich ihn gebeten, umzukehren.

»Na gut«, meinte ich trocken, »lassen wir uns treiben und uns unseren Gefühlen hingeben. Wenn es denn sein soll ...«

Er lachte laut auf und meinte: »Sie tun so, als würden Sie zu ihrer eigenen Hinrichtung fahren ... Aber ich verspreche Ihnen: Mein Haus wird Ihnen gefallen und das Wochenende auch.«

Eine Frau braucht vier Männer

Das Haus lag einsam und tief versteckt in den Dünen. Ein schlechter Weg führte zu dieser spartanisch eingerichteten Festung aus Naturstein. Ein riesiger Raum mit loderndem Kamin, afrikanischer Kunst an den Wänden und alten Teppichen auf dem grauen Schieferboden. Ein alter Eichentisch mitten im Raum, blank gewachst, ein antiker massiver Schrank aus Kastanienholz. Alles schlicht, teuer und von hoher Eleganz. Auf dem Tisch standen frische Blumen und eine Flasche Champagner kühlte im Eiseimer vor sich hin. Er holte zwei Gläser.

»Wer hat denn das Feuer angemacht und die Blumen besorgt?« Ich staunte.
»Eine gute weibliche Seele, die mich manchmal betreut.«
»Oh, über zwanzig?«
»Dreimal zwanzig«, lachte er und reichte mir das Glas, »zum Wohl und Willkommen!«
Ich trank und beobachtete ihn. Er wirkte lockerer als in Bierstadt, nicht so formell. Die Spuren der Schlägerei im »Stier« waren fast nicht mehr zu sehen. Er trank den Champagner mit Genuß, nicht so wie ich, die immer ein bißchen zu schnell und manchmal ein bißchen zu viel trank. Ich verkniff mir den nächsten hastigen Schluck. Auf einen Schwips hatte ich keine Lust. Noch nicht.
Er zog sich den Wollpullover über den Kopf. Darunter hatte er ein T-Shirt an, beige mit Rollkragen. Kein Bauchansatz und nicht zu breite und nicht zu schmale Schultern. Ich guckte und guckte, und ich kam mir vor wie auf einem Sklavenmarkt beim Taxieren eines Leibeigenen für die Baumwollernte. Ich mußte komplett verrückt sein, aber die Vorstellung hatte was Verworfenes. Ich prustete los.
»Was ist? Woher die gute Laune?« Er ließ mich nicht aus den Augen. »Ich habe gerade an was Komisches gedacht«, sagte ich und mußte immer noch lachen. Ich merkte, wie er unsicher wurde. Er wurde leicht unsicher. War seine Arroganz nur Masche?
»Wir gehen jetzt spazieren«, bestimmte er, »und danach begebe ich mich in die Küche und koche ein fürstliches Mahl für uns.«
Das hatte ich von meiner Kicherei! Zur Strafe mußte ich wandern. Ich rappelte mich hoch, schnappte den Ostfriesen-Nerz und trottete hinter ihm ins Freie.
Der Wind pfiff, doch die Sonne schien. Ich kramte nach meiner Sonnenbrille, denn ich bin nicht nur kurzsichtig wie ein Maulwurf, sondern auch noch genau so lichtempfindlich.
In punkto Sportlichkeit konnte ich mit ihm nicht konkurrieren. Er bewegte sich wie ein tänzelndes Rennpferd am Strand, ich eher wie ein Muli. Der Sand stopfte sich in meine Schuhe und der Versuch, damit graziös zu schreiten, schlug fehl.

»Moment«, rief ich genervt gegen den Wind, setzte mich auf einen Sandhaufen und schüttete die Körner raus. Er wartete höflich.

Als wir ein paar Felsen erreichten, drückte er mich gegen einen Stein und knöpfte meinen Ostfriesennerz auf. Es dauerte etwas, bis seine Hände das untere Ende des Kaschmir-Pullovers fanden, um ihn hochzuschieben. Da war noch das Unterhemd, kochfeste Baumwolle, genau das richtige bei dem Wetter. Stabiles Material und schön warm. Ich hörte, wie das Teil zerriß.

Er biß mich in den Hals und scheiterte an dem Reißverschluß meiner Jeans, den ich mit einer Sicherheitsnadel fixiert hatte. Mir blieb die Puste weg.

Hilfsbereit öffnete ich die Sicherheitsnadel und stach mich prompt in die Finger.

Der Wind war plötzlich nicht mehr so eisig. Der kalte Granit kratzte meinen nackten Rücken, meine Hände glitten unter sein Hemd und umfaßten seinen Oberkörper. Er zuckte leicht zusammen, denn meine Hände waren kalt. Er glühte. Ich fühlte mit meinen Fingerspitzen, wie er schwer atmete und klammerte mich an seinem feuchten bebenden Oberkörper fest.

»Bleib so«, murmelte er an meinem Hals, »bitte rühr dich nicht und komm ...«

Es wurde schon dunkel, als wir, erschöpft, den Rückweg antraten. Ein Regenschauer kühlte uns ab. Als wir im Haus ankamen waren wir ziemlich durchnäßt, trotz der Regenkleidung. Das Feuer im Kamin loderte nicht mehr, sondern glomm leise vor sich hin.

»Mach es dir bequem und zieh die nassen Sachen aus.« Seine Haare waren klitschnaß und das Regenwasser lief ihm in den Kragen. Er schleuderte seine Jacke achtlos auf den Boden und ging in ein anderes Zimmer, vermutlich ins Bad.

Er brachte ein weißes Frotteéhandtuch mit zurück und fing an, meine Haare trockenzureiben. Dann den Hals, die Schultern und den Rest des Körpers. Dabei kam es wieder zu einigen erotischen Übungen, die er mit einem tiefen Ernst ausführte.

Ich rappelte mich von dem Teppich hoch und löste seine Arme von meiner Taille. Ich küßte sein schwarzes Haar, das wieder feucht geworden war. »Wo ist das Bad?«

»Moment«, er sprang auf, »ich schau erst mal nach, ob alles in Ordnung ist ...« Er schlug sich das Handtuch um die Hüften und spurtete los. Ich hörte, wie er hastig etwas zusammenräumte. »Alles in Ordnung«, lächelte er und trat beiseite. »Hast du alles mitgebracht, was du brauchst?«

Ich nickte. Er ließ mich allein. Ich sah die große Wanne für zwei Personen, den weißen Marmor und die Haarbürste auf der Ablage. Ich nahm sie und guckte genau hin. Lange blonde Haare, dunkel an der Wurzel.

Ich klappte den Spiegelschrank auf. Lippenstift, Haarshampoo und Lockenstab. Zielstrebig hob ich den Deckel eines kleinen Wäschepuffs. Ein seidener Morgenmantel lag obendrauf.

Ich legte etwas Make-up auf und stylte mir mit dem Lockenstab die roten Haare.

Schön wie zuvor trat ich ins Zimmer zurück. Ich hörte ihn in der Küche fuhrwerken. »Hier bin ich«, rief er mir fröhlich zu. »Du kannst den Tisch decken, wenn du willst! Ich habe die Teller schon bereitgestellt.«

Ich trat in die Küche, in der es phantastisch roch. Frisches Gemüse lag bunt und zerkleinert auf einem Brett, kleine Lammkoteletts warteten darauf, in eine Pfanne mit Olivenöl gelegt zu werden, ein roter Bardolino atmete Sauerstoff.

Auch hier war er in seinem Element und betrieb die Kunst des Kochens mit merkwürdigem Ernst. Er wollte wohl immer alles hundertprozentig perfekt machen, vermutete ich, ein bißchen laissez-faire gab's bei ihm wohl nicht. Und er hatte mir im Auto was von »sich treiben lassen« erzählt!

Ich stellte die Teller auf den Tisch und das übrige. Eine Vorspeise gab's auch, Serrano-Schinken mit Melone.

Ich hatte Hunger und langte zu. »Du siehst gut aus«, meinte er plötzlich. »Das habe ich mit dem Lockenstab in deinem Bad geschafft«, antwortete ich und ließ ein Stückchen Schinken von oben in meinen Mund gleiten, »der Lockenstab war neben dem grellroten Lippenstift in dem Spiegelschrank. Ich habe meine roten Haare aber wieder rausgemacht, die hätten sich auch mit den langen blonden nicht vertragen ...«

Er schaute irritiert und blieb stumm. »Was denkst du jetzt?« kam es dann irgendwann.

»Ich denke, daß in dieser Hütte ein blondierter weiblicher Dauergast logiert, der grelle Farben liebt; Konfektionsgröße 38 hat und ein Shampoo gegen Schuppen benutzt. Kann ich noch ein Stückchen Melone bekommen?«

»Ich bin nicht mehr mit ihr zusammen«, sagte er.

»Dann solltest du ihr aber mal ihre Klamotten zurückgeben, der Guten«, murmelte ich, »vielleicht braucht sie die Sachen noch ... Schau nicht so! Manche Männer haben halt mehrere Frauen und manche Frauen haben mehrere Männer. So ist das Leben.«

»Mich ärgert deine arrogante Art«, er wurde wütend. »Ich habe dir gesagt, daß ich nicht mehr mit ihr zusammen bin. Glaubst du, ich bin ein Vorstadt-Casanova?«

»Laß die Vorstadt weg«, lächelte ich und räumte die Vorspeisenteller zusammen. »Eigentlich — ich habe mir schon oft überlegt, daß eine Frau eigentlich drei Männer braucht, um glücklich zu sein. Einen für die Seele, einen für den Intellekt und einen für den Körper.«

»Und ich bin wohl der für den Körper?« Er schien gekränkt. »Genau, und da bist du einsame Spitze. Aber sei nicht traurig, intelligent bin ich selbst und Seelenschmerz habe ich zur Zeit auch nicht. Unsere Beziehung bewegt sich also genau im richtigen Rahmen.«

Wir aßen den Rest der Mahlzeit auf und machten die Flasche Bardolino leer. Der Alkohol und das Kaminfeuer hatten mich warm und müde gemacht.

»Eigentlich«, murmelte ich, »braucht eine Frau vier Männer. Der vierte sollte kochen können, so wie du.« Ich unterdrückte ein Gähnen.

»Komm ins Bett«, meinte er zärtlich und hievte mich vom Stuhl hoch. »Du bist beschwipst.«

Es war schon nach Mitternacht. Ein schöner Abend, ein

schöner Tag, viele Fragen und keine Antworten. Bevor ich einschlief, dankte ich der unbekannten blondierten Frau. Ihre Haare im Badezimmer hatten mich davor gerettet, mich unheilbar zu verlieben. Ich schlief traumlos und als ich morgens aufwachte lag mein Kopf auf seiner Brust und ich spürte seinen Atem. Ich horchte eine Weile und versuchte, mir den Rhythmus zu merken. Aber ich war noch nie besonders musikalisch.

Vor dem Frühstück aalten wir uns in der Doppelbadewanne und seine 170 Pfund arrogante Männlichkeit verwandelten sich wieder in 170 Pfund konzentrierte Leidenschaft.

Den Rest des Tages verbrachten wir zwischen Strand, Küche, Bad und Bett und zwischendurch fragte er mich: »Wie kommst du eigentlich zu deinem ungewöhnlichen Nachnamen?«

»Eine Jugendsünde«, gestand ich. »Als ich 20 war, habe ich mal Urlaub in Florenz gemacht. Der erste selbstverdiente Urlaub nach dem Abitur. Und da ist es passiert!«

»Was ist passiert?«

»Aus Maria Schneider wurde Maria Grappa.«

»Du hast geheiratet?«

»So ist es. Ich habe in Florenz das Museo Medici besucht und das Porträt von Giuliano de Medici gesehen. Ein schöner Mann, italienisch eben, nur leider seit 450 Jahren tot. Nach dem Besuch ging ich in eine Pizzeria und der Mann, der die Pizza so vollendet in die Luft warf, sah dem Medici auf dem Porträt sehr ähnlich. Also haben wir geheiratet!«

»Du und dieser Pizzabäcker?« Er war erheitert.

»Genau. Aber es hat nur vier Monate gedauert und ein Jahr danach war ich geschieden.«

Er lachte. »Das ist die verrückteste Geschichte, die ich je gehört habe! Und was ist aus Herrn Grappa geworden?«

Ich zuckte die Schultern. »Keine blasse Ahnung! Ich hoffe, daß ihm die Pizzeria inzwischen gehört. Aber vielleicht geht er auch als Unterhosen-Model!«

Am Montagmorgen starteten wir nach dem Frühstück Richtung Bierstadt. Er hatte so gut gekocht, daß ich bestimmt einige Pfunde mehr drauf hatte. Doch die dürften durch die ausgiebige körperliche Betätigung keine zusätzlichen Spuren an meinem Körper hinterlassen haben.

Es war gegen 11, als wir in Bierstadt ankamen. »Wo kann ich dich absetzen? Im Funkhaus?«

Ich nickte. Ich war traurig, daß das Wochenende vorbei war.

»Ich wollte heute abend in Richies Wohnung, um das Inventar zu sichten. Kommst du mit?«

»Natürlich. Ist dir eigentlich aufgefallen, daß wir in Holland nicht einmal über den Fall gesprochen haben?«

»Warum ein so schönes harmonisches Wochenende mit schrecklichen Dingen verderben?«

»Eigentlich hast du recht. Du hast mich gar nicht gefragt, ob es mir gefallen hat.«

»Und — hat es?«

»Es war himmlisch!«

»Warum?« Er wollte sich sein Lob abholen.

»Ich bin noch nie im Leben so gut ... mit Speis und Trank verwöhnt worden.«

»Du bist ein verdammt freches Mädchen ...«

»Und dir? Hat es dir gefallen?«

»Überhaupt nicht. Ich hatte Mühe, dich satt zu kriegen. Mit Speis und Trank natürlich ...«

Wir lachten ausgelassen und er küßte mich zum Abschied tief und lange. »Bis heute abend. Ich hole dich zuhause ab.«

Ein Staatsanwalt träumt

Staatsanwalt Heinz Strickmann, zuständig für Kapitalverbrechen, hatte schlechte Laune. Zwei von ihm angeordnete Obduktionen in der Leichensache Mansfeld hatten zwar Anhaltspunkte für ein Verbrechen gebracht, doch er wußte nicht, wo er den oder die Täter suchen sollte und er hatte nicht den geringsten Hinweis auf ein Motiv.

Also hatte er die Leiche, oder das, was von dem Körper noch übrig geblieben war, zur Beisetzung freigegeben. Offiziell ging die Öffentlichkeit von Selbstmord aus. Nur die Mordkommission nicht, denn die Ermittlungsbeamten hatten einige Ungereimtheiten entdeckt.

So trug die Leiche beziehungsweise deren Beine, nur einen Schuh. Der andere war zunächst verschwunden, spurlos, wurde dann aber durch einen Zufall auf dem Universitätsgelände gefunden. Wie er dahingekommen war, konnte noch nicht geklärt werden. Durch Regenfälle waren keine Reifen- oder Blutspuren mehr zu sichern gewesen.

Daß der Kopf des Opfers durch den Kontakt mit dem Zug völlig zertrümmert war, verwunderte bei Bahnleichen nicht. Wenn da nicht ein paar Gramm blutige Gehirnmasse gewesen wären, die jemand säuberlich ins Gras gewischt hatte. Ganz zu schweigen von einer Schleifspur und von Fußabdrücken an der Böschung.

Und dann die Schlägerei, die dem Tod vorausgegangen war. Die Ermittlungen in der Gaststätte hatten zu keinem Ergebnis geführt. Der Wirt hatte natürlich nichts gesehen, nichts gehört und kannte seine Gäste nicht.

Strickmann klappte den Aktendeckel zu und legte den Vorgang in einen grünen Korb auf seinem Schreibtisch, in dem die halberledigten Sachen landeten. Sie blieben dann noch etwa drei Wochen lang dort liegen, eine Art Anstandsfrist, und wanderten dann ins Archiv in den Keller der Staatsanwaltschaft.

Strickmann steckte sich seine Zigarre an und nahm seufzend den nächsten Vorgang. Lisa Korn, 46 Jahre, Tod durch eine Überdosis Schlafmittel, eingenommen in Verbindung mit Alkohol. Die klassische Methode. Doch meistens schrieben die, die so aus dem Leben gingen, einen Abschiedsbrief. Besonders, wenn sie Personen des öffentlichen Lebens waren. Doch der Brief fehlte.

Das war noch kein Anhaltspunkt dafür, daß hier was schief lag. Die Ehe der Frau Bürgermeisterin war nicht gut, ihr Gatte ging fremd, was das Zeug hielt. Kurt Korn — er hatte immer bekommen, was er im Leben wollte. Ein Wadenbeißer ohne Skrupel und Moral.

Strickmann wünschte plötzlich, Kurt sei's gewesen, der der eigenen Frau den Trank verabreicht hatte. Und er sah sich schon in der Rolle des Anklägers bei dem Mordprozeß. Heimtückisch, vorgeplant, die Arglosigkeit seines unschuldigen Opfers ausnutzen — besser konnte man juristisch Mord nicht definieren.

Lebenslänglich für Kurt Korn, der noch im Gerichtssaal zusammenbrechen würde. Sein vieles Geld und die besten Anwälte würden ihn nicht rausreißen können, weil er — Staatsanwalt Heinz Strickmann — eine lückenlose Beweiskette präsentieren würde, die kein Gericht der Welt ignorieren könnte.

Strickmann begriff, daß er Kurt Korn haßte. Und es gefiel ihm, denn er hatte das Gefühl, zu leben, zu atmen ... ein Mensch zu sein und keine superkorrekte gefühllose Ermittlungsmaschine.

Er schaute sich die dritte Akte an, die er neu von der Kriminalpolizei bekommen hatte. Der Bierstädter Mieterverein hatte Strafantrag gegen Unbekannt wegen gefährlicher Körperverletzung und Strafantrag wegen Nötigung, Erpressung, Beleidigung und Rufschädigung gestellt — gegen die Kurt Korn Wohnungs- und Grundstücks-GmbH und Co. KG.

Strickmann klappte die Akte auf. Zusammengefaßt ging es um folgendes:

Kurt Korn hatte in großem Stil sanierungsbedürftige Häuserzeilen aufgekauft, im Norden von Bierstadt — insgesamt 250 Wohnungen, in denen etwa 1000 Menschen wohnten, viele davon seit Jahrzehnten. Andere — Aussiedler, Türken und sozial Schwache wohnten erst seit kurzer Zeit hier. Nicht, weil sie die baufälligen muffigen Buden so schön fanden, sondern weil Bierstadt seit mehreren Jahren als Stadt mit hohem Wohnungsbedarf mit dem Bau von preiswertem Wohnraum nicht mehr nachkam.

»Das haben die Politiker der Mehrheitsfraktion versaut«, dachte Strickmann, denn er gehörte nicht unbedingt zu den Anhängern dieser Partei.

Da Kurt Korn die 250 Wohnungen nicht mit öffentlichen Mitteln sanieren wollte, wurden ihm auch keine Auflagen gemacht. Er strebte eine sogenannte »Luxusmodernisierung« an, wollte den Quadratmeterpreis verdoppeln und setzte die Mieter unter Druck, damit sie die Wohnungen verlassen sollten. Er wußte ohnehin, daß es nicht mehr dieselben sein würden, die dort wieder einziehen würden — weil sie die Miete nicht mehr würden bezahlen können.

Hier hatte sich nun der Mieterverein eingeschaltet und die Menschen auf die Mieterschutzgesetze aufmerksam gemacht: Zum Beispiel, daß bei Sanierungen Ersatzwohnungen angeboten werden müssen, daß sich die Mieterhöhung im Rahmen des Mietspiegels bewegen muß und vieles mehr.

Die Mieter wehrten sich und Kurt Korns Firma sah ihre Pläne gefährdet. Sie schrieb den 250 Mietparteien einen Brief, in dem sie jedem, der mit der Bierstädter Mieterschutzorganisation zusammenarbeiten würde, die Kündigung androhte und versicherte, daß die Korn GmbH niemals wieder an sie vermieten würde.

Der Geschäftsführer des Mietervereins wurde im selben Schreiben als »stadtbekannter Terrorist« bezeichnet. Eine Tage später, als dieser Mann von einer Mieterberatung zurückkam, lauerte ihm ein maskierter Täter auf und schlug ihn mit einer Eisenstange krankenhausreif.

Auch darauf gingen Kurt Korns Anwälte in dem Schreiben an die Mieter ein. Heinz Strickmann las: »Daß nicht alle Mieter mit den Hetztiraden des Mietervereins gegen unsere Gesellschaft einverstanden sind, beweist ja auch die Tatsache, daß der stadtbekannte selbsternannte Mieteranwalt kräftig verprügelt worden ist, weil er keinen Argumenten mehr folgen wollte.«

Das klang doch sehr nach Schadenfreude und war verdammt dreist, fand Strickmann. Er würde alle gestellten Strafanträge bearbeiten und die Ermittlungen mit aller Strenge führen.

Jetzt, wo Frau Bürgermeisterin das Zeitliche gesegnet hatte, würden sich Korns politische Freunde vielleicht langsam von ihm distanzieren. Und er hätte keinen politischen Druck zu befürchten.

»Kurt Korn, dein Stern sinkt. Und ich, Heinz Strickmann, werde dich auf die Rutsche nach unten setzen.«

Strickmann setzte mit ungewohntem Schwung seine Unterschriften unter die Schriftstücke, die ihm seine Geschäftsstelle bereit gelegt hatte.

Ein Samariter bei den Indios

Im Funkhaus war alles wie immer. Manfred Poppe, der Samariter, saß in der Kantine und erzählte zum xten Mal die Geschichte, wie er die Anden in Südamerika durchwandert hatte. Seine Wangen waren gerötet und seine schöne Stimme hatte den unvergleichlich sonoren Klang, der besonders auf Frauen mittleren Alters wirkte wie ein Naturereignis.

»Ich kam in Indianerdörfer«, so tönte es zwischen Kaffeedunst und Bratfett in Richtung Fan-Gemeinde, »dort gab es Indios, die hatten noch nie einen Gringo gesehen.«

Er berichtete, daß er nachts in den eisigen Anden im Zelt

den Geräuschen der Berge gelauscht hatte, daß er Seuchen ausgerottet, Vulkanausbrüche verhindert und kleine Kinder eigenhändig aus Erdspalten gezogen hatte.

Er hatte in drei Wochen das wieder gut gemacht, was Columbus und seine Erben in 500 Jahren versaut hatten. Er hatte in Windeseile alle 30 Indianerdialekte sprechen gelernt, hatte den Kondor gejagt und mit einem Lama um die Wette gespuckt. Und noch heute sprechen die Anden-Indios seinen Namen nur flüsternd und mit großer Ehrfurcht aus. Manfred Poppe erzählte und erzählte und er konnte schön erzählen. Auch ich hörte ihm immer wieder gern zu, auch wenn ich die Stories schon kannte.

Es war also alles wie immer. Der Schreibtischtäter brütete eine Etage höher über seinem Wochenkommentar, in dem die Worte: »Sowohl-als-auch« und »nichts-desto-trotz« fast immer einen gebührenden Platz bekamen; in dem Ereignisse in der Stadt grundsätzlich »in die richtige Richtung« gingen, bevor sie sich zu einem »Silberstreif am Horizont« entwickelten. Und wenn ihm gar nichts einfallen wollte, dann setzte er zum großen weltpolitischen Rundumschlag an, dann wurde der Brand eines Getränkelagers in Bierstadt mit der Reaktor-Katastrophe in Tschernobyl verglichen. »Global denken und lokal handeln« — so nannte der Schreibtischtäter das immer. Knapp daneben ist auch vorbei, das war mein Spruch bei solchen hanebüchenen Bewertungen.

Ich zog mich zurück. Ich hatte ja noch immer zwei unerledigte Leichen im Programm und einen neuen hinreißenden Liebhaber, an den ich in den folgenden Stunden nicht nur einen Gedanken verschwendete! Sondern mindestens zwei- bis dreihundert.

Spende für ein Altenheim

Staatsanwalt Heinz Strickmann fühlte sich von mir belästigt. Für ihn war der Fall Richie Mansfeld offenbar ad acta gelegt. Bei der toten Bürgermeisterin sah die Sache etwas anders aus.

Da wurde noch immer ermittelt, denn niemand wußte, woher sie die Schlafpillen hatte. »Außerdem — es fehlt das Motiv für eine Selbsttötung«, meinte Strickmann.

»Und Ehemann Kurt Korn?«

»Ist wenig kooperativ. Will seine Ruhe haben. Wimmelt alles ab.«

»Wie war die Ehe denn?«

»Wie Ehen halt so sind. Sie hat oder hatte politische Ambitionen, er schlug seine Vorteile daraus.«

»Wie meinen Sie das?«

»Ich will nicht zu viel andeuten«, überwand sich Strickmann, »er ist sehr erfolgreich als Bauunternehmer. Weiß als erster, welche Flächen zur Wohnbebauung ausgewiesen werden, kann günstig Gelände kaufen und wiederverkaufen, oder er baut selbst. Ist immer billiger als die anderen, so, als ob er die Angebote der Konkurrenz vorher kennen würde. Bietet alles komplett und schlüsselfertig an. Ja, der Kurt, der hat immer gewußt, wie man's machen muß. Wußte immer, wo Geld zu holen war, kannte alle Töpfe, die öffentliche Gelder verteilten, und als Lisa Korn Bürgermeisterin wurde, lief alles noch viel glatter. Alles legal, zumindest so lange, wie keiner genau hinguckte.«

»Kennen Sie den Herrn näher? Es hört sich ganz so an!« fragte ich.

»Was heißt das schon, näher kennen? Kurt Korn und ich, wir sind ein Alter, drückten die Schulbank gemeinsam. Ich studierte Jura und er das Leben.«

»Mal ehrlich, Herr Strickmann, würden Sie ihm zutrauen, daß er seine Frau selbst ...?«

»Sprechen wir jetzt vertraulich miteinander?«

Ich versicherte ihm, daß alles, was er mir sagte, unter uns bleiben würde. »Also, hätte er Skrupel, seiner Frau was in den Kaffee zu tun?«

»Zuzutrauen wäre es ihm. Aber ... als Staatsanwalt muß ich mich an Beweise halten. Und ich werde den Teufel tun, wenn ich nicht ganz sicher bin. Kurt Korn ist ein bekannter und erfolgreicher Mann ... und so beliebt. Besonders bei den Kom-

munalpolitikern. Aber, die Ermittlungen sind schwierig, alle schalten auf stur und heißen Hase, wenn man sie nach Kurt und seinem Lebenswandel fragt.«
»Hatte er Weibergeschichten?«
»Sicher. Er steht auf jung und dumm. Billig-Sex. Ex und hopp. Er hatte nie Probleme, Frauen zu finden. Soll auch sehr großzügig sein, finanziell meine ich.«
»Und was sagte seine Frau dazu?«
»Sie wußte einiges, aber schwieg. Eine Liebesheirat war es von ihrer Seite aus wohl auch nicht. Lisa Merz — so hieß sie früher — aus guter Familie. Vater Zahnarzt, einzige Tochter, ordentliche Erbschaft. Das Geld des Vaters war sein Startkapital — und er hat es inzwischen verzehnfacht.«
In Strickmanns Stimme klang Neid.
»Hat er viel Grundbesitz und Immobilien?«
»Mädchen, wenn wir beide nur ein Viertel hätten, könnten wir uns zur Ruhe setzen. Der hat Einkaufszentren in der Republik, dem gehören riesige Gelände in den neuen Bundesländern und er hat Hotels und Landsitze im Ausland. Abgesehen von den Wohnungen in Bierstadt.«
»Ausland? Wo denn zum Beispiel?«
»Mallorca, Ibiza und Teneriffa.«
Ich dachte einmal kurz daran, daß Richie Mansfeld nach Teneriffa in Urlaub wollte, aber Teneriffa war groß und es fuhren viele Leute dorthin.
»Wo war Korn an dem Abend, als seine Frau starb?«
»Er war zunächst bei ihr. Wollte angeblich mit ihr gemeinsam einen erfolgreichen Geschäftsabschluß feiern. Doch dann habe er plötzlich weggemußt. Dann habe seine Frau wohl das Pulver in den Champagner getan und sich das Leben genommen.«
»Hat er die Leiche gefunden?«
»Natürlich. Fand sie und rief die Polizei. War völlig aufgelöst. Alles ganz normal, so wie er sich verhalten hat.«
»Und? Glauben Sie ihm?«
»Das ist nicht die richtige Frage. Darauf kommt es nicht an. So lange ich keine gegenteiligen Fakten kenne, kann ich nichts

machen. Sogar seine Fingerabdrücke an ihrem Glas sind völlig normal. Wenn das Glas abgewischt worden wäre, das hätte mein Mißtrauen erregt. Aber so ... entweder ist er wirklich unschuldig oder er ist gerissen, oder — er ist beides. Denn seit Jahren litt sie unter seinen Eskapaden.«

»Und wer hat ihn an dem Abend so dringend sprechen wollen?«

»Ein Geschäftsfreund. Sie nahmen ein oder zwei Getränke und trennten sich dann.«

»Hat dieser Mann das bestätigt?«

»Hat er.«

»Wo fand das Treffen statt? In der Nähe des Korn'schen Hauses?«

»In der City. In einem italienischen Restaurant namens Pinocchio.«

»Dort? Das darf doch nicht wahr sein! Und der Geschäftsfreund hieß Michael Muradt?«

»Woher wissen Sie das?«

»Zufall.« Ich hatte ein flaues Gefühl im Magen.

»Sie kennen Herrn Muradt?«

»Ja, flüchtig«, log ich. Ich war fassungslos und wußte nicht wie ich reagieren sollte. »Kennen sich Korn und dieser Muradt etwa schon länger?«

»Der war bis vor etwa fünf Jahren Partner von Kurt Korn. Trennten sich dann aber. Haben wohl Streit gehabt. Warum sie sich jetzt getroffen haben, ist mir nicht ganz klar. Muradt sagte etwas von einer Aussprache unter früheren Freunden.«

Ich wurde hellwach. Mein Jagdinstinkt funktionierte noch. »Was war das für eine Partnerschaft zwischen den beiden?«

»Muradt war Gesellschafter bei Korn. Der hat damals angefangen, sein Imperium aufzubauen. Ist schon zehn Jahre her.«

»Da muß es doch noch mehr geben«, bohrte ich, »was ist passiert damals?«

Der Staatsanwalt zögerte: »Darf ich eigentlich nicht sagen, Paragraf 30 Abgabenordnung, Steuergeheimnis. Na ja, die Schwerpunktstelle für Wirtschaftskriminalität kam beiden auf die Schliche. Schwarzarbeit auf Baustellen, Hinterziehung von

Lohnsteuer und Krankenversicherungsbeiträgen und das in erklecklicher Höhe.«

»Und was hatte Herr Muradt damit zu tun?«

»Wie gesagt, beide waren persönlich haftende Gesellschafter. Wer damals genau die Sauereien angestellt hat, interessiert da erstmal nicht. Haften mußten in diesem Fall alle beide.«

»Gab es einen Prozeß und eine Verurteilung?«

Ich hörte, wie Strickmann den Kopf schüttelte. »Der Staat hat abgewogen. Sie haben den Schaden erstattet, eine Millionen-Summe gezahlt, nachdem sie sich selbst bei der Finanzbehörde angezeigt hatten. Deshalb kam es nicht zum Prozeß. Der hätte jahrelang gedauert, und es wäre nicht sicher gewesen, daß die Staatsanwaltschaft ihn in vollem Umfang gewonnen hatte. So entschied der Generalstaatsanwalt, daß sie Sache durch die Zahlung der Summe erledigt sei.«

»Und Sie sind sicher, daß Herr Muradt da mit drin hing?«

»Frau Grappa, ich habe die Akten selbst gelesen, obwohl ich nicht der bearbeitende Dezernent war. Aber ich kenne Korn seit seiner Schulzeit und da war ich neugierig. Korn hat etwa fünf Millionen Strafe hingeblättert und Muradt 200000 Mark für ein Altenheim. Eine Spende. Fragen sie ihn doch danach. Er wird es Ihnen sicher bestätigen, wenn Sie ihn darauf ansprechen, Sie scheinen ihn ja gut zu kennen.«

Darauf konnte er Gift nehmen. Sieh an, dachte ich. Mein hinreißender Freund hatte sich seine Restaurants vermutlich nicht nur durch seine genauen Kenntnisse der italienischen Küche und der Betriebswirtschaft zusammengespart.

Und mir hatte er erzählt, daß er Korn nur flüchtig kenne! Daß er ab und zu mal bei ihm gespeist habe. Muradt hatte doch gewußt, daß mich die Geschichte mit Lisa Korns angeblichem Selbstmord interessiert. Und es wäre doch wohl das normalste der Welt gewesen, wenn er mir die Wahrheit gesagt hätte.

50000 in bar und ohne Quittung

Staatsanwalt Heinz Strickmann klappte seine Ordner zu, legte die Blätter auf seinem Schreibtisch aufeinander, leerte die Zigarillo-Kippen in den Papierkorb und wischte die Aschenreste mit einem eigens dafür bereitgelegten Lappen aus dem Aschenbecher. Es war gegen fünf Uhr nachmittags, Zeit, das Büro zu schließen. Seine Vorzimmerdame war schon eine halbe Stunde fort.

Seit etwa einer Woche beendete Strickmann seinen Dienst pünktlicher als sonst. Früher kam es ihm nicht so darauf an, seine Wohnung war dunkel und niemand wartete auf ihn. Strickmann war seit zehn Jahren geschieden, seine Ex-Frau war inzwischen Leitende Oberstaatsanwältin in Süddeutschland. Die Verbindung zwischen beiden war seit ein paar Jahren abgerissen. Von einem Kollegen hatte er gehört, daß sie inzwischen als Staatssekretärin in einem Ministerium in den neuen Bundesländern im Gespräch sein sollte. Er gönnte es ihr eigentlich nicht.

Alle hatten sie Karriere gemacht, sogar sein Schulfreund Korn, der den Abschluß nur geschafft hatte, weil er die dunklen Punkte im Leben der Lehrer rausgekriegt hatte, Verhältnisse mit Schülerinnen, Spielschulden und ähnliche Dinge. Schon damals — als Junge von 16 oder 17 Jahren hatte Korn keine Skrupel. Er erpreßte auch seine Mitschüler wegen irgendwelcher Kinkerlitzchen oder nur so, um zu gucken, ob es klappte und ob er sie dann für sich springen lassen konnte.

Jetzt aber hatte er, Strickmann, die Chance seines Lebens. Wenn er es geschickt anstellen würde, dann würde Korn bald vor Gericht stehen. Erpressung, Nötigung, mindestens Beihilfe oder Anstiftung zum Mord, Körperverletzung, Nötigung und so weiter und so fort.

Strickmann wusch die Hände in dem Waschbecken und besah sich angeekelt das Handtuch, das längst hätte erneuert werden müssen. Er haßte Schmutz und er haßte es, seiner Sekretärin alles fünfmal sagen zu müssen. Er knallte den Lappen auf den Boden.

Beim Blick in den Spiegel fiel ihm auf, daß seine Frisur nicht richtig lag. Zumindest das, was von seinem Haarwuchs noch vorhanden war. Sachte schob er den Kamm durch die schütteren weißblonden Haare. Er mochte sein Spiegelbild nicht. Er sah aus wie eine wässrige Made. Beson-

ders im Urlaub machte ihm seine helle Hautfarbe zu schaffen. Während alle anderen nach vier Tagen eine gesunde Bräune bekamen, wurde er rot wie ein Krebs, seine Haut warf Blasen, er pellte sich und war pünktlich zum Urlaubsende noch weißer als zuvor.

Strickmann öffnete den alten Holzschrank und holte seinen Trenchcoat heraus. Den Mantel trug er seit zwanzig Jahren, seine Frau hatte Wutanfälle bekommen, wenn er — trotz neuer moderner Klamotten — immer wieder störrisch zu dem alten Teil griff.

»Wie Columbo«, hatte sie gespottet, »nur daß du deine Fälle nicht so intelligent löst wie er.« Zum Ende ihrer Ehe hatte er sie richtig gehaßt. Mit einer ähnlichen Inbrunst, mit der er jetzt Korn haßte. Er hatte ohnehin das Gefühl, besser hassen als lieben zu können. Für einen Staatsanwalt vielleicht gar nicht so übel.

Strickmann lachte laut auf, als er an Korn dachte. Wollte ihn dieser Verbrecher doch bestechen! Hatte er ihm doch tatsächlich 50000 Mark bar auf die Hand und ohne Quittung angedient, wenn er keine Fragen mehr zu Lisa Korns Tod stellte und er dafür sorgen würde, daß die Ermittlungen in der Sache mit dem verprügelten Vereinsgeschäftsführer im Sande verliefen.

Und nur, weil er ermittelt hatte, daß Kurt Korns Sekretärin das Schlafmittel gekauft hatte, ahnungslos natürlich, im Auftrag ihres Chefs. Mit einem Rezept, das auf Kurt Korns Namen ausgestellt worden war. Angeblich schlief er schlecht.

»Der und schlecht schlafen«, dachte Strickmann, »ausgerechnet Kurt!«

Und jetzt dieser Bestechungsversuch. Nicht, daß Korn etwas zugegeben hätte, nein. Er wolle nur seine Ruhe haben, keine Fragen mehr beantworten müssen, sich endlich wieder auf andere Dinge konzentrieren — so hatte er lamentiert.

Und der maskierte Schläger, der den Mieteranwalt schwer verletzt hatte, wurde von Zeugen als der Mann erkannt, der mit den Korn'schen Anwälten die Mieter »besucht« hatte. Seine Vermummung hatte er nämlich abgelegt, als er nach seinem Überfall aufs Motorrad stieg und flüchtete.

Strickmann hatte die 50000 Mark natürlich abgelehnt, Bestechlichkeit wäre das allerletzte für ihn. Daß Korn ihn bestechen wollte, das sollte er büßen. Strickmann stand erst ganz am Anfang seiner Untersuchungen.

Der Staatsanwalt packte seine schwarze Aktentasche und verließ sein

Büro. Sorgfältig schloß er die Tür ab, stieg in den Paternoster und gab den Schlüssel unten beim Pförtner ab. Der grüßte, wünschte dem Herrn Staatsanwalt einen schönen Abend, so, wie er es seit 15 Jahren tat. Strickmann dauerte das Abschiedsritual heute fast zu lange. Endlich hatte der Mann den Schlüssel ans Brett gehängt.

Und mit bebendem Herzen sah Strickmann, daß sie auf ihn wartete.

Eine Spur führt in die Sonne

Muradt holte mich ab. Viktoriastraße. Beste Bierstädter Wohngegend, zwischen Fußgängerzone und Geschäftspavillons. Ich brannte darauf, Muradt nach seinen Verbindungen zu Korn zu befragen.

Er schien bester Laune zu sein, begrüßte mich liebevoll und wog sich in Sicherheit. Ich hasse Lügen, zumindest solche Lügen, die irgendwann entdeckt werden. Aber — belogen hatte er mich ja nicht. Er hatte nur nicht alles erzählt, aus welchen Gründen auch immer.

Die Polizei hatte das Amtssiegel entfernt und der Innenzustand der Wohnung ließ nicht darauf schließen, daß die Beamten gründlich durchsucht hatten.

»Wo fangen wir an?« fragte er, »ich habe noch keine Wohnung durchsucht.«

»Ich auch nicht. Aber — irgendwo müssen wir anfangen. Du nimmst dir die Schubladen und Schränke vor und ich gucke zwischen den Büchern nach und unterm Bett und so.«

Muradt nickte ernsthaft und öffnete den Kleiderschrank. Er schob die Klamotten auseinander und spähte hinein. Irgendwie wirkte er komisch, ich mußte auflachen und an die 200000 Mark Geldstrafe für das Altenheim denken, die er, offenbar ohne mit der Wimper zu zucken, hingeblättert hatte. Und nun tastete er ernsthaft irgendwelche Fummel ab, wahrscheinlich nur mir zu Gefallen, weil ich mir in den Kopf gesetzt hatte, daß dieser tote Neffe vor den Zug geschmissen worden war.

Warum das alles? dachte ich. Warum sitzt du nicht in deiner Redaktion und telefonierst mit ein paar Leuten, schusterst einen Beitrag zusammen über irgendwas, stöhnst über die viele Arbeit, hörst dem Samariter bei seinen Geschichten zu und haust dem Schreibtischtäter eins um die Ohren, wenn er dir wieder komisch kommt.

»Was ist los?« Er hatte gemerkt, daß mich das Elend gepackt hatte.

»Irgendwas ist mit dir, willst du es nicht sagen?«

Nun setzte er sich auch noch neben mich und hielt meine Hand. Ich schaute ihn wortlos an.

»Du hast ja Tränen in den Augen!« sagte er erschrocken. »Ist dir nicht gut? Soll ich dir ein Glas Wasser holen?«

»Zuviel der Fürsorge«, meinte ich rauh und zog meine Hand weg. »Sag' mir lieber, warum du Kurt Korn ein Alibi gegeben hast!«

Er bemühte sich um Fassung und rückte ein Stück von mir ab. »Wer sagt das?«

»Jemand, der es wissen muß. Also, warum?«

»Weil er abends wirklich bei mir im Restaurant war.«

»Ach ja? Und warum hast du mir gesagt, daß du ihn flüchtig kennst? Und das Alibi gar nicht erwähnt? Was wollte er von dir?«

»Er wollte ein Essen für 50 Leute geben und mit mir die Menufolge besprechen.«

Er log schon wieder. Menufolge, daß ich nicht lache!

»Und — seid ihr euch einig geworden ... über die Speisenfolge?«

Er blickte mich feindselig an. »Du benimmst dich wie eine Inquisitorin«, herrschte er mich an, »was hat Kurt Korn mit dem Tod von Richie zu tun? Ich dachte, dich interessiert dieser Fall noch. Stattdessen ermittelst du jetzt gegen mich und bezichtigst mich der Lüge! Du kannst mit mir nicht umspringen wie mit deinem Pizzabäcker! Also, was ist? Sollen wir gehen und die Sache auf sich beruhen lassen?«

Er handelte nach dem Motto: »Angriff ist die beste Verteidigung«. Eine beliebte Taktik, die mich zur Weißglut brachte. Ich fühlte, wie mir Wut den Rücken hinaufkroch. Meine Stimme war ganz leise, als ich sagte: »Mein Pizzabäcker hat auch keine

200000 Mark Geldstrafe wegen Steuerhinterziehung an ein Altenheim zahlen müssen ...«

Stille. Er sah müde aus, als er aufstand. »Du hast gut recherchiert«, sagte er dann, »sehr gut sogar. Wenn ich bedenke, daß diese Sache schon zehn Jahre zurückliegt ... Du hast mich also wirklich in deine Ermittlungen mit einbezogen? Vielleicht habe ich Richie auf die Schienen gelegt oder Korn geholfen, seine Frau umzubringen ... Ist das das nächste, was ich von dir zu hören bekomme?«

»Mit Richies Tod hast zu nichts zu tun«, beruhigte ich ihn, »sonst hättest du dich ja nicht im Radio gemeldet.«

»Wie tröstlich«, höhnte er, »da bin ich aber froh. Dann bleibt mir ja nur noch der Mord an Lisa Korn. Wie sieht's damit aus?«

»Auch nicht. Du hättest keinen Vorteil davon. Der einzige, der einen hat, ist Korn selbst. Du könntest ihm höchstens ein falsches Alibi gegeben haben.«

Er faßte mich an beiden Schultern und schüttelte mich. »Er war da an dem Abend, verdammt noch mal! Wenn er was mit dem Tod von Lisa zu tun hat, dann hat er ihr die tödliche Dosis vorher verabreicht. Aber — auch wenn? Wie will man es ihm beweisen?«

Das wußte ich auch nicht. »Laß uns erst mal den einen Fall klären«, lenkte ich ein. »Hatte Richie ein Sparbuch oder ein Konto? An wen hat er Miete gezahlt für diese Nobelwohnung?«

Er atmete durch. War er erleichtert? Er öffnete den obersten Knopf seines Hemdes. »Wird die Inquisition heute noch fortgesetzt?« wollte er wissen.

»Hör zu, es tut mir leid. Aber wenn mich jemand belügt, werde ich immer mißtrauisch ...«

»Ich habe nicht gelogen«, brauste er auf, »ich hab nur nicht alles gesagt.«

»Ist ja gut, Baby!« sagte ich forsch. »Komm, nun laß' uns weitersuchen!«

Die Spannung war abgebaut, aber mein Mißtrauen nicht. Ich würde mir in Zukunft genau überlegen müssen, welche Informationen ich ihm noch geben durfte.

Muradt zog die Schubladen auf. Ich sah mir die Einrichtung an. Der Junge hatte leider nichts von dem exquisiten Geschmack seines Onkels geerbt, Poster von Motorrad-Miezen an der Wand, Billig-Möbel, Couch und Gardinen Hauptsache bunt und die Kleider im Schrank, na ja. Rüschenhemden, schwarze Lederhosen. Im Bad jede Menge Kosmetika, wesentlich mehr, als ich normalerweise brauche, um mich herzurichten, und meine Kollektion war schon beeindruckend.

Teure Bräunungscremes, Sonnenmilch für vorher und nachher, Schaum- und Cremebäder, Haartönung in goldblond, Enthaarungscreme, Vaseline.

»Sieht aus wie die Grundausstattung eines Gigolo-Anwärters«, konstatierte ich, »war er einer?«

»Nein, er war nur ein bißchen eitel.«

»Bißchen? Das sind teuerste Hilfsmittel, um einen Callboy für den Job fit zu machen.«

Ich schaute mir die fünf Bücher an, die in ein Regal eingeordnet waren. Konsaliks Stalingrad, Wüsten- und Amazonas-Dschungel-Schinken. Ich guckte auf den Klappentext eines der Bücher, der übliche Schund. Irgendeine rassige Tamara im Range eines Leutnants der Sowjetarmee wollte sich partout nicht mehr dem lüsternen Oberst Nikolaj hingeben, seit dem sie sich seelisch dem blonden blauäugigen Kriegsgefangenen Hans verbunden fühlte oder so ähnlich. Großer Gott!

Weitere große Autoren, außer einem Herrn Telecom, gab es in dieser Wohnung nicht. »Hat er die Bücher von dir zu Weihnachten bekommen? Konntest du dem Bengel nicht mal was Vernünftiges schenken?« fragte ich Muradt.

Er guckte mich an, als hätte ich ihn zutiefst beleidigt. »Ich wußte gar nicht, daß er überhaupt Bücher las.«

Ich stellte den Schmöker in den Schrank zurück. Ein Papier fiel zu Boden. Ein Foto. Richie im Kreise junger Leute. Unzerstückelt sah er recht nett aus, wenn auch ein bißchen billig. Ich guckte genauer hin. Ein Urlaubsfoto. Im Hintergrund die Leuchtschrift einer Bodega. Das sah ganz nach Spanien oder den Kanaren aus. Hinten drauf stand: Icod, Tenerife.

»Guck mal«, ich zeigte ihm den Schnappschuß. »Ein Foto. Wer sind die Leute?«

»Keine Ahnung. Vielleicht die Klasse seiner Hotelfachschule?«

»Glaub' ich nicht. Guck mal genau hin. Die sind alle so durchgestylt, Designer-Klamotten oder das, was sie dafür halten und überall dieses gräßliche falsche Blond! Sieht eher aus wie die Abschlußklasse eines ... Bordells.«

Michael zuckte mit den Schultern. »Ich habe keine Ahnung, was er in seiner Freizeit machte. Er erzählte mir auch nicht besonders viel.«

»Du hast dich ja intensiv um ihn gekümmert ... Er muß auf jeden Fall schon häufiger Urlaub auf Teneriffa gemacht haben, vermutlich immer im selben Hotel. Wollte er dieses Mal vielleicht wieder dorthin?«

»Das kann gut sein. Ich kenne das Hotel. Es ist eine Art Landsitz. Es gehört einem Bekannten von mir.«

»Und ... wie heißt es?«

»Das habe ich vergessen. Ich war nie dort. Zuviele Touristen und zuviel Lärm. Aber Richie mochte das vermutlich. Sonne, Wasser, Diskotheken und Boot fahren.«

»Und wer ist denn dein Bekannter, kenne ich ihn vielleicht?«

»Warum willst du den Namen wissen? Der Name tut wirklich nichts zur Sache. Ein flüchtiger Bekannter.«

»So flüchtig wie Kurt Korn?«

Er blickte mich geradeaus an mit seinen schönen braunen Augen und zuckte nicht mal mit einer Wimper.

»Ja, es ist Kurt Korn. Schon wieder Kurt Korn. Du weißt ja inzwischen, daß ich ihn kenne — von früher.«

»Und dein Neffe macht in Korns Landhaus Urlaub? Und das sagst du mir erst jetzt? Wir hatten doch schon mal darüber gesprochen und da hast du nicht gewußt, wo er hinwollte, dein toter Neffe. Welche Verbindungen gibt es noch zwischen Korn und Richie außer diesem Landhaus auf Teneriffa?«

Er war ausgesprochen ärgerlich und sah mich an, als würde er mich nicht kennen und hätte sich meinen Anblick zu diesem Zeitpunkt auch gerne erspart.

»Ich habe es damals verschwiegen, weil ich über meine Kontakte zu Korn nichts sagen wollte. Weitere Verbindungen zwischen den beiden kenne ich nicht. Hast du noch weitere Fragen? Oder soll ich das Büßerhemd vorsorglich schon mal anlegen?«

Diesmal war die Stimmung endgültig im Eimer. Aber das hatte Muradt sich mit seiner Geheimniskrämerei selbst zuzuschreiben.

»Warum spielst du nicht mit offenen Karten? Alle Fragen sind erlaubt, finde ich. Du kannst dir deine Antworten ja aussuchen. Entweder lügst du, schweigst du oder du sagst die Wahrheit. Ich sammele lediglich Informationen. Ein Stückchen hier, ein Stückchen da. Und eines Tages passiert das Wunder: Die Teile passen ineinander und ergeben eine fertige Geschichte. Und in dieser Geschichte gibt es Täter, Opfer und Unschuldige.«

Er bemühte sich, ruhig zu bleiben. »Und wozu gehöre ich? Zu den Tätern oder zu den Unschuldigen? Oder zu den Unbeteiligten?«

Ich zuckte die Schultern. »Das wird sich noch herausstellen. Ich hoffe jedenfalls, daß du nichts mit schmutzigen Geschäften zu tun hast. Oder nicht mehr.«

»Aber sicher bist du dir da noch nicht?«

Ich schüttelte den Kopf. »Nein, ich kenne dich nicht so, daß ich sicher sein könnte. Ich wäre es gerne, aber ...«

Er baute sich dicht vor mir auf und fragte leise: »Du würdest mich wegschicken, wenn es so wäre, nicht wahr? Du verdammte Moralistin! Die Welt ist nicht nur tiefschwarz oder reinweiß, genauso wenig, wie die Menschen, die in ihr leben. Es gibt eine Menge Zwischentöne, mehr als du glaubst.«

Er legte seine Hand auf meinen Hinterkopf, zog mich zu sich heran und zwang mich, ihm direkt in die Augen zu sehen. Leise fragte er: »Ist es schon vorbei?«

Ich schmolz und hätte ihm alles verziehen. »Nein, das ist es nicht. Aber — warum hast du kein Vertrauen zu mir?«

»Mein Leben war nicht immer so, daß es deinen Vorstellungen von Ehre und Moral entspricht. Das ist alles. Ich bin Mitte 40, wohlhabend und merkte erst jetzt, daß ich das Wichtigste im Leben verpaßt habe ...«

Pause. Ich ahnte, daß jetzt die liebende Ehefrau und die nette Kleinfamilie ins Spiel gebracht würden und vielleicht würde noch der Satz fallen, daß er mich gern zehn Jahre früher kennengelernt hätte und daß dann alles viel schöner in seinem Leben geworden und er heute nicht so einsam wäre und so weiter und so fort.

»Und, Liebster? Was hast du verpaßt?«

Er seufzte. Natürlich seufzte er. An dieser Stelle seufzen Männer immer. Ich blickte ihn erwartungsvoll an, in meinem Hals steckte ein trockenes Lachen.

»Vor zehn Jahren ...« begann er, »vor zehn Jahren, nach dieser Steuersache, hätte ich mein restliches Geld zusammenkratzen und mir eine Insel in der Karibik kaufen sollen. Das habe ich verpaßt im Leben. Dort würden mich Inselschönheiten verwöhnen, ich könnte den ganzen Tag Rum mit Cola trinken und mir die Sonne auf den Bauch scheinen lassen.«

Ich prustete los. Der Mann war genial. Er mußte geahnt haben, daß ich auf die Nummer mit dem verpaßten kleinbürgerlichen Familienglück gewartet hatte. Nun schlug er mir ein Schnippchen! Ich warf ihn lachend auf Richies rotbezogene Couch.

Nach einer Weile suchten wir weiter. Auf dem Sparbuch, das in einer Küchenschublade lag, waren etwa zehntausend Mark. Drei Monate lang hatte Richie dreitausend eingezahlt, und etwa 1000 Mark waren schon drauf gewesen.

»Wer hat dem Bengel pro Monat 3000 Schleifen gegeben und wofür? Hast du ihn unterstützt?«

Muradt winkte ab. »Ich habe ihn gefragt, ob er was braucht, als er die Hotelfachschule abgebrochen hatte, aber er sagte, er käme zurecht. Er habe einen guten Job ...«

»Ungewöhnlich, daß Monatslöhne in bar ausgezahlt und nicht auf ein Giro-Konto überwiesen werden. Weißt du, wem die Wohnung gehört?«

»Eine Hausverwaltungs GmbH kümmert sich für den Besitzer um alles. Ich habe zuletzt mit den Leuten wegen des Schlüssels verhandelt, wie du ja weißt.«

»Warum gibt es keine Überweisungen wegen der Mietzahlung?«

»Maria! Ich habe verdammt noch mal keine Ahnung. Sei doch nicht so störrisch. Ich kenne den Besitzer wirklich nicht und wenn es Korn sein sollte — die Chance ist ja nicht gering bei den vielen Wohnungen, die ihm gehören — so habe ich nichts davon gewußt!«

»Reg' dich nicht auf. Komm', laß uns gehen. Hier finden wir nichts mehr.«

»Gehen wir zu dir oder zu mir?«

»Zu dir. Meine Wohnung ist nicht aufgeräumt und ich habe noch nicht mal eine Flasche Wein im Haus.«

»Als Hausfrau wärst du eine Katastrophe«, stellte er fest und half mir in den Mantel, »oder meinst du, du könntest das noch lernen?«

»Mein Pflegetrieb ist nicht besonders ausgeprägt«, gestand ich, »und ich eigne mich auch nicht zum Kinderhüten und zum Flurputzen. Warum fragst du?«

»Wenn ich Fragen stelle, wunderst du dich. Ich habe mich den ganzen Abend durch deine Fragen quälen lassen müssen.«

»Du tust mir leid«, ich küßte ihn auf die Wange, »dann laß uns Versöhnung feiern.«

Die Tür fiel hinter uns zu. Er hatte ein Appartement in der Nähe von beachtlicher Größe und außergewöhnlichem Zuschnitt. Er entkorkte eine Flasche Roten und zauberte einen Imbiß. Ein perfekter Mann ... dachte ich gerade, als er sagte: »Übrigens, bevor du es selbst herausfindest, ich habe dieses Appartement von Kurt Korn erworben ...«

»Hör auf«, schrie ich und hielt mir die Ohren zu, »ich kann diesen Namen nicht hören. Wenigstens heute abend nicht mehr!«

»Dir kann ich es auch nicht recht machen«, tat er beleidigt, »Jetzt gestehe ich schon meine Verfehlungen und du fängst an zu schreien ... Du bist ein merkwürdiges Wesen.«

»Unser Streit tut mir leid, aber ich kann nun mal nicht anders. Hat es dich sehr gestört?«

»Ich fühlte mich ungerecht behandelt, ausgerechnet von einer Frau, die ich eigentlich sehr mag. Das hat mich fast um meine Fassung gebracht.«

»Aber nur fast«, räumte ich ein.

Der Abend endete wesentlich schöner, als er begonnen hatte. Zwei Stunden später setzte er mich zuhause ab.

Kein Gift im Wein vergiftet auch

Ich schlief schlecht in dieser Nacht und träumte seit langer Zeit wieder laut und deutlich. Ich versuchte zu fliehen, weil mich jemand verfolgte. Ich wußte nicht, wer hinter mir her war, und ich wußte nicht, wo ich war. überall Nebel, der war undurchdringlich, drohende Schatten, Stimmen und Schreie wie aus der Geisterbahn. Meine Füße waren schwer, ich versuchte zu laufen und kam nur zentimeterweise vorwärts, als hätte ich Bleigewichte an den Füßen.

Mir brach der kalte Schweiß aus, ich sah nach vorn, um den Weg zu finden, stand aber gleichzeitig neben mir und beobachtete mich. Ich keuchte, vor mir öffnete sich der Nebel. Der Samariter kam auf mich zu und sagte mit anklagender Stimme: »Der Mandelkuchen ging daneben, ich habe zuviel Mehl genommen.« Die Tränen liefen ihm die Wangen herunter. Ich ging auf ihn zu und legte ihm die Hand aufs Haar und sagte dramatisch und mit Hall unterlegt: »Habe ich dir nicht gesagt, daß du dich genau ans Rezept halten sollst?«

Er nickte und weinte bitterlich. Der Schreibtischtäter erschien, drückte den Samariter unwirsch beiseite und brüllte mich an: »Grappa, haben Sie meinen Kommentar verbrannt?« Ich starrte ihn an und schüttelte entgeistert den Kopf. »So etwas würde ich nie tun!« protestierte ich. Er kam auf mich zu und als er mit erhobener Faust vor mir stand, öffnete sich die Erde und verschlang ihn. Zurück blieb ein Gestank von Pech und Schwefel.

Kaum war der eine verschwunden, sah ich, wie Michael Muradt hinter mir herlief, einen Zettel in der Hand schwenkend. Ich versuchte wieder zu entkommen, hatte die Schuhe aber voller Sand und kam nicht vorwärts. »Warte doch«, keuchte er und kam näher. Ich sah, wie ich die Augen vor Entsetzen aufriß, als er mich erwischte. »Hier habe ich es.«

Ich schaute auf den Zettel in seiner Hand: Eine Spendenquittung über 200000 Mark, unterzeichnet von Staatsanwalt Heinz Strickmann und von Kurt Korn. Also steckten alle unter einer Decke! Nein, schrie ich und wachte auf. Ich schaute in das besorgte Gesicht meiner Katze Miou. Durch meinen unruhigen Schlaf hatte ich sie vom Fußende meines Bettes vertrieben.

Ich tastete nach dem Wecker. Kurz nach drei Uhr. Mein Kopf brummte, ich hatte wohl den Rotwein nicht vertragen.

Ich ging ins Bad und machte mich frisch. Mein Blick fiel in den Spiegel. Ich sah mitgenommen aus. Hatte wahnsinnige Kopfschmerzen. Wirre Gedanken in meinem Gehirn.

Richie und Korn und Muradt. Warum nur ließen sich die Teile nicht zu einem Ganzen zusammenfügen? Ich hatte irgendeinen Fehler gemacht, war nicht sorgfältig genug vorgegangen, ich war verliebt und das hatte mein Hirn vernebelt.

Verliebt in einen Mann, der eine enge Verbindung zu allen Beteiligten hatte. Hatte er meine Bekanntschaft gesucht, um über die Recherchen auf dem laufenden zu sein? Um sich rechtzeitig in Sicherheit zu bringen?

Mein Gott, war mir übel. Ich drehte den Wasserhahn auf und hielt die Stirn unter den Strahl. Meine Kopfschmerzen verursachten einen Brechreiz, doch das kalte Wasser kühlte meine Haut. Ich nahm zwei Aspirin, ich fühlte mich ausgebrannt und müde.

Vielleicht eine Grippe oder eine Magenverstimmung. Meine Knie zitterten, mit Mühe schaffte ich es ins Bett. Ich dachte an das, was ich zuletzt gegessen hatte. Konnte mich an nichts erinnern, sah nur noch den lila-roten Wein vor mir, den mir Muradt gegeben hatte.

Der Wein! Er hatte sehr stark geschmeckt. Unvorstellbar, in dem Wein war etwas, das nicht reingehörte! Ich fing an zu heulen, mir ging es hundeelend. Ich sah mich plötzlich tot auf meinem Bett liegen, auch noch ungeschminkt und blau im Gesicht von Zyankali oder Arsen. Aber — er hatte bestimmt ein nicht nachweisbares Gift genommen, schlau wie er war! Die elenden Kopfschmerzen brachten meine Phantasie in Schwung.

Ich heulte laut auf. Er war's, er wollte mich aus dem Weg räumen. Doch — so einfach wollte ich es ihm nicht machen! Er sollte wissen daß ich wußte, wer mich ermordet hatte. Ich hatte Fieber, ich spürte es.

Ich kroch zum Telefon, mein Bauch schmerzte. Durchhalten, nahm ich mir vor. Ich wählte Muradts Nummer. Es dauerte eine Weile, bis sich seine müde Stimme meldete: »Hallo, wer ist dort?«

»Das Gift wirkt schon«, schluchzte ich, »in zwei Stunden spätestens bin ich tot.«

»Mein Gott, was ist los mit dir? Bist du krank? Nun, sag doch was?« brüllte er in die Muschel. Ich versuchte meiner Stimme einen leidenden, aber edlen Klang zu geben: »Ich habe nicht gemerkt, daß du mir Gift in den Wein getan hast. Du hast es sehr geschickt angestellt. Du bist überhaupt sehr gerissen.«

»Was habe ich? Bist du verrückt geworden? Ich bin sofort bei dir und bringe dich in die Klinik.«

»Mach dir bitte keine Mühe. Dein Einsatz war schon hoch genug. Und dein Zeitaufwand. Außerdem würde ich dir nur das Auto vollkotzen. Und Rotweinflecken gehen schwer wieder raus.«

»Hör mir zu, du verrücktes Weib. Leg dich auf dein Bett und warte bis ich da bin, klar?«

Es klickte in der Leitung. Merkwürdigerweise ging es mir besser. Das war wohl nur das letzte Aufbäumen vor dem endgültigen Ende. Ich legte mich auf mein Bett und wartete. Es war kurz vor vier Uhr, in etwa zwei Stunden würde die Sonne aufgehen. Aber das würde ich nicht mehr erleben. Ich ließ mein bisheriges Leben an mir vorbeiziehen. Nach einer Weile war mir klar, daß ich kein besonders guter Mensch gewesen war. Und dabei hatte ich mir so oft vorgenommen, lieb und nett und freundlich zu allen Menschen zu sein, doch es hatte sich irgendwie nie ergeben.

Aber — etwas richtig Böses hatte ich noch nicht getan. Hier und da mal eine kleine Intrige gegen den Chef, ein paar kleine Notlügen, und mein Konto hatte ich schon mal häufiger überzogen. Die Bilanz war gar nicht so schlecht, die ich da am Ende meines Lebens zog. Ich legte mich auf den Rücken, schloß die Augen und wartete auf den Tod.

Zehn Minuten später klingelte es. Ich schleppte mich zur Tür. Er sollte sich ruhig ansehen, was er mir angetan hatte. Ich öffnete, Muradt stand mit zerzaustem Haar und übermüdeten Augen davor. Hinter ihm ein Mann mit Aktentasche. Ich wollte eigentlich noch im Flur zusammenbrechen, aber die beiden hätten mich dann in mein Schlafzimmer schleppen müssen, also vergaß ich es.

Der Mann, der angeblich ein Arzt sein sollte, untersuchte mich. »Darmgrippe, verbunden mit Fieber«, stellte er trocken fest. »Ich bin vergiftet worden«, korrigierte ich den Arzt. »Das sieht doch jedes Kind.«

»Sind Sie aber nicht, Frollein.« Er packte seine Instrumente in den Koffer. »Ich habe Ihnen was aufgeschrieben. Nehmen Sie drei von diesen Kohletabletten und bleiben Sie ein paar Tage im Bett. Das Fieber müßte bald runter sein. Soll ich den Herrn jetzt reinlassen?«

Ich nickte. Verdammt, ich hatte mich dämlich und hysterisch benommen. Was sollte ich ihm sagen?

Ich brauchte ihm nichts zu sagen, denn niemand kam rein. Er war gegangen.

Zwei Hochprozenter treffen aufeinander

»Lange nichts von Ihnen gehört, Frau Grappa«, tutete mein munterer Informant aus dem Grundbuchamt. »Kurt Korn, der Gatte unserer dahingeschiedenen Bürgermeisterin? Ist der Fisch nicht ein bißchen groß? Wenn der furzt, gehen in Bierstadt die Rathauslampen aus.« Meierchen lachte sich tot über seinen Witz.

»Jeder hat die Gegner, die er verdient. Also, was hat Korn so alles an den Füßen?«

»Korn und Grappa — zwei Hochprozenter. Ha, ha, ha. Wenn man die zusammenschüttet und jemand geht mit 'ner Zigarette dran vorbei, dann macht es Wuufff!«

»Sie sind der erste, der zugucken darf, wenn's brennt. Meierchen, bitte!! Ich hab's unglaublich eilig. Schlagen Sie Ihre schlauen Bücher auf ...«

»Schon dabei. Also, Kurt Korn. Da hätten wir die Kurt Korn Wohnungs-und Grundstücks GmbH und Co. KG, alleiniger Gesellschafter ist die Kurt Korn Bausanierungsgesellschaft mbH. So. Und jetzt zum Besitz. Aufkauf der Häuser Kielstraße 3 bis 75 im Bierstädter Norden. Das war vor einem halben Jahr. Vor drei Monaten die 250 Wohnungen im Nordviertel, Davor ... Moment ... Altlastengrundstück, 30000 Quadratmeter an der Bornstraße, muß aber saniert werden, zur Zeit noch nicht als bebaubar ausgewiesen. Es geht weiter: Appartement-Hochhaus Viktoriastraße ... Luxusappartements.«

Also doch! Das waren die Wohnungen, in denen Richie gewohnt hatte. Meierchen machte weiter: »Quadratmeter-Mietpreis um die 30 Mark. Kalt. Nichts für Arme oder Normale; man spricht von hübschen jungen Frauen und Männern, die hier dem ältesten Gewerbe der Welt nachgehen sollen.«

Also hatte mich meine Nase doch nicht getäuscht! Richie war ein Gigolo.

«Noch mehr, Herr Meier?«

»Klar, es geht weiter. Jetzt zu den öffentlich geförderten Projekten, zum Nordstadt-Sanierungsprogramm. Kielstraße, Blücherblock und Weißenturm-Weg. Für die gab's massenweise Geld von Stadt und Land. Er mußte sie mit diesem Geld modernisieren und sich verpflichten, die alten Mieter wieder aufzunehmen.«

»Und kamen die alten Mieter wieder zurück?«

»Die Mieten dürfen zwar nach der Sanierung erhöht werden, wegen der eingesetzten öffentlichen Mittel aber nur begrenzt. Und wenn die alten Mieter nicht mehr einziehen wollen, weil sie plötzlich keine Lust mehr haben oder in eine andere Stadt gehen oder doch nicht mehr zahlen können, dann vermietet er frei. Außerdem: Wo kein Kläger, da kein Richter. Notfalls zahlt Korn die öffentlichen Mittel zurück, wenn die Stadt ihm draufkommt. Mieter sind und waren für solche Hausbesitzer sowieso nie ein Problem. Hauptsache Grundbesitz für 'nen Appel und 'nen Ei, dann wird solange luxussaniert, bis nur noch die Gutbetuchten dort wohnen können. Oder — er reißt alles ab. So wie der Norden aufgemöbelt werden soll, werden irgendwann schöne Büroflächen gesucht. Und die gehören der Kurt Korn GmbH und Co. KG. Und wenn's mit der Kündigung nicht klappt, greifen die zu anderen Mitteln.« Meier klang verbittert.

»Was für Mittel meinen Sie?«

»Rollkommandos. Drohungen. Die Fenster werden zerschlagen, die Kloschüsseln kaputtgehauen, Psychoterror, anonyme Telefonanrufe, schriftliche Drohungen und Überfälle, wie auf den Mann vom Mieterverein. Beschwert sich jemand, heißt es: Wo sind die Beweise? Und wenn einer dann immer noch aufmuckt, der wird mit einer Klagelawine überschüttet, so daß er sich nur noch einen Strick nehmen und sich aufhängen kann.«

»Woher wissen Sie das alles?«

»Meine Frau arbeitet beim städtischen Wohnungsamt. Da gehen die Leute hin und beschweren sich über die Methoden. Und wollen von der Stadt ihre Wohnung wiederhaben. Doch — die Stadt macht nichts, denn die Häuser sind ja verkauft. Auch die Leerstandsverordnung hilft da nicht. Denn dann werden die Wohnungen so gründlich verwüstet, daß sich eine Sanierung nicht mehr lohnt. Und dann erteilt die Stadt Korn die Abbrucherlaubnis. Seit der hier wütet, hat sich die Zahl der Wohnungssuchenden in Bierstadt vergrößert und zwar kräftig.«

Meier war eine wahre Goldgrube an dem Tag. Sitzt sich den Hintern im Grundbuchamt platt und spürt noch soziale Ungerechtigkeit.

Ich fragte mich, ob Bürgermeisterin Lisa Korn mit den Geschäftsmethoden ihres Gatten einverstanden war — als Politikerin, die im Bierstädter Norden auch noch ihren Kommunalwahlkreis hatte. Dort, wo ihr Mann ihre Wähler aus der Wohnung warf.

Aber — in dieser Stadt schien niemand an kleinen schiefen miesen Geschäftchen Anstoß zu nehmen.

Eine alte Dame in Nöten

Der Samariter war empört aus seiner Sendung gestürzt. Er suchte und fand mich. Auslöserin seiner Aktion war Elfriede Strunk, eine seiner liebsten Anruferinnen in der Sendung »Nachbarn sind wir alle«.

Sie himmelte ihn mit ihren 78 Jahren an wie ein später Teenager, der seine Tanzstundenliebe wiederentdeckt hat.

Der Samariter hatte ihr im Laufe seiner segensreichen Radio-Tätigkeit einen Kohleofen, eine Federkernmatratze und einen jungen Mann vermittelt, der einmal in der Woche für sie einkaufen ging.

Und als Wellensittich Lorchen das Zeitliche gesegnet hatte, sorgte Manfred Poppe für prompten Ersatz. Eine Bitte im Radio, vorgetragen mit dieser wunderschönen, tiefen sonoren Stimme, und Elfriede Strunk hätte eine Wellensittich-Farm eröffnen können, so viele »gute, gute Menschen« wollten einer »armen einsamen Frau« eine »große, große Freude« machen.

»Maria, da mußt du was machen«, kam er mir aufgeregt entgegen.

»Bleib' ganz ruhig. Erzähl die Geschichte von Anfang an. Worum geht es?«

Er schaute mich mit wunden Augen an. »Elfriede Strunk!« schleuderte er mir entgegen.

»Was ist passiert? Ist der Bollerofen kaputt oder hat ihr neues Lorchen sich einen Verehrer zugelegt ...?«

»Nein! Ganz falsch.« Manfred Poppe litt wirklich. »Frau Strunk hat Angst. Sie wird bedroht. Seit zwei Wochen. Weil sie nicht ausziehen will.«

Die Geschichte hörte sich wirklich gut an und roch nach Korn.

»Wohnt deine Frau Strunk nicht in der Kielstraße? In einem Altbau? Mit Klo auf der Treppe, dafür wenig Miete?«

»Genau. Ihr ist der Mietvertrag gekündigt worden. Sie ist die letzte in dem Haus. Der neue Besitzer hat die anderen Mieter schon rausgeekelt.«

»Ich fahr' hin. Hast du die genaue Adresse?«
Er gab mir schweigend einen Zettel. »Grüß die alte Dame von mir«, bat er. Aber klar doch!
»Übrigens, der Mandelkuchen ist nichts geworden. Ich habe wohl doch zuviel Mehl reingetan.«
»Ich habe dir doch gesagt, daß du dich genau an das Rezept halten sollst.«
O nein, nicht schon wieder dieser Mandelkuchen!

Die Sonnenseite, die Schattenseite

Um in die Kielstraße zu gelangen, ließ ich den Bahnhof hinter mir und fuhr am Bahndamm entlang. Obwohl Sperrbezirk, patrouillierten hier junge Mädchen, die mit Sex eine schnelle Mark machen wollten ... machen mußten. Denn hier am Damm verdingten sich die drogenabhängigen Mädchen von der Platte. Die Freier hier waren verdammt mies.

Meist fanden die Nummern in deren Autos statt und oft wurden die Mädchen mißhandelt, um ihren Lohn betrogen, zusammengeschlagen und aus dem Auto geworfen, manchmal sogar umgebracht.

Die Gegend war nicht immer so. Erst seitdem die Stadt ihre gute Stube vor dem Bahnhof eingerichtet hatte, wo alles sauber, hell und architektonisch durchgestylt sein mußte.

Hier kaufte man nicht ein, sondern ging »shopping«, man »erlebte« den Konsum als prickelnden Zeitvertreib. Eine merkwürdige Bezeichnung dafür, daß Menschen ihr sauer verdientes Geld für übertgeuerte Waren ausgeben.

Hinter dem Bahnhof die ganz andere Welt. Graue Straßen nur mit kümmerlichen Bäumen, schwarz-graue Häuserfassaden, die bei näherem Hingucken gar nicht so übel ausgesehen hätten, wären sie frisch getüncht und vom Dreck der letzten 70 Jahre befreit worden. Doch die Wohnungen waren grundweg schlecht. Dunkle Räume mit verrotteten Dielenfußböden, verwitterten Fenstern, feucht und schimmlig. Ofenheizung, Waschbecken und Klo eine Treppe tiefer. Im Winter kalt, im Sommer heiß.

Aber — die Mieten waren billig. 40 Quadratmeter für 250 Mark. Es war nicht die Schuld der Mieter, daß hier alles so verkommen war. Es waren die Besitzer der Häuser, Leute wie Kurt Korn, die nichts mehr investieren wollten in die alten Buden. Die nur scharf auf die Grundstücke waren, für die ein altes Haus ein Klotz am Bein war und die Mieter obendrein. Da halfen keine Mieterschutzgesetze, denn welche alte Frau oder welcher alte Mann ficht einen Streit vor Gericht durch alle Instanzen durch?

Aber auch diese Nordstädtler hatten die Stadt mit aufgebaut, ihr den Wohlstand gebracht, von dem sie jetzt noch zehrte, ihr die Wunden geschlagen, die sie heute noch schmerzten. Sie waren eher ein Teil des Ganzen als Kurt und Lisa Korn, als Staatsanwalt Strickmann oder Michael Muradt. Denn, diese Stadt, dieses Viertel, dieses alte Haus war ihr Leben. Sie kannten nichts anderes und sie wollten nicht anderes mehr kennenlernen, sie wollten ihren Tag leben, wie sie ihn 40 Jahre lang gelebt hatten. Doch die, die jetzt in der Stadt das Sagen hatten, die griffen nach der Sonne. Plötzlich sollte alles hell und edel sein, sauber und antiseptisch, eine Stadt mit Weltniveau. Bierstadt sollte in einem Atemzug mit New York, Paris und London genannt werden.

Auf dem Weg zur internationalen Metropole störten die hohe Arbeitslosenziffer, die Menschen, die eine billige Wohnung suchten und sie nicht fanden, die Familienväter, die vier Jahre oder mehr ohne Job waren. Sie hatten von Schwer-Vermittelbaren-Programmen, von Arbeitsbeschaffungsmaßnahmen und Weiterqualifizierungen aus Geldern des Europäischen Sozialfonds die Nase voll.

Sie wollten nicht immer gesagt bekommen, daß sie die Versager in dieser Stadt waren, weil sie sich nicht anpassen konnten an diese schöne neue saubere Welt mit ihrem Glitzer und Glimmer.

Auch deshalb hatten viele von ihnen bei der letzten Kommunalwahl die Ultrarechten gewählt, die die Ausländer und Asylbewerber für alles Böse in dieser Welt verantwortlich machten. Und die Vaterlandspartei war dann mit über sechs Prozent ins Kommunalparlament eingezogen.

Elfriede Strunk war eine alte Frau, die dort wohnen bleiben wollte, wo sie immer gelebt hatte. Ich bog links vom Bahndamm in die Kielstraße ein. Fand die Hausnummer. Das Türschloß war kaputt, ich drückte auf.

Kein Licht im Flur, die Briefkästen waren aufgebrochen und lagen teilweise am Boden — das konnte ich im Halbdunkel erkennen. Reklame und alte Zeitungen auf dem zerschlagenen Steinboden. Ich ertastete das Treppengeländer. Es roch nach Urin und Moder.

Ich schluckte und versuchte, flach zu atmen. Ich konnte kaum glauben, daß dieses Haus noch bewohnt war! Wie kam eine alte Frau wie diese Frau Strunk nur die kaputte Treppe hinauf?

Ich hatte Hemmungen, die zerschlagenen Stufen zu betreten. Die Streben des hölzernen Treppengeländers waren zertrümmert und zersägt.

Ich kam in der ersten Etage an. Die ersten drei Wohnungen schienen leer, denn die Türen standen entweder auf oder fehlten ganz. Zwielicht gab allem einen gespenstischen Anstrich. Ich schaute in die Räume hinein: Dreck, Schutthaufen, die Elektroleitungen aus den Wänden gerissen. In einer Wohnung stand ein verbeulter, verrosteter Kinderwagen, in einem anderen Raum hatte jemand mitten im Zimmer ein offenes Feuer brennen lassen. Das waren angeheuerte Vandalen, die so gewütet hatten!

Wie aufmüpfige Mieter gefügig gemacht werden

In der zweiten Etage fand ich eine Wohnung, die verschlossen war. Ich versuchte im Halbdunkel den Klingelknopf zu erkennen und glaubte, den Namen Strunk zu lesen.

Ich schellte, nichts tat sich. Ich klopfte schließlich an die Tür und wartete.

Ich hörte, wie sich jemand vorsichtig der Tür näherte, als wolle er prüfen, wer davor stand.

»Frau Strunk, ich bin von Radio Bierstadt. Herr Poppe schickt mich. Ich soll nach Ihnen sehen ... wie es Ihnen geht.«

»Moment, ich mache auf«, sagte ein dünnes Stimmchen. Es dauerte eine Weile und die Tür öffnete sich einen Spalt.

Ich setzte ein vertrauenerweckendes Lächeln auf, als mich die alte Frau mißtrauisch anschaute. Dann schob sie die Sicherheitskette zurück.

Sie war klein und ging gebückt. Ein altes Gesichtchen, blaß, die weißen Haare wie in einem Märchenfilm zu einem winzigen Knoten gebunden. Sie trug eine dieser Kittelschürzen mit kleinem Muster, kleine Blümchen auf blauem Grund dicht aneinandergereiht. Sie ging vor mir durch den düsteren Flur. Der Kittel war auf dem Rücken durchgeknöpft. Ich war angerührt, ich kannte solche Kittel, meine Oma habe ich nur in diesen Hausfrauen-Schürzen in Erinnerung. Damit die viele Hausarbeit nichts schmutzig macht und die guten Sachen nicht so oft gewaschen werden müssen.

Frau Strunk führte mich ins Helle, eine Wohnküche, mit alten Küchenmöbeln aus Weichholz, die, abgebeizt, auf Flohmärkten die reinsten Schmuckstücke wären.

Der Ofen bollerte. Es war warm und gemütlich. Mir strömte der Geruch von Kuchen oder Gebäck entgegen, das soeben den Backofen verlassen haben mußte.

Diese heimelige Stimmung zu erzeugen, das schaffen nur Frauen wie Elfriede Strunk. Ich saß in einer »Wohnküche« — der Begriff ließ Legionen unterdrückter Hausfrauen an meinem geistigen Auge vorüberziehen.

Ein Raum, in dem die Frau kocht, die Kinder stillt, dem Mann die Schuhe auszieht, wo die Familie ißt, die Frau anschließend das Geschirr abwäscht und kaum Zeit hat, sich mal auszuruhen.

Die Wohnküche der alten Frau war tiptop. Aufgeräumt, mit einem blankgescheuerten alten Tisch, auf dem jetzt eine Spitzendecke lag: »Bitte setzen Sie sich doch«, bat sie und rückte den Stuhl vom Tisch ab. »Wollen Sie etwas Kaffee haben und frischen Kuchen?«

Sie war einfach reizend. Langsam schlurfte sie zum Küchenschrank, reckte sich, so gut es ging und holte — zur Feier des Tages vermutlich — eine dieser Tassen mit Unterteller heraus.

Ich mußte unwillkürlich lachen. Ja, ich erinnerte mich, die Dinger hießen »Paradetassen« und wurden auch bei meiner Oma nur zu besonderen Anlässen herausgeholt, weil sie leicht kaputtgingen. Diese hier war beige, mit einer Menge Röschen drauf und oben am Tassenrand eine Goldbordüre. Der Henkel war affektiert abgespreizt.

Frau Strunk wischte das Goldstück mit einem Küchentuch aus. Dann brachte sie eine braune Kanne, aus der heißer frischer Kaffee duftete. Nicht gefiltert, wie es heute üblich ist. Nein, Kaffee unten rein, kochendes Wasser obendrauf und warten, bis sich das Mehl unten abgesetzt hat.

Sie goß den Kaffee vorsichtig in die Rosen-Tasse, damit sie den Kaffeesatz durch allzu heftiges Schütteln nicht aufrührte.

Dann kam der Kuchen. »Safran macht den Kuchen gel« — erzählte mir meine Oma immer, wenn sie mir das erste Stück gab, das Stück ganz vorn mit der Kruste, wo noch viel Paniermehl dranklebte. Paniermehl sollte das Anpappen des Kuchens in der Form verhindern, heute wird dazu Aluminium-Folie oder Backpapier genommen.

»Ich gebe Ihnen ein Mittelstück«, meinte Frau Strunk und setzte das Messer an. »O nein, bitte nicht, kann ich das ganz vorne haben?« Ich war glücklich, als ich es bekam.

Ich fühlte mich geborgen. Erstaunlich, daß unser Gehirn nicht nur Erinnerungen speichert, sondern auch solche Gefühle wie Geborgenheit. Es war übrigens Marmorkuchen.

»Frau Strunk, Sie wohnen ganz allein hier? Wo sind die anderen Mieter?«

»Weg, irgendwo hin. Die haben es nicht mehr ausgehalten.«

»Was ausgehalten?«

»Den Krach nachts. Die kaputten Lichtleitungen. Die Scherben, die zerschlagenen Klotöpfe.«

»Und wer hat das alles gemacht?«

»Junge Burschen. Ich habe sie früher in unserem Viertel nie gesehen. Aber die kommen fast jeden Abend.«

Sie schaute sich ängstlich um und fing plötzlich an zu flüstern: »Heute bestimmt auch wieder.«

»Haben Sie keine Verwandten?«

»Mein Mann ist vor 25 Jahren gestorben.« Sie ging zum Vertiko und reichte mir ein gerahmtes Foto rüber. Es zeigte einen jungen Mann in Wehrmachtsuniform mit kurzem Bürstenhaarschnitt, der keck aus dem Foto blickte.

»Schöner Mann«, murmelte ich. »Und — haben Sie keine Kinder?«

»Nein, eins ist früh gestorben.«

»Frau Strunk, was ist genau passiert?«

»Eines Abends klingelte es und da standen drei Leute vor der Tür. Sie kamen sofort in meine Wohnung und fragten mich, ob ich nicht ausziehen wollte. Nein, sagte ich, ich wohn' schon 40 Jahre hier und hier will ich bleiben. Die sagten dann: Das Haus wird aber abgerissen und wo willst du dann wohnen, Oma? Und als ich ihnen sagte, daß ich mich beim Mieterverein erkundigt hatte, wurde der große von ihnen böse. Er nahm einen Stuhl und schlug mir den Fernseher kaputt.«

Elfriede Strunk war erregt und setzte sich in einen Ohrensessel. »Am nächsten Abend kamen sie wieder. Sie drückten die Tür einfach ein. Sie warfen eine tote Katze in meinen Flur und brüllten: 'Das machen wir mit dir auch, Oma!' und verschwanden. Und dann habe ich bei der Nachbarschafts-Sendung angerufen.«

Sie knüllte ein Spitzentaschentuch in ihrer mageren Hand. Die Erinnerung an den Überfall machte ihr Angst und sie fing an zu weinen. Gefühlsausbrüche machen mich verlegen und ich überlegte, was ich jetzt machen sollte.

»Warum sind Sie nicht zur Polizei gegangen?«

Sie guckte hoch. »Ich hab' noch nie in meinem Leben was mit der Polizei zu tun gehabt.«

»Aber, die können Sie schützen!« Ich hatte das kaum gesagt, als ich ein ohrenbetäubendes schlagendes Geräusch an der Tür hörte. Da drosch jemand die Tür zusammen!

Ich hörte den Krach eher als Frau Strunk und ich sprang auf. »Wo ist das Telefon?« fragte ich. Sie schüttelte den Kopf und flüsterte: »Kaputt ...«

Ich griff zu einer Glaskaraffe, die einigermaßen schwer aussah und lief in das Flürchen. Drei Typen standen vor mir. Frau

Strunk jammerte im Zimmer vor sich hin. »Was wollen Sie hier?« schrie ich.

Einer der drei, fett und picklig, baute sich vor mir auf. »Oh, heute ist die Enkelin zu Besuch. Guck mal, Fred, gar nicht übel die Kleine.«

Die alte Frau wimmerte in ihrem Sessel. »Hören Sie«, begann ich, »verlassen Sie sofort diese Wohnung. Das ist Hausfriedensbruch.«

Er lachte fett. »Was du nicht sagst!« Die anderen zwei traten ins Licht.

Fred, ein langer Schmaler, entdeckte meinen Kassettenrecorder. »Radio, was? Die Alte hat eine Tante vom Radio zu sich bestellt.« Er nahm das Gerät und warf es in die Glasvitrine mit den Paradetassen. Es klirrte, Frau Strunk schrie auf.

Verdammt, ich hatte die Situation »Reporterin in Not« hundertmal vor meinem geistigen Auge durchgespielt. Aber jetzt fiel mir nicht das geringste ein. Ich sah blöd auf die Reste der Tassen, sah die Splitter und wartete auf eine Eingebung.

Die kam leider nicht und die drei bewegten sich auf den Käfig mit dem Wellensittich zu. »Nein«, schrie Frau Strunk und stellte sich vor den Käfig. »Wir wollen den Kleinen nur so herrichten, daß er in die Röhre paßt«, grölte der Fette und zu Fred und dem dritten sagte er: »Haltet mir die Alte vom Leib.«

Die wollte aber um ihr Lorchen kämpfen und trat dem Fetten ungeschickt vors Schienbein. Da holte Fred aus und schlug ihr mit der flachen Hand ins Gesicht. Sie fiel in ihren Ohrensessel.

Ich sah rot und ich hatte die Glaskaraffe noch immer in der Hand. Und wenn ich rot sah, dann sah ich auch rot.

Ich holte einmal aus und donnerte dem langen Fred eins auf die Nuß. Der guckte ungläubig und sackte zusammen.

Jetzt kam der Fette auf mich zu. »Ich glaube, die Mutter braucht Stoff und zwar richtig.« Er griff mich am Arm und zog mich an sich. Er stank aus dem Maul, mir wurde fast schlecht. Dann hob er die Hand und schlug mich rechts und links ins Gesicht und wieder und wieder.

Als er fertig war, gab er mir einen Stoß und ich flog in die

Ecke gegen den Ofen und stieß mir das Becken. Ich bemühte mich, nicht aufzuschreien. Ich blieb eine Weile liegen, um zu überlegen. Ich schmeckte Blut auf meinen Lippen. Das Schwein hatte mich grün und blau geschlagen! Mein Kopf schmerzte.

Ich blinzelte und sah mit Genugtuung, daß dem dünnen Fred ebenfalls das Blut übers Gesicht lief. Er hielt sich stöhnend den Kopf. »Sauerei«, brüllte er. »Korn hat gesagt, daß es ganz einfach wäre.«

»Halt dein dummes Maul«, fuhr ihm der Fette dazwischen.

Ich lag immer noch am Boden und schaute zu Elfriede Strunk. Sie war röchelnd in ihrem Stuhl zusammengesackt. »Die Frau stirbt«, schrie ich, »ihr Schweine. Und ihr habt sie umgebracht.« Die drei guckten in Richtung Ohrensessel. »Die Alte nippelt wirklich ab«, sagte der dritte erschrocken, »komm, nix wie weg hier. Damit will ich nix zu tun haben ...«

Er ging in Richtung Wohnungstür. »Ach was!« schrie der Fette, »die alte Schrecke simuliert nur. Der ist schon nix passiert.«

»Sie liegt im Sterben, seht ihr Mörder das denn nicht«, schrie ich und stellte mich wieder auf die Beine. Ich taumelte zu Frau Struck. Ich beugte mich über sie. Sie atmete nur noch schwach und schien bewußtlos zu sein.

Mein Gott, ich mußte Hilfe holen! Als ich hochsah, waren die drei verschwunden. Ich mußte unbedingt einen Arzt holen, sonst würde Frau Strunk sterben!

Ich rannte, so schnell ich konnte, die Treppe hinunter. Verstauchte mir den Knöchel, als ich auf eine kaputte Treppenstufe trat. Irgendwo draußen hatte ich eine Telefonzelle gesehen!

Auf der Straße führte ein Mann seinen Hund Gassi. »Holen Sie Hilfe«, flehte ich ihn an, »da oben ist eine alte Frau zusammengeschlagen worden, sie stirbt, wenn nicht sofort ein Arzt kommt.«

»Sie sind ja voller Blut«, sagte der Mann erschrocken und rührte sich nicht.

»Oben in der Wohnung, zweiter Stock. Schnell, sie stirbt.« An mehr kann ich mich nicht mehr erinnern, denn ich verlor das Bewußtsein.

Kurt Korn macht keine halben Sachen

Kurt Korn wählte die Telefonnummer seines Schulfreundes Heinz Strickmann, der als erfolgloser Staatsanwalt sein Leben fristete. »Herr Strickmann ist bei Gericht«, meinte seine Sekretärin. Danach pflege der Herr Staatsanwalt Strickmann in der Gerichtskantine zu speisen, gegen 15 Uhr sei dann wieder mit ihm zu rechnen.

»Er soll mich anrufen und zwar dringend«, befahl Korn und hinterließ seine Nummer. Er lachte in sich hinein.

Dieser Strickmann, schon in der Schule ein kläglicher Versager. Nicht, was die Noten betraf, da lag er im ersten Drittel. Schüchtern bis zur Feigheit, ging er jeder Schwierigkeit sofort aus dem Weg, gab immer schnell auf, unterwarf sich Lehrern und den Starken in der Klasse.

Seine 50000 wollte er nicht haben, der feine Herr Staatsanwalt, dieser Beamtenkacker, der sich seinen Arsch auf einem ungepolsterten Stuhl blankscheuerte.

Die Fälle, die der bekam, das waren Laden- oder Hühnerdiebe und kleine Verkehrssünder, die ihre Knöllchen nicht bezahlen wollten. Daß Heinzelmännchen — so wurde er in der Schule genannt — ausgerechnet seinen Fall bearbeitete, das schrie nach Rache. Dieser Beamtenpisser wagte es, sich mit ihm, Kurt Korn, ernsthaft anzulegen. In der Schule hatte er dabei immer schon den Kürzeren gezogen.

Corinna hatte brillante Arbeit geleistet. Es hatte ihr sogar Spaß gemacht, Heinzelmännchen auf Touren zu bringen. Sie stand auf Typen, die ihr eigenes Glück kaum fassen konnten, wenn sich eine schöne Frau wie Corinna für sie interessierte. Und die dann noch mit ihnen ins Bett ging. Ihnen allerhand beibrachte, was sie allenfalls in Pornos gesehen hatten.

Strickmann war so einer und als Corinna ihm ihre Arbeit in allen Einzelheiten schilderte — wie hatten sie gelacht! Der Kerl hatte sogar von Liebe und von heiraten und von »immer und ewig« gesprochen. Und sein Sparbuch hatte er ihr auch noch zur Begutachtung vorlegt, mit ein paar müden Kröten drauf.

»Schöne Grüße von Corinna«, sagte Kurt Korn, als Strickmann ihn endlich anrief. »Sie kommt nicht mehr. Dafür solltest du mal heute in deine

Privatpost gucken. Schöne Fotos, zumindest Corinna ist gut getroffen. Du solltest wirklich mal eine Abmagerungskur machen, mein Lieber. Aber du warst ja immer schon etwas schlaff.«

Heinz Strickmann war nicht in der Lage, etwas zu sagen. In seinem Kopf braute sich ein Gewitter zusammen.

»Corinna übrigens ist die Freundin eines Mannes, gegen den die Schwerpunktstelle für Wirtschaftskriminalität zur Zeit ermittelt. Wegen Steuerhinterziehung, Erpressung, Meineid und schwerer Körperverletzung. Sie hat mir erzählt, daß du sie unter dem Vorwand gebumst hast, deine Beziehungen spielen zu lassen.«

Strickmann sagte noch immer nichts. »Hat es dir die Sprache verschlagen, Heinzelmännchen? Kann ich verstehen, so sind sie nun mal, die Weiber. Immer auf ihren eigenen Vorteil aus. Ich muß die Fotos doch nicht mit den entsprechenden Hinweisen an den Generalstaatsanwalt schicken oder?«

»Was willst du?« fragte Strickmann mit leiser Stimme.

»Keine Fragen, keine Ermittlungen mehr, ich will endlich meine Ruhe. Ich will nichts mehr hören von einer Bürgermeisterin namens Korn und einer alten Frau, die angeblich in meinem Auftrag zusammengeschlagen worden ist. Und auch nichts mehr von diesem Mieterfritzen, der was mit der Eisenstange über den Schädel gekriegt hat. Kapiert?«

»Hast du Corinna beauftragt?« wollte Strickmann wissen.

»Na klar, Corinna hat große Erfolge bei ihrer Arbeit. Sie hat mir erzählt, was ihr alles du zusammen getrieben habt. Und was du zu ihr gesagt hast dabei. Haben wir gelacht. Und anschließend habe ich ihr mal gezeigt, was ein richtiger Mann alles kann.«

Strickmann schloß vor Scham die Augen. In seinem Kopf schwirrten die Gedanken durcheinander. Diese Demütigung, das war das Ende. Er legte den Hörer auf und verbarg seinen Kopf in beiden Händen. Er hatte Corinnas Gesicht vor sich, wie er sie bat, seine Frau zu werden, wie er ihr seine Vermögensverhältnisse offenlegte, wie sie miteinander geschlafen hatten und er sich kaum wiedererkannt hatte. Alles Betrug.

Was sollte er jetzt tun? Sich eine Kugel durch den Kopf jagen? Dazu war er zu feige, bekannte er bitter. Korns Wünsche erfüllen? Dazu war er ein zu korrekter Beamter.

Aber, wenn Korn die Fotos an seinen Chef schickte, dann würde er suspendiert, bekäme ein Disziplinarverfahren, würde vielleicht sogar aus dem Dienst entfernt und verlöre seine Pensionsansprüche. Die Vorstellung schreckte ihn noch nicht mal so sehr. Aber die Enttäuschung, von einer Frau, die er zu lieben glaubte, schäbig belogen und betrogen worden zu sein, bereitete ihm körperliche Schmerzen.

Die Vorstellung, daß beide über ihn gelacht und dann anschließend zusammen im Bett waren, brachte ihn völlig außer sich. Er stand auf und übergab sich in das Waschbecken. Er zitterte am ganzen Körper.

Eine neue Heimat für Lorchen

Ich lag eine Woche im Krankenhaus und war danach noch eine Woche krank geschrieben. Prellungen und Gehirnerschütterung, so hatten die Ärzte gesagt. Frau Strunk war im Krankenhaus gestorben. Der Schock und die Angst. Die alte Frau war nicht mehr aufgewacht und die Stadt hatte die Auflösung ihrer Wohnung organisiert, wie das so üblich ist bei Todesfällen ohne Verwandte.

Ich rief im Sozialamt an und bot mich an, das Lorchen zu übernehmen. Der Sachbearbeiter war froh darüber und ich holte, sofort nach meiner Entlassung aus dem Krankenhaus, den Vogelkäfig ab. Frau Strunk war Kurt Korns drittes Opfer. Das sollte er büßen.

Ich war natürlich zur Polizei gegangen und hatte Anzeige erstattet: Die Staatsanwaltschaft leitete Ermittlungen wegen Körperverletzung mit Todesfolge gegen Unbekannt ein.

Natürlich hatte ich Korns Namen bei der Polizei genannt. Doch der Beamte hatte mich nur skeptisch angeguckt. Danach war ich mir nicht mehr so sicher, daß die Behörden meinem Tip folgen würden.

Endlich: Die Bunten greifen ins Geschehen ein

Die Machenschaften von Mieter-Hai Kurt Korn — so stand es in der Einladung der Ratsfraktion der Bunten zu einer Pressekonferenz. Endlich war jemand politisch aufgewacht, dachte ich mir. Es wurde auch langsam Zeit, daß sich jemand der schmutzigen Korn'schen Geschäfte annahm!

Mal sehen, was Dr. Arno Asbach und seine Mitstreiterin Erika Wurmdobler-Schillemeit zu erzählen hatten.

Ich kannte Arno Asbach noch aus der Zeit, als er sich in einer Bürgerinitiative gegen Polizeiübergriffe engagierte. Schon damals verwischten sich bei ihm die Grenzen zwischen Phantasie und Wirklichkeit, doch das fiel nicht weiter auf, weil die Bunten noch keine politische Kraft waren und niemand sie ernst nahm.

Heute nahm man sie ernst, doch sie waren kaum noch eine politische Kraft, auch wenn sie noch im Rat vertreten waren.

Dr. Arno Asbach hatte in Sozialwissenschaften promoviert. Im Fernstudium an der Universität Bremen. Das Thema seiner Doktorarbeit war mir entfallen, ihm vermutlich auch, denn nach seiner Promotion schlug er sich als Golflehrer in einem renommierten Club durch. Doch auch der Kontakt zu Leuten mit Geld und Macht, denen er leidlich half, ihre Pfunde abzutrainieren, brachte nicht die erhoffte Karriere.

So scheuchte er die Gattinnen der Manager immer mürrischer über den Rasen und begriff irgendwann, welche Rolle ihm das Leben zugedacht hatte: Er war ein wandelnder Karriereknick!

Also blieb nur eins: Kommunalpolitisches Engagement. Denn reden konnte er. Ohne Punkt und Komma. Am einfachsten schien eine Parteikarriere bei den Bunten, so sein Kalkül. Und er hatte recht: Innerhalb kurzer Zeit hatte er es zum Fraktionsvorsitzenden gebracht. Doch der berufliche Aufstieg ließ weiter auf sich warten.

Immerhin setzte sich Oberbürgermeister Gregor Gottwald dafür ein, daß die Stadt die Spitzenfinanzierung für seine Arbeitsbeschaffungsmaßnahme übernahm, die er bei einem »Verein für ganzheitliche Interaktion« bekam. Asbach war zuständig für das Projekt »Multikulturelle Konstellationen in den sozialen Brennpunkten unter besonderer Berücksichtigung der Bedürfnisse langzeitarbeitsloser ausländischer Mitbürger.« Klar, daß ganz Bierstadt den Ergebnissen der Untersuchung entgegenfieberte!

Er hielt sich zu allem Unglück noch für gutaussehend und konnte deshalb überhaupt nicht verstehen, daß es kein Mädel lange bei ihm aushielt. Selbst diese verhärmten, blassen Wesen, die den Geschlechterwiderspruch durch unaufhörliches Lamentieren über die Schlechtigkeit des Mannes zu knacken versuchten, fielen nur kurzzeitig auf ihn rein. Dann ergriffen sie die Flucht und wieder ihr Strickzeug.

Auch der zweite »Markt« blieb unerreicht für ihn: »Normale« weibliche Wesen stehen nun mal nicht auf Märchenprinzen, die von der Stütze leben, die kein weißes Pferd reiten, sondern ein Umweltticket der Stadtwerke zu ihrer Fortbewegung nutzen. Eine Entführung ins »Traumland der Liebe« in einem behindertengerechten Niederflurbus ist zwar ehrenhaft, macht aber keine Laune. Genervt durch sich immer wiederholende erfolglose Anstrengungen hatte Dr. Arno Asbach die Frauenfrage für sich persönlich gelöst: Er sparte jeden Monat eine kleine Summe von seinem Arbeitslosengeld und schenkte sich selbst jedes Jahr einmal eine dieser Junggesellenreisen nach Bangkok. In der Nachsaison natürlich, da waren die Tarife günstiger. Auch sein Einblick in die ökologischen Probleme der Dritten Welt waren seitdem viel intensiver geworden. An ihnen ließ er ein ausgesuchtes Bierstädter Publikum teilhaben — er hielt Dia-Vorträge in unserer Volkshochschule. Erika Wurmdobler-Schillemeit drückte an diesen Abenden enthusiastisch die Fernbedienung des Dia-Projektors.

Ich betrat den kleinen Sitzungssaal im Rathaus. Arno Asbach und Erika Wurmdobler-Schillemeit saßen bereits da und warteten auf uns Journalisten. Hajo Brunne war auch gekommen, um das Paar zu fotografieren. Beide mußten einen Aktenordner ins Bild halten, wahrscheinlich Beweismaterial gegen Mieter-Hai Kurt Korn — ich sah die Bildzeile vor mir. Hajo knipste und zog wieder ab, vorher kniff er mir ein Auge zu.

Dann erzählten sie. Von einer Fahrt des Bauausschusses des Rates ins Süddeutsche. Angeblich sollte sich der Ausschuß einige Sanierungsprojekte angucken. Um Vergleichsmöglichkeiten mit der Wohnungssanierung in Bierstadt zu haben.

»Doch abends«, tönte Asbach, »wurden wir in ein feudales Restaurant gebeten. Tolles Essen. Dann kam Herr Kurt Korn und es stellte sich heraus, daß er die Rechnung übernimmt. Stellen Sie sich diesen Skandal vor: Ein Privatmann bezahlt die Rechnungen von Politikern, die demnächst über seine Aufträge zu entscheiden haben! Wir alle sind böse hereingelegt worden! Und eingefädelt hat dies Baudezernent Werner Kunz!«

Ich war enttäuscht. Mehr hatten sie nicht herausgebracht? Keine Informationen über verbotene Preisabsprachen, nichts über kriminelle Methoden in den Sanierungshäusern, noch nicht mal moralische Entrüstung über einen rabiaten Hausbesitzer und Mieterhai, der versuchte, sich jedes Grundstück, jedes Haus in Bierstadt unter den Nagel zu reißen.

»Wer ist denn jetzt der Bösewicht?« fragte ich, »Kurt Korn oder Baudezernent Kunz?«

»Beide«, mischte sich Frau Wurmdobler-Schillemeit ein, »sie arbeiten eng zusammen. Und der Sohn von dem Kunz hat sogar einen Job bei dem Korn bekommen. Hochdotiert!«

Die anderen Journalistenkollegen waren auch enttäuscht. Peter Jansen, der Lokalchef des »Bierstädter Tageblattes«, murmelte etwas von vertaner Zeit und stand auf.

Na gut, irgendwie lustig war die Sache schon, fand ich. Da sitzt ein Ausschuß in einer Gaststätte und plötzlich taucht Kurt Korn auf und hält eine Rede und übernimmt auch noch die Zeche.

Vor einigen Jahren wäre das noch ein wirklicher Skandal gewesen, doch das Geben und Nehmen war in den letzten Jahren fast ganz normal geworden.

Ich mußte mit dem Baudezernenten reden, was er sich dabei gedacht hatte. Eine kleine Geschichte würde es schon geben, eine spöttische Moderation zwischen zwei Musiken.

»Ich hasse alle Journalisten«, sagte Baudezernent Kunz, als ich ihn anläutete. »Ich weiß«, meinte ich milde, »sagen Sie mir trotzdem, was es an diesem Abend zu essen gab?«

»An welchem Abend?«

»Beim Abendessen in Süddeutschland auf Kosten der Kurt Korn GmbH und Co. KG.«

»Haben die Bunten ihre Pressekonferenz schon beendet?«
Er hatte davon erfahren. Dann sagte er: »Spielverderber, diese Bunten. Da gibt man ihnen für umsonst was richtig Gutes auf die Gabel und so wird's gedankt.«
»Hätten denn nicht alle ihre Zeche selbst bezahlen können?«
»Natürlich. Aber die von den anderen Parteien hätten das nicht so gerne gesehen. Irgendeiner übernimmt bei solchen Fahrten sowieso die Zeche.«
»Aber ausgerechnet Kurt Korn!«
»Wieso ausgerechnet? Ich habe nichts gegen den Mann. Und was hätte die Presse geschrieben, wenn der Steuerzahler die Rechnung übernommen hätte?«
»War das alles Korns Idee?«
»Ja. Er wollte die Politiker von der Qualität seiner Sanierungsmaßnahmen überzeugen. Und das ist ihm auch gelungen, so hoffe ich.«
»Und — bekommt er jetzt den Auftrag für die Sanierung der Stadthäuser?«
»Wieso bekommt? Er hat ihn schon ...«
»Die Bunten sagen, die Auftragsvergabe stünde an ...«
»Die Bunten sagen ...« äffte er mich nach. »Diese Partei ist eine Mischung aus Halbwahrheiten, Intrigen, Pharisäertum und Frustration! Korn hat den Auftrag am 12. bekommen und das Essen war am 20. des Monats. Noch Fragen?«
»Noch zwei. Hat Ihr Sohn einen gutbezahlten Job bei Korn?«
»Nein, er arbeitet in einem Architekturbüro, das für Korn Aufträge durchführt. Als Praktikant, für 20 Mark die Stunde. Die zweite Frage?«
»Was gab's zu essen?«
»Ich lese Ihnen die Speisekarte vor: Klare Ochsenschwanzsuppe, Feines aus dem Fischernetz, Rehrücken mit Waldpilzen und Birne Helene. Wein und Schnaps nach Wunsch. Ein Essen, wie es in einem solchen Rahmen üblich ist. In Ihrem Beruf übrigens auch. Oder bezahlen Sie nach einer Pressekonferenz das Essen, zu dem Sie eingeladen werden?«
Nein, das tat ich nicht. »Hat es wenigstens geschmeckt?«
»Das ist schon Frage Nummer Drei! Ja, es war ganz gut. Be-

sonders Herrn Dr. Asbach hat es gemundet. Er hat noch eine Portion nachbestellt. Hat er das auch auf seiner Skandal-Pressekonferenz erzählt?«

»Nicht direkt«, räumte ich ein, »aber er hat nicht ausdrücklich abgestritten, daß er was gegessen hat.«

»Da habe ich aber Glück gehabt«, sagte Werner Kunz ironisch.

»Warum hassen Sie eigentlich alle Journalisten, Herr Kunz?«
»Weil sie sich wie die Richter dieser Welt aufspielen.«
Auch ein Grund. Die Geschichte war nicht mehr als eine Moderation über das, was die Bunten für ein Skandal halten. Die Bestechungsstory hatte sich »im Fischernetz« verfangen.

Wer ist Kurt Korn?

In den nächsten Tagen tat ich nichts anderes als Informationen über Kurt Korn und sein Imperium zu sammeln. Ich bemühte Pressearchive, holte mir die Kopie seiner Handelsregister-Eintragungen und stieß dabei auch auf Michael Muradts Namen. Er war tatsächlich zusammen mit Korn gleichberechtigter Gesellschafter der Baufirma gewesen und später dann ausgestiegen. Danach hatte sich Muradt – zumindest offiziell – nicht mehr an Korns Geschäften beteiligt.

Neben den Informationen, die mir Meierchen vom Grundbuchamt gegeben hatte, bekam ich noch heraus, daß Kurt Korn Optionen auf riesige Grundstücke hatte. Mir war nicht klar, warum, denn alle diese Flächen waren Industriebrachen, altlastenverseucht mit Phenolen und Furanen und so weiter. Für's Bebauen also wertlos, denn sie hatten im Altlastenkataster der Stadt ihren Platz. Das bedeutete, daß Korn niemals eine Baugenehmigung für die Flächen erhalten würde, denn – selbst wenn das Bauordnungsamt schlafen würde – irgendein Umweltschützer würde sofort Lunte riechen. Und die Grundstücke zu entkontaminieren – das würde viele Millionen kosten.

Ich blätterte noch mal die Handelsregisterauszüge durch

und fand die Erklärung. Korn hatte vor einem halben Jahr eine neue Firma gegründet, die »Altsan-KG«. Diese »Altsan« war eine Tochterfirma der »Ostschwung GmbH«, die sich in den neuen Bundesländern »engagierte«. Und siehe da, die »Altsan-KG« hatte das Geschäftsziel, Altlasten zu beseitigen, vergiftete Böden, Sondermüll und all diese »feinen« Sachen.

Wenn also die Firma »Altsan«, dachte ich mir, die Industriebrachen in Bierstadt aufbereiten würde, wäre Korn aus dem Schneider. Der Dreck wird dann in den Osten geschafft, wo die Firma »Ostschwung« die Ladung übernähme. Und im Osten würde der Müll als ungefährlich gelten, weil er von der Bierstädter Firma »Altsan« ja nur angeliefert würde. Inklusive Unbedenklichkeitsbescheinigung. Die Idee war genial einfach und zutiefst kriminell.

Als nächstes spürte ich Korns Aktivitäten im Bierstädter Norden nach. Ich rief bei seiner Firma an und stellte den Mitarbeitern dumme Fragen. Wieviel Mieter er denn schon aus den Wohnungen gedrängt hätte, ob es stimme, daß ein Rollkommando in seinem Auftrag die Mieter verschüchtert, warum er einen jungen Mann namens Richie Mansfeld mietfrei in seiner Wohnung logieren ließ, gerade Herr Korn, der doch sonst auf jeden Pfennig achtet. Danach fragte ich seine Sekretärin, ob sie wisse, welches Schlafmittel Herr Korn gewöhnlich nehme, ob er an dem Abend, als seine Frau starb, wirklich im »Pinocchio« mit seinem ehemaligen Partner Muradt zusammen war.

Ich nervte seinen Anwalt, mir etwas über die Geschäftspraktiken seines Mandanten zu sagen. Kurz, ich brachte durch meine dreiste Fragerei Kurt Korn ins Schwitzen – so hoffte ich wenigstens. Und weil ich ihn selbst nie sprechen wollte, sondern nur Erkundigungen über ihn einzog bei anderen, mußte er langsam in Panik geraten. Natürlich nannte ich immer ganz betont deutlich meinen Namen, er sollte schließlich wissen, wer da hinter ihm her war.

Die Sekretärin teilte mir gegen Ende der Woche mit, daß Korn mehrere Male angerufen habe, um mich zu sprechen. Doch ich rief ihn trotz seiner Bitten nicht an – um den Effekt meiner Aktion noch zu verstärken.

Sonnenuntergang auf der Spielbank

Jubiläums-Gala in der Spielbank Ruhr. Der Glücksstempel war fünf Jahre alt und hatte es in kürzester Zeit zu einem guten Umsatz gebracht. Keine Bürgerinitiative hatte den Bau verhindern können. So protzte der gläserne Gigant in bester Bierstädter Lage neben einer kleinen, graubraunen, schlichten romanischen Kirche aus dem 8. Jahrhundert.

Das war wieder mal ein Termin nach meinem Geschmack. Der Schreibtischtäter setzte mich neuerdings auf Gesellschaftstermine an, vermutlich aus so einer Art Fürsorgepflicht. Denn die Vorgesetzten hatten ihn wohl gefragt, warum seine Mitarbeiterinnen so gefährliche Aufträge übernehmen müßten, bei denen sie im Krankenhaus landen.

Und die Frauenbeauftragte im Sender hatte an ihrer Pfeife gezogen und ihn auf die Unterrepräsentanz weiblicher Redakteure in seiner Redaktion aufmerksam gemacht.

Der Schreibtischtäter fürchtete die Frauenbeauftragte. Sie konnte äußerst unangenehm werden und guckte sich jedes Jahr ein neues männliches Opfer aus, dem sie Respekt vor ihr und den Frauen allgemein beibrachte. Und das gründlich und mit Fug und Recht.

Auf jeden Fall sollte ich eine Gesellschaftsreportage machen. Schön zahm, freundlich und milde. Ich sollte schildern, wer feierte, welche Prominenten gekommen waren, was die Damen an hatten, was es zu essen und zu trinken gab, das ganze garniert mit Histörchen, die ich beobachten würde. Kein Problem, auf Wunsch berichte ich über alles!

Ich hatte mich mit Hajo Brunne, dem Fotografen, verabredet. Ganz ohne Begleitung wollte ich auch nicht hin, denn trotz aller Arbeit hatte ich vor, mich ein bißchen zu amüsieren.

Ich bemerkte, daß ich die meisten Prominenten kannte, und das gefiel mir überhaupt nicht. Irgendwie arbeite ich schon zu lange in dieser Stadt, dachte ich, jeder kennt dich und du kennst jeden. Was bleibt da noch zu entdecken?

Hajo hatte sich beim Kostümverleih einen Smoking besorgt, ich trug einen schwarzen Hosenanzug mit Samtkragen, von dem ich mühsam die Katzenhaare entfernt hatte. Meine Haare waren frisch und feuerrot gefärbt, ich sah blendend aus, wie ich fand.

Von allen Seiten strömte Publikum in den Geldtempel. Die Gala war nur für geladene Gäste. Der Spielbankchef hatte mich irgendwann mal in Erinnerung behalten und kam auf mich zu. »Gnädige Frau, ich wünsche Ihnen einen schönen Abend.« Er drückte mir eine Reihe von Gutscheinen für Champagner in die Hand.

Ich wirkte vermutlich trotz meines edlen Aussehens auf ihn nicht so, als könne ich mein Glas Sekt selbst bezahlen.

Hajo guckte schon nach den ersten Fotomotiven, ich sondierte die Lage. Edel und gediegen — das mußte ich zugeben. Der Abend zog herauf und die Sonne ging langsam unter. Da das Gebäude aus viel Glas bestand, konnte ich den Sonnenuntergang beobachten. Die Luft war glasklar. Im Hintergrund perlte leichte Live-Musik, das Gemurmel von vielen hundert Stimmen klang an mein Ohr und das erste Glas Champagner in meiner Hand schmeckte erfrischend und kühl.

Auch das war Bierstadt. Nicht nur die miesen Geschäfte von Korn, auch nicht die Hinterhof-Idylle im Bierstädter Norden, wo Elend am besten wirkt, wenn man es in Schwarz-Weiß fotografiert.

»Komm, laß uns nach oben gehen«, drängelte Hajo und ich lief hinter ihm her. Oben standen viele Menschen in kleinen Grüppchen beieinander, redend, lachend, der Jazz-Musik zuhörend.

Das Kalte Buffet war noch nicht eröffnet worden, zuerst sollte Oberbürgermeister Gottwald eine Rede halten und das dauerte noch eine Weile. Doch Dr. Arno Asbach von den Bunten schlich bereits wie ein Wolf um die voll gedeckten Tische herum. Er suchte sich vermutlich die Brocken aus, die er sich später unter den Nagel reißen wollte.

»Nun Herr Dokter«, ärgerte ich ihn, »wieder auf der Suche nach den besten Happen? Markieren Sie sie doch mit einem kräftigen Daumenabdruck!«

Er sah auf und ich merkte an seinen Augen, daß er sich mal wieder in enger Kompagnie mit Brüderchen Alkohol befand. Blau war er noch schlimmer als nur bunt. Ich suchte das Weite.

Ich steuerte geradewegs auf den Bierstädter Freizeitdezernenten und seine Gattin zu. Sie hatte ein untrügliches Gespür für die auslaufende Modekollektion der letzten Saison und er trug seinen Konfirmationsanzug auf. Wenigstens die Krawatte war auf dem neusten Stand. Ich grüßte knapp und ging ein paar Meter weiter.

Mein Blick fiel auf eine Vierer-Gruppe. Das war Korn, ich kannte ihn aus Bildern in der Zeitung. »Da steht dein Freund«, sagte Hajo, der wieder neben mir stand.

Korn war ein kleiner untersetzter Mann. Er gestikulierte wild. Seine Aufmerksamkeit galt einem großen schlanken Mann, der mir den Rücken zuwandte. Er kam mir sehr bekannt vor und das Herz schlug mir bis zum Hals.

Eine Frau, jung, blond und hübsch, hing am Arm von Korn, schien sich aber am Gespräch nicht zu beteiligen. Sie trug eins dieser Kleider, das ich nie würde tragen können. Wie ein Schlauch, hauteng und ganz in Silber.

Der zweite Mann drehte sich nach rechts. Mir wurde flau im Magen, konnte mich von dem Bild aber nicht losreißen. Ich hatte vergessen, wie gut er aussah. Sein schlanker Körper steckte in dem Smoking, als sei er für ihn maßgeschneidert, was er vermutlich auch war. Er trug die Haare länger als gewöhnlich. An den Schläfen bemerkte ich einige graue Haare. Er lachte der Kellnerin zu, als er ihr das leere Glas aufs Tablett stellte.

Er nahm ein neues und sein Blick folgte der Kellnerin und blieb in meinen Augen hängen. Sein Lächeln erstarrte. Ich behielt die Fassung, hob leicht mein Glas an und prostete in seine Richtung. Mir wurde plötzlich übel. Ich bekam Panik. Nichts wie weg!

Ich drehte mich um und schritt in Richtung Treppe. Wochenlang hatte ich es vermieden, an ihn zu denken und jetzt war er plötzlich da. Ich krallte mich am silberfarbenen Geländer fest.

»He, wo willst du denn schon wieder hin?« rief Hajo hinter mir her. »Weg will ich, ich muß hier ganz schnell weg!« keuchte ich. Hajo kam erschrocken hinter mir her. »Was ist mit dir ...? Ist dir schlecht?«

Ich antwortete nicht. Ich hatte Muradt nicht mehr gesehen seit der Nacht in meiner Wohnung, als ich ihn verdächtigt hatte, mich vergiftet zu haben.

»Wie geht es dir?« fragte eine Stimme mit kleinem S-Fehler, den ich gut kannte, plötzlich hinter mir. Ich drehte mich langsam um. Er sah umwerfend aus. Braun gebrannt, eine leicht dekadente Müdigkeit im Blick und ein ironisches Zucken um die Mundwinkel.

»Du siehst gut aus«, komplimentierte ich, »warst du in Urlaub oder schläfst du unter der Sonnenbank?«

»Danke für die Blumen. Ich war in Urlaub. Zwei Wochen Malediven. Sport und Erholung.«

»Oh, vermutlich Golf?«

»Nein. Die Insel war nur 300 Meter lang und 100 Meter breit.«

»Wie schön ... Nur du, das blaue Meer und die Sonne? Oder hattest du Begleitung?«

»Ich hatte ein gutes Buch dabei.«

»Die neuesten Steuergesetze oder das Strafgesetzbuch?«

»Wir können auch übers Wetter reden.«

Er hatte wieder den Ton drauf, der mich zur Weißglut bringt. Diese widerliche männliche Überheblichkeit, an der ich mich so wunderbar reiben konnte.

In der Ferne sah ich Hajo mit einem Teller voller Häppchen antraben. Er bekam große Augen, als er mich – in einem offensichtlich leicht verwirrten Zustand – mit Muradt sprechen sah. Er bewies Takt, setzte die Häppchen etwas entfernt auf einem Tisch ab und blieb selbst auch gleich da.

Ich wandte mich wieder Muradt zu und fragte spöttisch: »Vermißt dein Freund Kurt Korn dich nicht? Ihr habt euch doch eben so nett unterhalten.«

Er ließ sich überhaupt nicht aus der Ruhe bringen. »Er wird halt mal eine Weile ohne mich auskommen müssen. Er ist ja schon volljährig. Ich habe gehört, du hast im Krankenhaus gelegen?«

»Ja, aber nur kurz.«

»Hattest du einen Unfall?«

»Nein, reine Routine.«

»Und warum hat man mir berichtet, du seist schwer verletzt worden bei einem beruflichen Einsatz? Als du eine alte Frau beschützen wolltest?«

»Alles erstunken und erlogen, da ist überhaupt nichts dran. Aber weißt du, das hört sich einfach besser an ... und deshalb habe ich diese Räuberpistole einfach erfunden. Weil sie zu dem Image einer unerschrockenen Reporterin paßt.«

Er glaubte mir kein Wort, aber das war mir auch egal. Immerhin stand er mit dem Mann gemütlich zusammen, dem ich meine Prügel letztendlich zu verdanken hatte. Und der dafür gesorgt hatte, daß eine nette alte Dame unter der Erde lag!

Inzwischen hatte sich Hajo doch noch zu uns gestellt und lauschte. Ich warf ihm einen Blick zu, den er wohl für eine stille Bitte um Hilfe hielt. Doch er brauchte nicht mehr einzugreifen, um die Situation zu retten.

Hinter uns raschelte es und eine Frauenstimme sagte mit unmißverständlicher Schärfe: »Kommst du, Liebling?«

Hajo war nicht gemeint und fühlte sich auch überhaupt nicht angesprochen. Der Liebling wandte sich der Frau zu und ich riskierte auch einen Blick: Eine Tussi wie aus einem Modejournal. Bildschön, kleiner als ich, übers Lebendgewicht will ich erst gar nicht reden, schwarzes Spitzenkleid, dunkle Löwenmähne, über und über behängt mit Goldschmuck, der natürlich nicht echt war. Sie sah aus wie eine festlich geschmückte Pfingstkuh. Er hatte sich offensichtlich schnell getröstet. Tussi beäugte mich schräg.

»Hallo«, sagte ich, »keine Angst, Ihr Liebling kommt sofort wieder zu Ihnen. Unser Gespräch war sowieso zu Ende.«

Sie lächelte säuerlich und musterte mich wie einen Schweinebraten in der Fleischtheke. »Willst du mir deine Bekannte nicht vorstellen, Michael?«

Muradt wandte sich ihr zu und sagte schlicht und bestimmt: »Das habe ich eigentlich nicht vor.«

»Sei doch nicht so unhöflich zu deiner Freundin«, lächelte ich und kochte innerlich vor Wut. »Ich bin Rotkäppchen auf dem Weg zu meiner Großmutter, um ihr Wein und einen Kuchen zu bringen. Und wer sind Sie?«

»Bei Ihren knallroten Haaren hätte ich mir ja denken können, daß Sie Rotkäppchen sind«, zischte sie. »Und Sie sehen auch aus, als ob Sie zuviel Kuchen essen. Haben Sie denn den bösen Wolf heute schon getroffen?«

Ich nickte. »Gerade eben. Aber heute ist der Wolf eine Frau.«

Sie wollte nicht mehr weiter spielen und schaute ihren »Liebling« provozierend an. »Kommst du? Kurt wartet sicher schon auf uns. Du weißt, daß wir noch eine Menge zu besprechen haben!«

Doch Liebling war aufmüpfig und gehorchte nicht.

»Komm doch mal mit«, meinte er zu mir und ergriff meinen Arm mit solcher Bestimmtheit, daß ich ihm den Sekt über den Smoking kleckerte. Er schnaubte verärgert und zog mich mit fort. Die Tussi und Hajo blieben mit offenen Mündern zurück.

Er schob mich die Treppe hinab, drängte mich in eine ruhige Ecke und verfrachtete mich auf ein weißes Ledersofa. Dann setzte er sich sehr dicht neben mich. Ich spürte seinen Oberschenkel an meinem Bein. Ich atmete tief durch, um eine Spur des Geruches seiner Haut zu erhaschen. Ich schaffte es und schloß die Augen. Oberhalb der Treppe stand die Pfingstkuh und ließ uns nicht aus den Augen.

Er nahm meine Hand und hielt sie mit beiden Händen fest. Ich wollte eigentlich protestieren und hatte die Lippen bereits zu einem stummen Protest geformt.

Doch Muradt kam mir zuvor. »Bitte, tu einmal im Leben das, was ich dir sage, bleib' still hier sitzen und höre mir zu. Und zwar ganz genau!«

Ich wußte nicht, warum ich es tat, ich wußte nur, daß ich es tun mußte. Ihm zuhören und all das, was danach kommen würde. Ich blieb also sitzen, entspannte mich und sagte: »Na, dann mal los. Ich bin ganz Ohr.«

»Du hast in der letzten Zeit etwas sehr Gefährliches getan«, sagte er, »du hast versucht, Korn in die Enge zu treiben. Er

fühlt sich von dir verfolgt und dann kann er sehr gefährlich werden.«
»Du mußt es ja wissen, denn er ist ja dein Freund!« gab ich zurück. Ich ärgerte mich, weil er sich für diesen Verbrecher verwenden wollte. »Hast du Angst, daß meine Nachforschungen erfolgreich sein könnten? Oder hängst du noch immer in seinen miesen Geschäften drin?«
»Hör zu«, seine Stimme wurde eindringlich, »ich habe keine Angst um Korn, sondern um dich. Ich weiß, wozu er fähig sein kann, wenn er außer sich ist. Reicht dir ein Krankenhausaufenthalt noch nicht?«
»Du machst mir Spaß. Stehst mit dem Mann in aller Seelenruhe zusammen, weißt, wozu er fähig ist und bist trotzdem sein Freund. Sorgst dich sogar noch um ihn! Woher weißt du, daß er nicht für den Tod deines Neffen verantwortlich ist? Hast du ihn mal danach gefragt?«
»Ich weiß, daß Richie für ihn gearbeitet hat.«
»Ach ja? Und als was?«
»Er hatte ihn als Praktikanten in seinem Büro eingesetzt.«
»Und das glaubst du? War's nicht eher ein Job in seinem Rollkommando? Ich meine die Burschen, die den Mietern im Norden Angst einjagen! Oder ein abendlicher Nebenjob als Callboy?«
Muradt wehrte ab. »Ich kann mir nicht vorstellen, daß Richie so etwas gekonnt haben soll. Nein, er hat zwar für Korn gearbeitet, aber nicht so.«
»Der liebe Gott erhalte dir deinen Kinderglauben«, wünschte ich ihm. Über uns lauerte noch immer die dunkelhaarige Frau.
»Wer ist diese Tussi eigentlich? Deine neueste Schnalle?« Ich sah mißbilligend zu ihr hoch und zu ihm hin. Er hatte sich provozierend locker auf der Couch zurückgelehnt.
Er lächelte süffisant. »Corinna ist eine Bekannte von Korn; ich kenne sie von früher. Ich habe sie heute mitgenommen, weil ich nicht ohne Begleitung hierher gehen wollte. Das ist alles.«
»Hör zu«, jetzt war ich dran, »du brauchst mir überhaupt

nichts zu erklären. Nur weil wir ein paarmal Sex hatten, können wir beide machen, was wir wollen, oder? Ich kann mich zumindest nicht erinnern, daß wir eine feste Beziehung eingehen wollten, oder?«

»Schön, daß du es so siehst. Ich dachte schon, du würdest anderen Frauen das nicht gönnen, was du selbst nicht mehr haben willst.«

»Du siehst das völlig falsch«, bemühte ich mich ruhig zu bleiben, »ich habe eingesehen, daß wir nicht zueinander passen. Und damit ist die Sache für mich erledigt.«

»Dann bin ich ja beruhigt«, lächelte er mich an, nahm meine Hand und küßte sie. »Ich habe schon befürchtet, du würdest mich vermissen.«

Ich schluckte. Ein Wechsel des Gesprächsthemas war angesagt. Dann fiel mir etwas ein. »Du könntest mir einen Gefallen tun und mich deinem Freund Kurt Korn vorstellen.«

»Glaubst du, daß dies eine gute Idee ist?«

Ich nickte. »Der Tod deines Neffen interessiert mich noch immer. Und der Tod einer alten Frau und der Überfall auf einen Herrn vom Mieterbund und all' die Dinge, die dein Freund auf dem Kerbholz hat. Also, Michael, stellst du mich vor oder soll ich ihn so anquatschen?« Ich war entschlossen.

Er erhob sich, strich sich seinen Smoking zurecht, ordnete sein Haar mit einem Griff und hakte mich unter.

»Alles, was du willst, Liebste! Dann komm! Aber für die Folgen bin ich nicht verantwortlich.«

Wir stolzierten in Richtung Korn. Der hielt noch immer Volksreden und schwenkte die Arme. Zu mir klang ein fettes Lachen herüber. Dann fiel sein Blick auf uns. Er kam uns zwei Schritte entgegen. »Michael, wen hast du denn da mitgebracht?«

Der Kotzbrocken guckte mich liebenswürdig an. »Das ist eine Freundin vor mir, Maria Grappa vom Bierstädter Radio.«

Korns Gesichtszüge rutschten auseinander. »Sind Sie diese Journalistin, die diese vielen Fragen über mich stellt? Die meine Vermögensverhältnisse ausforscht? Die sich in meinen Immobilien herumtreibt, die mich bei der Polizei beschuldigt hat, eine alte Frau getötet zu haben? Die meinen Anwalt belästigt und meine Sekretärinnen ausfragt?«

Ich nickte freundlich. Die blonde Frau in Korns Arm ging vorsichtshalber auf Distanz. Na ja, dachte ich, hier wird er dir nichts tun, hier sind zu viele Leute, die er braucht und die ihn kennen. Also beschloß ich, noch etwas weiter zu gehen.

»Ich werde auch noch herauskriegen, daß ein junger Mann in Ihrem Auftrag auf die Schienen gelegt und getötet wurde, und ich werde herauskriegen, daß Sie Ihrer Frau die tödliche Dosis Schlafmittel verabreicht haben. Und Ihrem miesen Rollkommando komme ich auch noch auf die Spur.«

Ich sprach ganz leise, aber sehr deutlich und lächelte ihn an. Korn keuchte vor Wut. Hätte mich wahrscheinlich am liebsten verprügelt, aber das machte sich auf einer Spielbank-Gala überhaupt nicht gut. Da würden ja plötzlich alle wissen, daß Kurt Korn, der allmächtige Baulöwe, aus der Reserve zu locken war.

Blondchen, die schöne Corinna und Muradt waren blaß geworden. Alle erwarteten, das jetzt etwas passieren würde. Muradt stellte sich zwischen Korn und mich, so, als wolle er mich beschützen.

Kurt Korn hatte noch einiges auf Lager. Er bemühte sich, seine laute Stimme zu zügeln. Er stand in der Nähe des Universitätsrektors und des Sparkassen-Vorstandsvorsitzenden. Die bekamen schon lange Ohren, sie ahnten, daß sich neben ihnen eine Schlägerei anzubahnen drohte.

»Sie ticken wohl nicht sauber, junge Frau«, schnaubte er, »ich warne Sie. Lassen Sie mich in Ruhe, sonst ...« Er stockte.

»Reden Sie ruhig weiter, Herr Korn. Was ... sonst ...?«

»Ein Wort über mich in Ihrem Scheißradio und Sie können vor Schadensersatzklagen nicht mehr aus den Augen gucken. So alt können Sie gar nicht werden, bis Sie das abbezahlt haben.«

Er bemühte sich, nicht loszubrüllen. Schade, es wäre so schön gewesen, er hätte vor Zeugen gedroht, mich umzubringen.

»Mehr haben Sie nicht auf Lager, Korn?« fragte ich. Er kam

auf mich zu. Muradt trat dazwischen und herrschte Korn an: »Nimm dich zusammen, Kurt! Langsam reicht es mir! Wann lernst du endlich, dich zu beherrschen? Komm jetzt, Maria! Wir gehen!«

Die Luft war raus. Er zog mich weg. Ich folgte nur ungern.

Zum Abschied rief ich Korn noch zu: »Ich kriege Sie, Korn!« Und lächelte ihn dabei so freundlich an, wie es mir möglich war.

»Du hast vielleicht komische Freunde«, sagte ich zu Muradt. »Bedroht der regelmäßig Menschen, die ihn nur was ganz Einfaches fragen wollen? Der spinnt wohl!«

»Nein, er bedroht nur Menschen, die ihm besonders impertinente Fragen stellen. So wie du. Was hast du nun damit erreicht, außer daß er jetzt überlegt, wie er dich ausschalten kann? Ich kenne ihn, das wird er dir nie verzeihen.«

»Darauf pfeife ich auch, wenn du es genau wissen willst.«

»Du bist unmöglich. Störrisch wie eine Eselin. Und dabei noch verdammt unvorsichtig. Komm, laß uns gehen! Ich will raus hier.«

»Und Corinna?« Er hatte seine Begleiterin vollkommen vergessen. »Die kann mit Korn und seiner Freundin zurückfahren.«

Wir strebten der Tür entgegen. Ich winkte Hajo zum Abschied zu. Der staunte nicht schlecht, als er mich einfach so verschwinden sah. Er stiefelte zwar noch in meine Richtung, doch ich hatte keine Lust zu irgendwelchen Erklärungen.

Ich war froh, als ich die frische Luft spürte. »Du bist völlig verrückt und lebensmüde«, seufzte er, »der Mann ist gefährlich, warum glaubst du mir das nicht?«

»Machst du dir wirklich Sorgen um mich?«

Er legte den Arm um meine Schultern. »Verrückt und lebensmüde«, wiederholte er. Es klang zärtlich.

Wir gingen durch die Grünanlage des Casinos zum Parkplatz. Die Luft war feucht und kühl, doch nicht mehr so kühl wie vor zwei Wochen. Der Frühsommer war schon zu spüren. Ich erzählte ihm die Geschichte von Elfriede Strunk. Wie sie um ihr Leben kämpfte und verlor. Wie die drei Typen mich zusammengeschlagen hatten. Wie einer von ihnen den Namen »Korn« genannt hatte.

Muradt schien beeindruckt. Irgendwann sagte er: »Ich werde dir helfen, ihn aus dem Verkehr zu ziehen und zwar gründlich. Du bist ihm allerdings nicht gewachsen, glaube mir. Du solltest mir die Sache überlassen. Aber wir können eng zusammenarbeiten.«

Ich nickte, das klang irgendwie logisch. Aber nur dann, wenn er es wirklich ehrlich meinte. Muradt und ich ein schlagkräftiges Team, das allen Ungerechtigkeiten dieser Welt ein Ende setzte! Traumhafte Vorstellung. Besonders die enge Zusammenarbeit.

Da wir es ernst meinten — zumindest an diesem Abend — fingen wir noch in der Nacht damit an und arbeiteten durch bis zum Morgengrauen. Irgendwann legte der Wecker neben meinem Bett los. Es war Zeit für meinen Live-Bericht im Radio. Als ich mich aus seinen Armen löste, um mich anzuziehen, murmelte er: »Warum glaubst du eigentlich, daß wir nicht zusammengehören?« Ich konnte mir die Antwort schenken, denn er schlief sofort weiter.

Die rauschende Ballnacht und ein fürstliches Mahl

Im Radio erzählte ich gutgelaunt von einer rauschenden Ballnacht in eleganter Umgebung, erwähnte den einen oder anderen Prominenten, lobte Musik, Essen ... verlor ein paar spitze Worte über das ulkige Kleid der Gattin des Freizeitdezernenten und erwähnte mit viel Verständnis in der Stimme, daß sich der Fraktionschef der Bunten mal wieder hatte sinnlos vollaufen lassen, danach in die Blumen-Rabatten des Spielcasinos gepinkelt hatte, um sich dann vom Dienstwagen des Oberbürgermeisters nach Hause fahren zu lassen, der nicht zusehen mochte, wie ein Bunter unter die Räder eines öffentlichen Verkehrsmittels geriet.

Ich erwähnte den Namen des neuen Friseurs der Landtagsabgeordneten, der sich für sein Design von den Produkten einer Betonmischmaschine hatte inspirieren lassen. Sie trug eine Art Bienenkorb auf dem Kopf, so daß sie sich bei einem Treppensturz die Frisur brechen würde.

Ich erzählte vom Bankdirektor, der der Gattin des Universitätsrektors zuerst die Amareno-Kirsche ins Dekolleté hatte plumpsen lassen, um sie anschließend mit der Hand wieder herauszuholen, was bei der Armen einen Entsetzensschrei zur Folge hatte. Der Gatte der Frau schlug dem Bänker anschließend seinen Gehstock kurz und schmerzvoll gegen das Schienbein, was ihn wieder auf den Boden der Tatsachen zurückbrachte.

Und ich bemerkte noch kurz, daß sich der Ordnungsdezernent der Stadt die Fleischreste des Kalten Buffets hatte einpacken lassen — für seinen Pudelmischling zuhause.

Kurz, ich schilderte sehr ehrlich und lebensnah, wie unser nettes Bierstadt ausgiebig und rauschend gefeiert hatte in der vergangenen Nacht.

Noch in der Studioregie klingelte das Telefon. Der Schreibtischtäter. »So habe ich mir Ihren Bericht über ein gesellschaftliches Ereignis nicht vorgestellt«, brüllte er. »Sind Sie völlig verrückt geworden?«

»Ich habe doch nur das geschildert, was ich gesehen habe«, meinte ich ruhig. »Der Bunte hat in die Rabatten gepinkelt und der Bankdirektor hat die Kirsche zwischen den Brüsten der Rektorsgattin gesucht. Alles die reine Wahrheit und nichts als die Wahrheit. Und nichts ist erregender als die Wahrheit — hat unser großer Kollege Egon Erwin Kisch gesagt.«

Ich war mir nicht ganz sicher, ob ihm der Name des Altmeisters des Journalismus geläufig war, aber es war mir auch egal.

Der Schreibtischtäter knallte den Hörer auf und brüllte etwas von »Konsequenzen«.

Ich zuckte die Schultern, sagte den Technikern, die die Sendung fuhren, tschüs und verschwand. Unterwegs hielt ich kurz beim Bäcker und holte vier frische Brötchen, denn wir hatten noch nicht gefrühstückt. Es war kurz vor sieben.

Als ich zu Hause ankam, hatte Muradt geduscht und sich in

einen meiner Bademäntel geworfen, der ihm ausgezeichnet stand. Ich liebe Bade- oder Hausmäntel, möglichst weiche, möglichst große und möglichst warme. Da ich die in den Damenabteilungen nicht bekam und mir die aufwendigen schreienden Blumenmuster nicht gefielen, ging ich zum Herrenausstatter.

Ich brachte die Brötchen in die Küche und ging ins Eßzimmer. Dort überraschte mich ein gedeckter Tisch mit einem opulenten Frühstück. Lachs, Hummer, Leberpastete mit Trüffeln, San Daniele-Schinken. Der Kaffee duftete schon, der unvermeidliche Schampus prickelte.

»Wo hast du die Sachen hergezaubert und dann noch um diese frühe Stunde?« fragte ich entgeistert.

»Ich habe meine Beziehungen. Komm, laß uns anfangen, ich habe einen Bärenhunger nach dieser Nacht.«

Ich hatte gar nicht gewußt, daß ich so viel und so lange essen kann. Es war köstlich und wir gaben uns voller Wonne der Genußsucht hin.

»Wer ist diese Corinna nun wirklich? Hattest du mal was mit ihr?« fragte ich, während ich mir die zweite Scheibe Leberpastete mit Trüffeln auf den frischen Toast legte.

»Ich dachte, du wärst nicht eifersüchtig.«

»Bin ich auch nicht. Aber, sag's mir trotzdem.«

»Corinna gehört zu Korns Leuten.«

»Welche Leute? Und was müssen sie für Korn tun?«

Er zögerte und suchte nach den passenden Worten. Ich wartete. Er nahm einen Schluck Champus, stellte das Glas mit einem Ruck hin. »Das sind Leute, die für Korn arbeiten. Sie machen Jobs für ihn. Mehr weiß ich nicht. Wohl nicht ganz legal.«

Ich verstand. »Also alte Frauen erschrecken, Journalistinnen verprügeln ... gehen die Jobs in diese Richtung?«

Er nickte. »Könnte sein. Corinna ist als ... sagen wir mal ... Hostess beschäftigt. Sie begleitet Korns Geschäftsfreunde.«

»Also eine Nutte?«

»Hostess würde ich eher sagen. Sie nimmt bestimmt kein Geld dafür.«

»Aber von Korn, da bekommt sie doch Geld, oder?«
»Ich nehme es an. Sie ist eigentlich kein schlechtes Mädchen, hat sogar einen Beruf erlernt.«
»Na sowas! Und ... hast du ihre gewissen Dienste auch schon in Anspruch genommen?«
»Ich kenne Corinna lange, ich habe sie Korn sogar vorgestellt. Ja, vor etwa zehn Jahren war ich kurz mit ihr zusammen.«
Vor zehn Jahren. Da war sie etwa 25 und er 35. Beide waren bestimmt ein traumhaft schönes Paar.
»Sie sieht ja auch Klasse aus, auch heute noch, oder? Auch wenn sie durch den billigen Goldschmuck etwas unecht wirkt. Warum hast du die Bekanntschaft jetzt wieder aufgefrischt?«
Es klang wohl etwas gequält, was ich da von mir gab. Ich brannte vor Eifersucht.
»Guck mich nicht so an«, lächelte er, »wenn du dich nicht so störrisch benommen hättest, dann wäre ich nicht mit Corinna zur Gala gegangen. Aber — zu solch einem Ereignis wollte ich nicht ohne Frau hingehen ... und da habe ich in meiner Not meine alte Bekannte angerufen.«
Er grinste und biß voller Lust in eine frische Feige. Er amüsierte sich köstlich über mich. Die Eifersucht grummelte weiter in meinem Magen, ich konnte nichts dagegen tun. Ich guckte finster auf meinen Teller und konzentrierte mich auf den Hummer, der partout nicht aus der Schale wollte.
»Nimm doch die kleine lange Gabel«, riet er mir, »das ist eine Hummergabel, die ist extra dafür gemacht.«
»Schlaumeier!« Wütend bohrte ich mit dem Ding das weiße Fleisch heraus und nahm mir einen kleinen Löffel Mayonnaise.
»Habe ich dir eigentlich schon gesagt, daß du besonders attraktiv bist, wenn du vor Wut kochst?«
Ich schwieg. Mir fiel nichts dazu ein. Außerdem, warum sollte er nicht mal seinen Spaß haben und sich über mich amüsieren?
Etwa zwei Minuten schwiegen wir. Ich guckte schließlich hoch und sah, daß er mich betrachtete. Mit diesem leicht amüsierten, überlegenen Blick.

»Geht es wieder?« fragte er dann. Ich nickte.

»Laß uns noch mal über Richie sprechen. Jetzt, wo du mir von dieser Corinna erzählt hast und ihrem Hostessen-Job, könnte es nicht sein, daß Richie auch so was Ähnliches gemacht hat? Denk doch mal an die merkwürdigen Kleider in seinem Schrank und die vielen Kosmetika im Badezimmer ... Richie als männlicher Begleiter, könntest du dir so etwas vorstellen?«

»Er war zwar ganz hübsch, aber ... ich weiß nicht. Aber — möglich ist alles. Doch das erklärt seinen Tod nicht.«

»Vielleicht wollte er aussteigen oder auspacken bei der Polizei. Korn hat das spitz gekriegt und ihn beiseite schaffen lassen.«

Ganz einverstanden war er mit dieser Lösung nicht. »Vielleicht hat Richie auch jemanden erpreßt, nicht im Auftrag von Kurt, sondern auf eigene Rechnung. Korn muß es nicht unbedingt gewesen sein, auch wenn er für dich jetzt der Mann fürs Böse ist. Und wenn er es doch war, dann ist es doch besser, ich bleibe in Verbindung mit ihm, oder? Ich kann mir nämlich nicht vorstellen, daß er mit dir noch mal ein Wort wechselt nach deinem Auftritt gestern abend.«

Das klang logisch. »Hör zu«, ich hatte eine Idee, »ich kenne den Staatsanwalt, der den Tod von Lisa Korn untersucht und der auch in Richies Sache ermittelt hat. Mit dem muß ich reden, der wartet vielleicht nur auf einen solchen Hinweis.«

»Ich kann mir nicht vorstellen, daß Herr Strickmann seiner Arbeit gewachsen ist«, warf Muradt ein.

»Wieso kennst du seinen Namen?« Ich war erstaunt.

»Du hast ihn mir mal genannt, erinnerst du dich nicht?«

Ich hatte ihm gegenüber nie Strickmanns Namen genannt. »Von mir kennst du den Namen nicht, zumindest nicht in dem Zusammenhang. Hast du mit Korn über Strickmann gesprochen?«

»Kann auch sein, daß der es war.«

Bemerkte ich da etwa eine Erleichterung in seiner Stimme? Darüber, weil ihm schnell eine Ausrede eingefallen war?

Ich schaute auf die Uhr. »Ich muß los, wann sehen wir uns wieder?«

»So bald wie möglich, wir sind ja jetzt schließlich ein Team.«

»Das sind wir, mein Liebling«, wiederholte ich und küßte ihm zum Abschied schwesterlich die Wange. »Und wer räumt den Tisch ab?«

»Die Leute, die das Essen gebracht haben, schaffen auch die Reste weg. Und nehmen das schmutzige Geschirr mit. Stets gern zu Diensten, gnädige Frau? Hat es Ihnen übrigens geschmeckt?«

»Es war köstlich. Das beste Frühstück, das ich je hatte. Jeden Tag so eins und du kannst mich demnächst rollen.«

Er verbeugte sich leicht, wie er es vermutlich in seinen Restaurants tat, wenn die Gäste gespeist, die saftige Rechnung beglichen und sich für den »schönen Abend« bedankt hatten.

»Laß den Wohnungsschlüssel bei der Nachbarin, wenn du gehst«, bat ich ihn. »Und sei nett zu den Katzen, sie sind Männerbesuch in meiner Wohnung nicht gewöhnt.« Weg war ich.

Audienz beim Schreibtischtäter

»Sie sollen sofort zu Herrn Riesling kommen«, empfing mich der Pförtner im Funkhaus. Ich ließ mir den Schlüssel für mein Büro geben und ging nach oben. Auf der Treppe traf ich den Samariter. »Dein Bericht heute morgen war ja sehr pointiert«, meinte er. »Du mußt damit rechnen, daß es Theater gibt. Aber ... meine Frau hat sich köstlich amüsiert.«

»Meine herzliche Empfehlung an die Gattin«, gab ich zurück. Ich trat ins Chefbüro. Der Schreibtischtäter thronte hinter seinem Schreibtisch. Ich setzte mich unaufgefordert.

»Frau Grappa«, sagte Riesling in einem gedämpften weinerlichen »Wort-zum-Sonntag«-Ton. »Frau Grappa, was ist das nur mit Ihnen? Können Sie nicht einfach nur mit netten Worten das Sympathische in dieser schönen Stadt schildern? Ohne diese hinterhältige hämische Art? Ohne sich immer über irgendwas lustig zu machen? Ohne Dinge und Menschen zu verspotten? Egal, was Sie sagen oder worüber Sie berichten, irgendeinem treten Sie immer auf die Füße.«

Er seufzte tief und ich kam mir ganz furchtbar schlecht vor. »Frau Grappa«, er sprach meinen Namen nur mit großer Überwindung aus, »liebe Frau Grappa ... was glauben Sie, was ich Ihretwegen heute schon zu hören bekam? 15 Minuten nach Ihrem Bericht war der Fraktionschef der Bunten am Telefon.«

»Konnte der denn schon wieder den Telefonhörer halten?« fragte ich erstaunt.

»Nicht nur das, liebe Kollegin.« Jetzt nannte er mich auch noch Kollegin! »Er war sogar in der Lage, mir gegenüber ein Gegendarstellungsbegehren anzukündigen. Durch seinen Anwalt.«

»Das soll er mal, ich kann mir nicht vorstellen, daß unsere Justizabteilung dem entsprechen wird. Und wenn er klagt, dann benenne ich mindestens 20 Zeugen, die gesehen haben, daß er in die Grünanlagen gepinkelt hat ... Und der Oberbürgermeister wird dann bestätigen, daß er ihn durch seinen Fahrer und in seinem Dienstmercedes hat nach Hause fahren lassen. Weil er nicht wollte, daß ein besoffener Bunter irgendwo im Straßengraben landet. Was ja sehr für Gregor Gottwald spricht.«

»Verstehen Sie denn nicht? Es geht nicht darum, die Wahrheit zu berichten, sondern darum, die Prominenten vor ihren eigenen Unzulänglichkeiten zu beschützen. Wenn er Probleme mit dem Alkohol hat, so gehört das nicht in die Medien.«

»Doch, das tut es. Wenn sich eine Person des öffentlichen Lebens bei einem offiziellen Anlaß derart daneben benimmt, dann berichte ich sehr wohl darüber. Wenn er zuhause volltrunken die Treppe herunterfällt und seine Nachbarin sexuell belästigt, dann interessiert mich das überhaupt nicht. Es sei denn, er landet vor dem Richter.«

»Sie meinen also, daß die Wahrheit über allem steht?«

Ich setzte meinen Grundkurs Journalismus fort. »Die Wahrheit ist wichtig, aber auch die Angemessenheit der Mittel und der Schutz des Privatbereichs. Ich finde zum Beispiel nicht, daß es in die Medien gehört, wenn Bundeskanzler Kohl sich eine Freundin zulegt. Wenn er die Frau aber zu einer beamteten Staatssekretärin macht, sie also aus öffentlichen Geldern finanziert, dann ist das sehr wohl ein Thema.«

»Und was war mit Ihrer Bemerkung über den Bankdirektor und der Kirsche? Was hat das mit der hehren Wahrheit zu tun?«

»Das fällt unter den Humor-Vorbehalt. Die Nummer war so komisch und mindestens 30 Leute, die das mitbekommen haben, haben herzlich gelacht. Und das Kleid der Gattin des Freizeitdezernenten war objektiv so grauenhaft, daß meine Bemerkung vor jedem Richter, der nur ein bißchen Geschmack hat, Bestand haben würde.«

Ich setzte zum letzten Akt an. »Wenn zum Beispiel ein bekannter Journalist durch besondere Verbindungen zur Stadt ein besonders günstiges Gelände erworben hat und zudem noch alle Interessenten auf der Warteliste hinter sich gelassen hat, dann interessiert mich das journalistisch überhaupt nicht. Wenn aber dieser Journalist von seinen Mitarbeitern verlangt, über die Verwaltung und die Politiker in dieser Stadt nichts Negatives zu berichten, dann ist das sehr wohl ein Thema.«

Riesling wurde blaß. »Was meinen Sie damit?« fragte er.

»Nichts Konkretes. Das war nur ein fiktives Beispiel, um Ihnen meine Position noch einmal zu verdeutlichen«, log ich, ohne rot zu werden.

Er gab auf. »Natürlich stehe ich in der Öffentlichkeit hinter meinen Mitarbeitern, das wissen Sie ja.«

Ich nickte. »Ich schätze Ihre Loyalität, Herr Kollege.«

Dabei konnte ich mir lebhaft vorstellen, wie er über mich hergezogen hatte – so, wie er es über alle seine Mitarbeiter ausführlich tat. Dieser Mann mußte andere klein und schlecht machen, um sich selbst groß zu fühlen.

In meinem Zimmer angekommen, dachte ich an Muradt. Fast hatte ich es in den letzten Wochen geschafft, ihn zu vergessen. Doch die Versuchung, es wieder mit ihm zu tun, war zu groß gewesen.

Je näher ich ihn kennenlernte, um so weniger wußte ich von ihm. Am nächsten war ich ihm, wenn er matt, sanft und gelöst neben mir lag, wie ein zufriedenes, sattes, schönes Tier, das sich nicht so richtig an einen Menschen gewöhnen kann.

Trotz seiner Wildheit beherrschte er die Rituale dieser engen, konsum- und kapitalorientierten Gesellschaft besser als jeder, den ich kannte. Er konnte skrupellos und herrschsüchtig sein und kalt und erfolgsorientiert handeln. Er war der Sieger, egal wo. An mir fand er wohl faszinierend, daß ich mich ihm nicht bedingungslos unterwarf. Doch dies war nur eine scheinbare Harmonie ohne Zukunft.

Er war ein Rätsel für mich. Ich wußte noch immer nicht, ob ich ihm trauen konnte. Aber — vielleicht war das gerade das Reizvolle an dieser mysteriösen Affäre, die mich seit Wochen gefühlsmäßig in Atem hielt!

Ein Ermittler gerät aus dem Takt

Ich bin eigentlich für jede Überraschung zu haben, aber ab und zu gelingt es doch noch jemandem, mich aus der Fassung zu bringen. »Herr Strickmann ist krank«, so hatte mich die Justizangestellte noch vor zwei Stunden vertröstet. Um so erstaunter war ich, als ich von der Arbeit nach Hause kam und Strickmann auf den Stufen vor meiner Wohnung sitzen sah.

»Das ist aber eine Überraschung«, mehr fiel mir nicht ein. Er rappelte sich von den Treppen hoch und ich sah, daß er wirklich krank sein mußte. Sein mausgrauer Anzug hatte Falten und Flecken, das weiße Hemd trug er bestimmt seit Tagen, der hellgraue Dreitage-Bart und die Schatten unter seinen ohnehin schon wässrigen Augen — schrecklich! Der Mann war ein Fall für das Sanatorium.

»Kann ich mit Ihnen reden, bitte!« flehte er und ich wunderte mich über die neue Rollenverteilung. Daß ein Staatsdiener eine bei Ämtern und Behörden berüchtigte Journalistin um Hilfe bitten wollte, das war schon ungewöhnlich.

Meine Neugier, gepaart mit einem guten Schuß Mitleid — auch ich habe schließlich doch irgendwo eine Seele — siegte. »Kommen Sie, Herr Strickmann«, meine Stimme bekam unversehens einen mütterlichen Ton, »ich helfe Ihnen.« Ich packte ihn unter und kräuselte die Nase. Das war alter Schweiß verbunden mit frischem Alkohol.

Ich krabbelte in meiner Handtasche nach dem Schlüssel, Strickmann stützte sich auf meine rechte Schulter. Er konnte kaum noch gerade stehen. Ich öffnete die Tür.

Mit einem zufriedenen Blick sah ich, daß Muradt die Reste des Frühstücks weggeschafft hatte und daß die Aufräumungsarbeiten in Küche und Eßzimmer erfolgreich abgeschlossen worden waren. Das Geschirr war gespült und eingeräumt. Auf den Mann war Verlaß. Ich bugsierte Strickmann auf mein schwarzes Ledersofa. »Entspannen Sie sich, ich koche einen starken Kaffee.« Er stierte an die Wand und schien sich in die afrikanische Büffelmaske zu vertiefen, die ich von einer Reise in den Senegal mitgebracht hatte. Sie hatte schön geschnitzte Hörner und guckte Strickmann genau ins Gesicht.

Die Kaffeemaschine stöhnte, ich griff die Sahne und den Zucker. Strickmann saß noch immer da — unbeweglich. Mein Gott, war der Mann fertig!

»So, Herr Strickmann, trinken Sie einen Schluck Kaffee und erzählen Sie.«

Er schlürfte, verbrannte sich die Zunge, hustete, seine Hände konnten kaum noch die Tasse halten. »Ich bin reingelegt worden«, begann er.

»Von wem? Etwa von Korn?« half ich ihm. Er nickte. Aha, deshalb war er zu mir gekommen.

»Erzählen Sie doch mal, was ist passiert?«

»Ich habe eine Frau kennengelernt, Reifenpanne vor dem Landgericht. Ausgerechnet, als ich das Gebäude verließ. Das hätte mich gleich warnen müssen, aber ich Dummkopf habe nichts gemerkt. Eine Reifenpanne direkt vor meiner Nase ... und ich fall' drauf rein, ich Idiot.«

Er machte eine Pause, schüttete sich einen Schluck Kaffee auf das Jackett. »Wir kamen also ins Gespräch, ich wechselte den Reifen, anschließend lud ich sie zum Essen ein.«

O Mann, dachte ich. Ein ausgewachsener Staatsanwalt fällt auf die älteste Masche der Welt rein. Hilfloses Frauchen hat Panne und der Märchenprinz muß helfen.

»Es war ein schöner Abend. Wir gingen in ein Nobelrestaurant in der City. Italienisch.«

Da gab's nur eins, nämlich Muradts »Pinocchio«. Korns Mafia schien sich das Restaurant als geheimen Treffpunkt ausgesucht zu haben.

»Sie war einfach wunderbar«, schwärmte er immer noch, »nicht nur, daß sie gut aussah, sie hatte auch Humor und konnte zuhören.«

»Und zwei Tage später lagen Sie mit der Dame im Bett«, half ich nach.

»Ja, genau so war's«, sein Erstaunen war grenzenlos, »woher wissen Sie das?«

»Ich bin phantasiebegabt. Und ich weiß noch viel mehr: Die Dame schleppte sie ab in ihr eigenes Appartement, sie trieben es miteinander und merkten nicht, wie hinter einem großen Spiegel es immer wieder klick machte. Und nochmal klick. Wie in einem schlechten Kriminalfilm. Irgendjemand machte also heimlich Fotos von Ihnen beiden und schickte Sie Ihnen. Und ich weiß auch, wer dieser jemand war. Unser Freund Kurt Korn. Was hat er von Ihnen verlangt?«

Er war noch ganz in seinem Schmerz gefangen und stierte vor sich hin, so, als würden Bilder der Erinnerung an seinem geistigen Auge vorüberziehen.

Dann sagte er leise: »Ich bin ein Idiot. Ich hätte es merken müssen. Hundertmal habe ich solche Fälle selbst auf dem Schreibtisch gehabt und über die Idioten gelacht, die sich mit solch einer Masche ausnehmen ließen. Aber ich habe sie geliebt, wirklich geliebt. Sie war ganz anders als die Frauen, die ich bisher kannte. Die hörten mir nie zu, hatten kein Interesse an meiner Arbeit oder drängten mich zu einer Karriere. Sie bewunderte mich — so sagte sie jedenfalls. Ich habe von Heirat gesprochen, ich verdammter Trottel. Wie die beiden über mich gelacht haben müssen!«

Tränen der Enttäuschung liefen über seine graue Wangen und fanden den Weg unter den Kragen des angeschmuddelten Hemdes. Bevor noch was aus der Nase lief, holte ich schnell aus der Küche eine Papierserviette.

»Herr Strickmann, das erklärt immer noch nicht, womit er Sie erpressen wollte. Sie sind nicht verheiratet — wem also wollte eer die Fotos schicken? Ihrer geschiedenen Frau ja wohl kaum!«

»Dem Generalstaatsanwalt. Diese Hure ist die Freundin eines Mannes, gegen den umfangreiche Ermittlungen laufen. Wirtschaftsdelikte. Die Frau würde vor Gericht behaupten, daß ich sie erpreßt und ins Bett geholt hätte — damit ihr Freund besser davon käme, wenn sie mit mir ...«

Ich verstand. »Und Korn wollte, daß Sie die Ermittlungen gegen ihn einschlafen lassen?«

»Ich habe Corinna geliebt«, wiederholte er.

»Wie bitte, Corinna?« Das durfte doch nicht wahr sein. »Eine große, grazile Brünette, Haare lang, leicht gelockt, gebräunte Haut? Mit einer Vorliebe für unechten Goldschmuck?«

Er nickte und staunte. »Woher kennen Sie die denn?«

»Ich habe sie mit Korn einmal im Spielcasino gesehen.«

Er brauchte ja nicht unbedingt zu wissen, daß sie eigentlich nicht mit Korn, sondern mit einem gewissen Herrn Muradt im Geldtempel war.

»Haben Sie überprüft, ob die Frau wirklich mit diesem angeblichen Wirtschaftsstraftäter liiert ist?«

»Nein ...« murmelte er überrascht.

»Mann, die haben Sie reingelegt. Strickmann, die Frau gehört zu Korns Callgirl-Truppe! Die Sache mit ihrem angeblichen Freund ist erstunken und erlogen. Fassen Sie sich, machen Sie weiter, gehen Sie in Ihr Amt und machen Sie ihm Feuer unter seinem Fettarsch. Und die Fotos soll er sich in die Haare schmieren. Oder auch dem Generalstaatsanwalt schikken. Zeigen Sie Korn an wegen Erpressung! Machen Sie ein Faß auf und zwar richtig. Und Ihre Gefühle dieser Schlampe gegenüber — die vergessen Sie ganz schnell. Ich kann zwar verstehen, daß Ihre Männlichkeit einen Knacks bekommen hat, aber hier geht es um Gerechtigkeit und um Ihre Existenz. Reißen Sie sich zusammen.«

»Und wenn er die Fotos wirklich verschickt?«

»Na und? Vielleicht kriegen Sie ein kleines Disziplinarverfahren, in dem die Umstände genauer untersucht werden. Das können Sie so deichseln, daß Sie anschließend als Opfer dastehen. Ist ja auch die reine Wahrheit. Und Korn kommt wegen versuchter Erpressung dran.«

»Ich mache mich doch vollends lächerlich. Das spricht sich bei den Kollegen doch schnell herum, daß ich reingefallen bin. Und die Presse ...«

»Mein Gott, Strickmann! Da wächst auch schnell Gras drüber. Was wollen Sie eigentlich? So kommen Sie am schnellsten und am besten aus der Sache raus! Und wenn wirklich was in der Zeitung steht, was soll's? Nichts ist älter als eine Zeitung von gestern ... außerdem gibt es noch so was wie einen journalistischen Ehrenkodex. In Bierstadt gibt es schließlich nur bürgerliche Zeitungen und keine Revolver-Blätter.«

Er überlegte. »Dann werde ich aber nie Oberstaatsanwalt.«

Er würde sowieso nie Oberstaatsanwalt werden, dachte ich. Seine Karriere war schon seit zehn Jahren zuende, er wußte es nur noch nicht.

»Ach Quatsch! Natürlich werden Sie Oberstaatsanwalt. Das ist nur eine Frage der Zeit, auf jeden Fall werden Sie nicht Oberstaatsanwalt, wenn Sie sich erpressen lassen«, log ich aus Mitleid.

Strickmanns Körperhaltung änderte sich langsam, sein Blick wurde klarer. »Genau das werde ich tun«, meinte er, »und dann mache ich Korn fertig und wenn das das letzte ist, was ich in diesem Leben tue!«

Nun übertrieb er wieder. »Denken Sie aber nach und halten Sie sich an Ihre Vorschriften«, warnte ich. »Korn ist mit allen Wassern gewaschen, aber — wem sage ich das? Sie kennen die einschlägigen Gesetze ja wohl besser als ich. Und ihn vermutlich auch, er ist ja ein alter Schulfreund von Ihnen.«

Er stand auf. Mir war es offenbar gelungen, ihn zu trösten. Wenn das so weiter geht, dachte ich, bekomme ich noch mal den Spitznamen »Mutter Teresa von Bierstadt«.

»Ich danke Ihnen, warum lerne ich eigentlich solche Frauen wie Sie nicht kennen?«

Oh Himmel, das fehlte gerade noch! »Das liegt daran, weil ich in einem Autoreparatur-Kurs für Frauen gelernt habe, meinen Reifen selbst zu wechseln«, lachte ich.

Am Abgrund zählt nur eins: Haltung!

»Du bist so zurückhaltend zu mir. Irgendetwas steht zwischen uns«, meinte Muradt bei unserem nächsten Treffen.

»Wahrscheinlich die Wahrheit«, entgegnete ich trocken. »Es war ja meistens die Wahrheit, die zwischen uns gestanden hat, nicht wahr?«

»Welche Wahrheit? Deine oder meine?« Er war zum Streiten aufgelegt und seine Stimme wurde schärfer.

»Wahrheit ist nicht teilbar zwischen dir und mir. Aber — ich kann es auch anders ausdrücken: Nicht die Wahrheit steht zwischen uns, sondern die Lüge.«

»Und? Wer hat gelogen, du oder ich?«

»Du liegst da eindeutig an der Spitze«, behauptete ich. »Alles, was du mir über deine Beziehung zu Korn gesagt hast, war gelogen. Und wenn du nicht gelogen hast, dann hast zu geschwiegen. Ich verstehe nur nicht, warum. Warum schützt du Korn? Was verbindet dich mit ihm? Was verbindet dich mit dieser Corinna, die als Erpresserin arbeitet? Jeder Mensch ist nur so ehrenhaft wie die Freunde, mit denen er sich umgibt.«

»Da ich ja zur Zeit mit der Super-Moralistin der gesamten westlichen Welt zusammen bin, sollte ich eigentlich ein paar Pluspunkte auf meinem Minus-Konto bekommen, oder?«

Er knallte die Zeitung wütend auf den Boden. »Maria, ich bin es leid, dein verdammtes Mißtrauen. Ich habe dir schon mal gesagt, daß es nicht nur schwarz und weiß auf dieser Welt gibt. Aber das kapierst du nicht. Du bist borniert und engstirnig und läßt mich spüren, daß du mich moralisch gesehen für den letzten Dreck hältst. Warum gehst du dann eigentlich mit mir ins Bett? Warum bist du dir nicht zu schade dazu? Oder erhöht das deinen Nervenkitzel, es mit einem dubiosen Verbrecher zu treiben?«

Er ging in seinem Appartement auf und ab. Ich hätte nicht geglaubt, ihn so verletzen zu können. Gleichzeitig war ich von seinem Ausbruch fasziniert, es schien ja so, als würde er auf meine Achtung Wert legen.

»Ich glaube ja nicht, daß du immer lügst«, wollte ich ihn beruhigen, »nicht immer ... aber immer öfter!«

»Herzlichen Dank, gnädige Frau! Ich bin entzückt«, höhnte er. Seine Wut wurde immer größer.

Ich stand auf und ging auf ihn zu. »Bitte, laß uns nicht streiten. Wir wollten doch gemeinsam Korn zur Strecke bringen, oder? Das willst du doch noch?«

»Ja, das will ich. Aber warum eigentlich? Welche Vorteile bringt es mir? Gar keine. Je näher du dich mit Korn befaßt hast, um so geringer wird dein Vertrauen in mich.«

»Interessieren dich Korns Opfer eigentlich auch? Oder betrachtest du unsere Jagd auf Korn nur unter einem sportlichen Aspekt?«

»Warum sollten die mich kümmern? Ich kenne die Leute doch gar nicht.« Er spielte den abgebrühten kaltschnäuzigen Egoisten.

»Deinen Neffen hast du ja wohl gekannt und ich bin noch immer überzeugt, daß Korn und seine Leute ihn auf dem Gewissen haben. Und die anderen Opfer sind dir also wirklich gleichgültig?«

Er zuckte die Schultern und meinte: »Manche Menschen sind zu Tätern geboren, andere zu Opfern. Das ist im Leben so.«

»Du bist zynisch. Von der Würde des Menschen hältst du wohl nicht allzu viel?«

»Würde – das ist ein ethischer Begriff. Wie schnell kann es vorbei sein mit der Würde. Ich gebrauche da lieber das Wort 'Haltung', und die bestimmt jeder für sich selbst.«

»Und wie können die, die alt, arm, krank und ausgegrenzt sind, zu einer Haltung kommen, die sie in freiem Entschluß selbst bestimmen können?«

»Ich weiß nicht, wie sie dahin kommen können. Ich weiß nur eins: Gerade am Abgrund kommt es auf die Haltung an.«

»Weil es den Fall in die Tiefe viel schöner macht?«

»Du willst mich nicht verstehen. Ich will lediglich sagen, daß nicht alles Unglück schicksalhaft ist. Ich finde, daß die Menschen lernen sollten, für ihr Glück zu kämpfen und ihr Unglück zu besiegen. Das bedeutet natürlich eine gewisse Mühe und ist anstrengend. Und da der Mensch von Natur aus bequem ist, lamentieren die meisten dann lieber über ihr Schicksal und geben anderen — vorzugsweise der Gesellschaft — die Schuld.«

»Und was ist mit denen, die dazu unfähig sind? Zum Kampf, meine ich. Wie Frau Strunk zum Beispiel?«

Er zuckte die Schultern. »Alles eine Frage des Trainings. Frau Strunk mußte zum Opfer werden, weil sie es nie gelernt hat, Täterin zu sein. So einfach ist das, auch wenn es in dein romantisiertes Weltbild nicht paßt.«

»Mein Gott, wie konnte sie denn? Hättest du ihr Leben geführt, würdest du in zwanzig Jahren im Seniorenheim sitzen und müßtest gefüttert werden! Deine Opfer-Täter-Theorie ist der allerletzte reaktionärste Blödsinn.«

Da kam sie wieder durch, seine im Grunde menschenverachtende Haltung, die ich nicht ausstehen konnte. Aber — ich wollte die Diskussion nicht verschärfen und versuchte einzulenken.

»Und wo liegt dann der Unterschied zwischen dir und mir und Korn? Sind wir Opfer oder Täter?«

»Wir drei gehören zu den Tätern. Nur die Motive sind verschieden. Du willst ihm um jeden Preis das Handwerk legen, weil du auf eine tolle Story aus bist, ich will ihm das Handwerk legen, um alte Rechnungen zu begleichen und um dir zu helfen, und Korn ist Täter aus reinem Egoismus und aus Spaß, Menschen zu quälen und fertigzumachen. Du siehst, daß wir alle drei Täter sind, die aus persönlichen Beweggründen handeln, und nicht, weil wir einem hehren Ziel nachjagen, wie der Wahrheit zum Beispiel. So wie du es vorgibst zu tun.«

Schlagartig wurde mir klar: Es hatte keinen Sinn mehr. Ich mußte die Sache allein durchziehen. Mußte den Kopf freihaben dafür. »Okay«, sagte ich und erhob mich. »Ich werde allein weitermachen, deine Hilfe brauche ich nicht, ich will sie auch nicht mehr. Es wird auch ohne dich gehen.«

Er brachte mich schweigend zur Tür. Ich schaute ihn an und er schaute ernst zurück — ohne Bedauern, wie ich fand.

»Wir können uns die nächsten Monate nicht sehen«, sagte ich, »ich muß mich um einige private Dinge kümmern und werde verreisen.« Die Lüge schnürte mir fast die Kehle zu.

»Das trifft sich gut«, entgegnete er lächelnd. Er hatte verstanden. »Ich bin sowieso auf Geschäftsreise. Und muß mich auch um einige private Dinge kümmern in den nächsten Monaten.«

Ich drehte mich um. Er schloß die Tür hinter mir. Das war es dann wohl. Während der Fahrt nach Hause merkte ich, wie mir die Tränen die Wangen herunterliefen, ohne daß ich etwas dagegen tun konnte.

Eine Begegnung der blonden Art

Immer wenn ich unglücklich bin, befällt mich ein Kaufrausch. Ich habe dann das Gefühl, mir selbst etwas Gutes tun zu müssen, wenn schon die ganze Welt auf mich böse ist. Also verschwendete ich in den nächsten Tagen auf meine Arbeit etwas weniger Elan als gewöhnlich.

Ich machte einen Termin beim Friseur aus, ließ mir die Haare abschneiden – exakt kurz, geometrisch, fast männlich, lieferte mich einer ewig erzählenden Kosmetikerin aus, die mir auch die Fingernägel badete und feilte, hob 1000 Mark von meinem Sparbuch ab und stürzte mich an einem freien Tag in den Konsumrausch.

Leider sind die Sachen, die ich trage, recht teuer, aber zweimal im Jahr konnte ich mir eine solche Tour leisten, denn bei den 1000 Mark vom Sparbuch bleibt es meistens nicht, da gehen die Euroschecks auch mal drauf.

Von Muradt hatte ich nichts mehr gehört, ich mied die Plätze, an denen ich damit rechnen konnte, ihn zu treffen. Zuhause ließ ich die Anrufer zuerst auf den Beantworter sprechen und entschied dann, ob ich Kontakt aufnahm. Doch – keine Stimme mit kleinem S-Fehler brachte meine Tage in Unordnung.

In meinem Lieblingsladen schaute ich mir gerade die Etui-Kleider an, die zur Zeit so modern waren. Ich kaufte eins in

Kornblumenblau, das gut zu meinen Haaren paßte. Ich fuhr die Rolltreppe in die Dessous-Abteilung, um hier zunächst die entsprechenden Teile zu sichten. Da sah ich sie. Korns blonde Freundin, die von der Spielbank-Gala in dem engen silbernen Kleid. Sie wühlte in den Bademoden Größe 36. Ich pirschte mich heran. »Hallo guten Tag. Können Sie sich noch an mich erinnern?«

»Ja natürlich«, meinte sie erfreut. »Sie sind doch die Journalistin, über die sich Kurt so geärgert hat. Wissen Sie, Kurt regt sich immer so leicht auf. Aber in Wirklichkeit meint er es nicht so. Ich weiß ja nicht, warum er so wütend auf Sie ist, aber er ist bestimmt nicht nachtragend.«

Sie war wirklich sehr freundlich. Schade, dachte ich, so eine hübsche, nette junge Frau. Und dann dieser Kotzbrocken!

»Ich glaube auch, daß ich mich mit Herrn Korn irgendwann einmal intensiv aussprechen werde und daß wir dann die gegenseitigen Irritationen abbauen können ...« meinte ich zweideutig.

Sie verteidigte ihn weiter: »Kurt hat soviel mitgemacht. Der Tod seiner Frau und dann die Verdächtigungen gegen ihn, daß er sie in den Tod .... na ja, Sie wissen schon, was ich sagen will. Er ist mit den Nerven runter. Deshalb fahren wir ja auch jetzt in Ferien.« Sie lachte kindlich und naiv — voller Vorfreude auf den Urlaub.

Das war ja interessant, was ich da erfuhr. Korn verdrückte sich für ein paar Wochen. »Wie schön für Sie. Deshalb sind Sie heute in der Bademoden-Abteilung. Wohin geht es denn, hoffentlich in die Sonne?«

»Wir fliegen nach Teneriffa. Da soll es im Mai sehr schön sein, sagt Kurti. Er hat dort nämlich ein Landhaus mit Schwimmbad und großem Garten.«

O Himmel, sie nannte ihn auch noch 'Kurti'!

»Wann fliegen Sie denn?«

»Oh, schon in drei Tagen. Und ich habe so gut wie nichts anzuziehen.«

»Fliegen Sie nur zu zweit?« Sie nickte und konzentrierte sich auf einen knappen Bikini mit Goldstickerei. Sie mochte es offenbar schillernd und glänzend. »Zuerst schon, aber dann kommen noch Kurts Mitarbeiter und Mitarbeiterinnen dazu.«

»Oh, die ganze Firma?«

»Nein, nur die Spezialabteilung. Alles junge Leute in meinem Alter. Wir werden bestimmt eine Menge Spaß haben!«

»Und was arbeitet diese Abteilung?«

Sie zögerte, doch ihre Mitteilsamkeit siegte: »Besondere Aufgaben, die besonders bezahlt werden.«

So hatte Kurti es ihr wohl verklickert. Mehr war wohl nicht aus ihr herauszukriegen, aber mir reichte es schon, um selbst auch Pläne zu machen.

Ich mußte genaueres wissen. Ich setzte noch nach. »Liegt das Landhaus am Meer?«

»Nein, etwas weg davon. Aber deshalb gibt es ja den Pool.«

»Im Norden oder im Süden von Teneriffa? Der Norden soll ja wesentlich schöner sein ...«

Sie überlegte. Ich tat unbeteiligt und wühlte in den Bademoden. Endlich sagte sie:« In der Nähe von Icod, das ist aber im Norden. In einem kleinen Fischerort mit einem komischen Namen. Gara.. Gara..« Sie stockte. »Ich hab's vergessen«, meinte sie entschuldigend.

Icod und ein Ort mit Gara.. am Anfang. Es dürfte kein Problem sein das rauszukriegen mit einer vernünftigen Landkarte.

»Ich glaube, dieser Bikini, den Sie sich da ausgesucht haben, würde gut zu Ihnen passen.«

»Ja, den nehme ich auch.« Sie zog den Bügel heraus. »Ich probier' ihn aber noch an.«

»Ja, dann wünsche ich Ihnen einen schönen Urlaub. Und sagen Sie Herrn Korn nicht, daß Sie mich getroffen haben, sonst ist ihm die Petersilie verhagelt.«

»Nein, das bleibt unter uns.« Sie verschwand in der Kabine, ihre Kindergröße stolz wie eine Trophäe in der Hand schwenkend.

Genossin Schneewittchen macht Karriere

Der letzte Termin vor meinem Urlaub war eine Bilanzpressekonferenz einer Konsumgenossenschaft, die sich in den neuen Bundesländern engagiert hatte. Es war die Genossenschaft, bei der fast alle Bierstädter ihre Lebensmittel kauften, weil der Konzern die Stadt mit seinen Läden übersät hatte. Ich kaufte auch dort, nur für Wein und Katzenfutter ging ich woanders hin — der Wein war zu gewöhnlich und das Katzenfutter zu teuer.

Am Fuße des riesigen Verwaltungsgebäudes wurden die Journalisten bereits von einem Mädel der Werbeabteilung abgeholt. Der Weg ins Vorstandszimmer führte durch teppichbodene Gänge, die jedes Geräusch verschluckten. Vor dem Vorstandszimmer stand — nicht unauffällig genug — ein riesiger Turm von unauffällig verpackten Kartons. Aha, dachte ich, die kleine Arbeitsgrundlage für die Journalisten, damit der positive Bericht besser aus der Feder fließt!

Der Vorstandssprecher drückte mir die Hand, ich wechselte brav ein paar Worte mit ihm und vereinbarte ein Interview nach der Pressekonferenz.

Ich bekam ein Glas Sekt gereicht und nippte vorsichtig. Nicht übel! »Darf ich Sie zu Ihrem Platz begleiten?« säuselte der Leiter der PR-Abteilung. Ich folgte ihm und setzte mich an einen langen Tisch auf einen Platz, an dem die Tischkarte mit meinem Namen stand. Vor mir die Pressemappe, Hochglanzfotos und jede Menge Zahlen.

Immerhin — an die Genossen der Genossenschaft wurden stolze 34 Mio Mark ausgezahlt, geteilt durch 520000 Mitglieder sind das ... Na ja, das war etwas schwierig, ich würde es später mit dem Taschenrechner nachrechnen. Die Summe hörte sich auf jeden Fall gut an, auch wenn die Genossen ein Jahr lang jeden Kassenzettel des Konzerns sammeln mußten. Ein ermüdendes Hobby.

Einige Kollegen waren schon da, zum Beispiel der Herr

Doktor Putz von der Heimatzeitung aus der Kleinstadt nebenan, der zu solchen Anlässen immer seine Frau mitnahm, damit auch sie mal was Nettes auf die Gabel bekam.

Oder die Wirtschaftsberichterstatterin einer Bierstädter Lokalzeitung, die zwar keine Bilanz lesen konnte, dafür aber bei den Vorstandsherren außergewöhnlich beliebt war.

Und ich sah Peter Jansen, den Chef des Bierstädter Tageblattes, des größten Blattes in Bierstadt. Eine Zeitung, die früher mal Eigentum der Mehrheitspartei war und die dann später im Handstreich von einem großen Pressekonzern geschluckt worden war.

Ich guckte mir die Tischkarte neben meiner an. Ein Herr Frühling von einem Gourmet-Verlag in Hamburg würde neben mir sitzen. Ein älterer Herr näherte sich schwitzend dem Platz. »Hallo«, sagte ich, »Sie kommen aus Hamburg, Herr Kollege?« Er freute sich über die spontane Ansprache. »Ja, ich bin sogar gut durchgekommen. Noch nicht mal drei Stunden.«

»Und? Warum sind Sie hier? Ihre Zeitschrift ist doch etwas für gehobene Genüsse.«

»Ich bin für die Bilanz-Pressekonferenzen in unserer Redaktion zuständig und ...« Weiter kam er nicht, denn es ging los.

Der Vorstandssprecher konnte eine Umsatzerhöhung und einen Mitgliederzuwachs bekanntgeben, beides ausgelöst durch die Ossis, die nach 40 Jahren freudlosem Sozialismus endlich mal richtig tafeln und Mitglied in einer vernünftigen Genossenschaft werden wollten. Immerhin, die Anrede »Genosse« mußte noch nicht mal geändert werden.

Aber dann ging es los. Der Vorstand schilderte mit fast entsetzter Stimme, was er »da hinten« vorgefunden hätte. »Da haben 45 Verkäufer auf 80 Quadratmetern Verkaufsfläche drei Würste, 10 Konserven und fünf Äpfel bewacht.« Alles verkommen, verdreckt, baufällig. Natürlich habe man zuerst mal fast alle Leute entlassen müssen und sei jetzt mühsam dabei, Fachpersonal zu »rekrutieren«. Leider sei auch die Konsumlust der Bevölkerung zurückgegangen, die würden einfach weniger einkaufen, so daß sie zwar Genossen werden, aber auf keine Rückerstattung aus ihren Einkäufen hoffen könnten.

»Das kommt erst später, wenn sich die Lage normalisiert hat. Und als Zeichen des guten Willens haben wir ein Ost-Produkt in unser Sortiment aufgenommen, den berüchtigten Schneewittchen-Sekt. Aber keine Angst, das ist nicht der, den Sie eben getrunken haben, meine Damen und Herren«, schloß der Vorstand seine Rede. Brüllendes Gelächter über den gelungenen Gag des jovialen Vorstands.

»Recht hat er«, flüsterte mir der freundliche Herr Frühling vom Gourmet-Blatt zu. »Das sind Zustände! Tonnenweise ungelöschten Kalk drüber und zehn Jahre liegen lassen und danach von vorn anfangen.«

»Und die Leute?«

Er zuckte die Schultern und schüttete mir eine Tasse Kaffee ein, die Hälfte landete in der Untertasse, auf der Pressemappe und auf seiner Hose. »Oh, Entschuldigung«, lächelte Herr Frühling. »Macht so gut wie nix«, entgegnete ich, »ungelöschten Kalk über den Fleck auf ihrer Hose und eine Stunde einwirken lassen. Und dann von vorne anfangen.«

Es wurden noch ein paar Fragen gestellt, ich machte mein Interview mit dem Vorstandssprecher und verdrückte mich.

Nachmittags erzählte ich in unserer Sendung »Bierstädter Polit-Magazin« knapp vier Minuten was über die Lebensmittelkette. Danach fuhr ich nach Hause, denn ich hatte einen Kessel Buntes in Arbeit.

Sommer, Sonne und Meer! Ich atmete tief durch, so, als ob ich das Meer schon in Bierstadt riechen könne.

Ich merkte erst jetzt, daß ich dringend Urlaub brauchte. Hoffentlich war das Wetter in Teneriffa so gut, wie es immer in den Prospekten beschrieben wurde. Vielleicht bleibt auch noch Zeit für ein bißchen Erholung von den aufwühlenden Ereignissen, die ich in den letzten Monaten hinter mich gebracht hatte, so hoffte ich.

Ein teures Ruhekissen für Kurt Korn

Heinz Strickmann konnte und wollte nicht mehr. Er betrachtete sein winziges, muffiges Büro. Diese alten gebrauchten Möbel, die Generationen seiner Vorgänger bereits benutzt hatten, das schmutzige Waschbecken mit den feuchten Handtüchern aus dünner Baumwolle, die immer wieder überstrichenen Wände mit den speckigen Stellen. Und dieser Blick aus dem Fenster in einen Innenhof, in dem einige mickrige Pappeln ihr trauriges Leben fristeten.

Und dabei gab es Büros, in denen man sich bei der Arbeit wohlfühlen konnte. Er hatte sie gesehen. Glasschreibtische, Marmorfußböden, große Fenster, die gleißendes Licht hereinließen, Konferenztische gestylt von italienischen Designern, immergrüne Pflanzen und schnuckelige Sekretärinnen und Vorzimmerdamen.

Sowas gab's nicht bei Staatsanwaltschaften, sondern in der Industrie, in der freien Wirtschaft, in Ministerien ... bei Baulöwen wie Kurt Korn, bei Steuerhinterziehern und erfolgreichen Wirtschaftsstraftätern.

Strickmann hatte sich seinen Plan lange überlegt. Er wunderte sich, daß er nach dem Schlag, den Corinna und Korn ihm versetzt hatten, überhaupt noch solch traumhafte und wahnwitzige Pläne schmieden konnte. Er, der sonst noch nicht einmal entscheiden konnte, welches Fernsehprogramm er abends gucken sollte.

Jetzt würde er eine Entscheidung treffen. Aber — er mußte es geschickt anstellen.

Er wählte die Telefonnummer seiner Ex-Frau. Sie hatte es tatsächlich zur Staatssekretärin in Thüringen gebracht. Er brauchte eine Weile, bis er sie an der Leitung hatte.

»Du wunderst dich bestimmt, nach so langer Zeit von mir zu hören?« begann er.

»Ich habe mich eigentlich gewundert, daß du noch nicht angerufen hast«, entgegnete sie schnippisch und er erinnerte sich nur ungern an ihre scharfe Zunge und an ihre Schlagfertigkeit. Er schloß die Augen, es war, als sei ihr letzter Streit erst gestern zuende gegangen. Wie er ihre ironische Art verabscheute, die nur darauf abzielte, ihn als hilflosen Hampelmann hinzustellen.

»Ich brauche deine Hilfe und deinen Rat«, stellte er fest und sie wartete, baute ihm keine Brücke, indem sie sagte, ja gern, wie kann ich dir helfen oder eine ähnliche Floskel. Egal, er mußte hier durch.

»Ich will meinen Job hinschmeißen und mich als Anwalt niederlassen. Ihr braucht doch Anwälte in den neuen Bundesländern?«

»Eigentlich schon. Aber du als Anwalt? Kannst du nicht besser anklagen als verteidigen?«

»Du hast doch immer gesagt, daß ich als Ankläger eine Niete bin.«

»Aber ich habe auch nicht gesagt, daß du ein begnadeter Anwalt sein könntest.« Ihre Stimme wurde etwas weicher. »Aber, vielleicht doch. Du hattest immer irgendwie was Versöhnliches an dir, mein lieber Heinz. Vielleicht wirst du ein guter Strafverteidiger. Aber das klärt immer noch nicht die Frage, wie ich dir helfen kann?«

»Ich dachte, daß du die Situation in Thüringen kennst. Deshalb habe ich gehofft, daß du mir helfen würdest. Jetzt, wo du Karriere gemacht hast. Außerdem ist Thüringen nicht so weit weg vom Westen und es soll landschaftlich schön sein.«

»Aha, du bist ein Naturfreund geworden«, meinte sie spöttisch, »ich werde dir helfen, wenn du es wirklich willst. Wenn du deinen Beamtenstatus aufgibst, dann muß es dir ja ernst sein. Also, Heinz, kündige und ich garantiere dir eine gute Stellung. Ich besorge dir die Büroflächen und die Mandate. Ich habe als Staatssekretärin den Überblick und ich kenne inzwischen viele Leute, die mir nur allzu gern einen Gefallen tun wollen.«

»Ich danke dir ... und du meinst es wirklich ehrlich?«

»So ehrlich, wie ich es gesagt habe. Du kannst dich auf mich verlassen.«

Er wußte, daß sie ihr Versprechen halten würde. Nicht weil ihr etwas an ihm lag, sondern damit sie zeigen konnte, daß sie Macht und Einfluß hatte. Ganz im Gegensatz zu ihm.

»Bist du eigentlich wieder verheiratet?« traute er sich noch zu fragen.

»Das nicht, aber ich habe einen festen Partner. Es ist ein Minister aus dem Kabinett.«

Natürlich, wenn schon, dann ein Minister! »Gratuliere«, meinte er mit rauher Stimme und verabschiedete sich.

Das nächste Telefonat fiel ihm leichter. »Was du mit den dreckigen Fotos von mir und dieser Nutte machst, ist mir egal«, teilte er Kurt Korn mit fester Stimme mit. »Aber du hast trotzdem die Gelegenheit, aus allem rauszukommen.«

»Und wie?« fragte Korn, überrascht, daß sein alter Schulfreund Heinzelmännchen sich plötzlich kooperativ zeigte.

»Ich werde meinen Job aufgeben und mich als Anwalt niederlassen« sagte Strickmann, »und da gibt es zwei Möglichkeiten. Ich übergebe meinem Nachfolger deine Akten mit dem Hinweis, daß die Ermittlungen mit aller Schärfe weitergeführt werden müssen, oder ich lege deine Akten ab, bevor ich kündige. Dann sind die Ermittlungen eingestellt und du hast Ruhe.«

»Und was kostet mich diese Ruhe?« Korn war ganz Ohr.

»200000 auf die Hand, ohne Quittung und in bar und so schnell wie möglich.«

»Ein teures Ruhekissen«, nörgelte Korn. »Und wer garantiert mir, daß mich dein Nachfolger in Ruhe läßt?«

»Staatsanwälte haben zuviel zu tun, werden zu schlecht bezahlt und schaffen ihr Pensum nicht immer. Sie sind froh, wenn komplizierte Ermittlungen abgeschlossen oder eingestellt worden sind. Die Chance, daß jemand ins Archiv geht und deinen Vorgang zieht, ist eins zu tausend.«

Korn überlegte, so locker saß ihm das Geld nun doch nicht. »Ich habe mir nichts zuschulden kommen lassen, warum sollte ich dir deine Kanzlei finanzieren?«

»Versuchte Erpressung eines Staatsanwaltes namens Strickmann, Förderung der Prostitution, vielleicht noch Anstiftung zum Mord in Sachen Mansfeld — könnte sich lohnen, der Junge hat schließlich für dich gearbeitet — Anstiftung zur Körperverletzung mit Todesfolge, damit meine ich die alte Frau im Norden. Dann Nötigung der Mieter in deinen Sanierungshäusern. Dann noch schwere Körperverletzung zu Lasten des Mieteranwalts. Und — der Mord an deiner Frau, mein Lieber. Heimtückisch, geplant und die Arglosigkeit deines Opfers ausnutzend. Was begehrt dein Herz mehr? Auch wenn ich mit allen Sachen nicht durchkäme, irgendwas klappt bestimmt und glaubst du dann wirklich, daß dich deine politischen und gesellschaftlichen Freunde in Bierstadt noch kennen werden? Daß du noch zu Empfängen, Galas oder Geburtstagsfeiern eingeladen wirst? Das kannst du dir dann abschminken und zwar gründlich!«

»Also gut«, meinte Korn nach einer Weile. »Ich schicke einen meiner Mitarbeiter zu dir ins Amt.«

»Nein, nicht ins Amt«, widersprach Strickmann und lächelte, »zu mir nach Hause. Morgen abend. Und keinen Scheck. Sondern die ganze

Summe in nicht registrierten großen und kleinen Scheinen. So wie im Kino. Und eine Quittung kriegst du natürlich auch nicht.«

»Du hast in den letzten Wochen eine Menge gelernt«, sagte Korn. Er überlegte, wie er die 200000 verbuchen sollte. Er würde mit seinem Steuerberater einen Termin machen müssen. Würde er sie über eine seiner Firmen als Verlust abschreiben können, dann käme ihn das Ruhekissen erheblich billiger.

»Dies ist die einzige Summe, die ich dir jemals zahle«, sagte Korn, »glaub' bloß nicht, daß du noch mehr aus mir herauspressen kannst ...«

»Nein, Kurt. Du hast mein Ehrenwort. Das Ehrenwort eines Staatsanwaltes.«

»Daß ich nicht lache ... du mieser Erpresser!«

Strickmann lachte. »Daß ausgerechnet du mir moralische Vorhaltungen machst, entbehrt nicht einer gewissen Ironie. Also — morgen abend in meiner Wohnung. Und keine Tricks. Diesmal legst du mich nicht rein!«

Nach dem Gespräch öffnete Strickmann eine Flasche Champagner und setzte sich an seine Schreibmaschine. Er spannte ein Blatt Papier ein und teilte dem Generalstaatsanwalt seine Absicht mit, zum Quartalsende zu kündigen. Das Datum ließ er noch offen, denn — vielleicht überlegte es sich Korn bis morgen abend anders. Dann würde er noch mal mit ihm verhandeln müssen.

Strickmann war zufrieden mit sich selbst — zum ersten Mal seit langer Zeit. Er hatte das Gefühl, daß sein langweiliges Leben eine neue Wendung nehmen würde.

Erinnerung an warme Haut

»Gara.. Gara..«, hatte Blondchen gesagt und ich fand den Ort auf der Landkarte. Etwa 10 Kilometer von Icod entfernt und sein Name war Garachico. Hier hatte Korn sein Landhaus, wo er sich mit seiner sogenannten Spezialabteilung treffen wollte. Ein kleiner verschwiegener Ort, touristisch noch nicht besonders erschlossen — so ähnlich stand es in dem Reiseführer, den ich mir besorgt hatte.

Ich hatte keine Lust, die Tour allein zu machen. Irgendwie war ich als Detektivin nicht besonders begabt, ich hatte das

Gefühl, immer zwei Schritte hinter meinem Opfer, also dem Bösewicht, herzulaufen. Die weiblichen Detektive in den Krimis, die ich gelesen hatte, verhielten sich anders. Ihre weibliche Intuition und Sensibilität machten sie sicher und souverän. Außerdem ließen die sich nicht durch aussichtslose Liebesaffären ablenken, schon gar nicht mit gebremsten Machos mit kleinem S-Fehler.

Außerdem brauchte ich einen Zeugen für die Dinge, die in Spanien passieren würden, und jemanden, der im schlimmsten Fall meine sterbliche Hülle in meine Heimatstadt schaffen würde.

Ich schloß die Augen. Ein kleiner Fischerort mit einem weißen Strand entstand vor meinem geistigen Auge. Sonne, ein leichter Wind. Ich atmete unwillkürlich tief ein. Ich hörte das Rauschen des Meeres, spürte warme, nach Mann duftende Haut auf meinen Lippen und ... Katze Miou sprang auf meine Schulter und zog aus meinem neuen Strickpullover den ersten Faden.

»Verdammtes Biest«, schimpfte ich und jagte sie fort. Sie schaute mich beleidigt mit ihren blauen Siamesen-Augen an, schritt majestätisch zu meinem Bett und legte sich aufs Kopfkissen.

Ich ging zum Telefon und wählte Hajo Brunnes Nummer.

»Du hast Glück, daß du mich erreichst«, meinte er, »ich muß zu einer Jubilarehrung der IG Bergbau. Das gibt Geld. 50 Jubilare auf einem Bild und jeder will ein Foto haben. 50 mal 15 Mark. Gut, oder?«

»Freut mich. Hast du Lust auf eine richtig gute Story? Eine, die du überregional verticken kannst? Die bundesweit für Schlagzeilen sorgt?«

Ich übertrieb maßlos, aber mit was sonst als mit Geld konnte ich einen freien Fotografen schon ködern, der bei kleinen Geschäften mit IG-Bergbau-Jubilaren schon aus dem Häuschen geriet?

»Warum nicht? Du machst den Text und ich die Fotos? Ist die Chose gefährlich?«

Ich wußte, daß er auf 'gefährlich' stand, oder auf dem, was er dafür hielt.

»Hajo, die Sache kann wirklich gefährlich werden. Und sie ist mit einer kleinen Reise verbunden. Auf die Kanarischen Inseln.«

»Und wer bezahlt den Flug dahin?« fragte er, schon weit weniger interessiert.

»Ich bezahle auch deinen Flug und auch das Hotel und den Mietwagen. Und wenn die Sache was wird, machen wir halbe-halbe. Dann zahlst du mir Flug und Hotel zurück von dem Honorar, das du bekommst.«

»Und wenn die Sache nix wird?«

Verdammter Geizkragen! »Dann, mein Lieber, bleibt alles bei mir. Dann hast du einen schönen Urlaub gemacht – auf meine Kosten. Du brauchst vorläufig nur mitzukommen, mit intakten Kameras und vielen Filmen.«

»Kannst du mir mehr sagen?«

»Ja, es geht um Korn. Den nehmen wir uns vor. Und zwar gründlich. Um ihn zu erwischen, müssen wir nach Teneriffa fliegen.«

»Ich bin dabei. Wann geht's los?«

»Übermorgen. Die Flugtickets hab' ich schon. Alles weitere erkläre ich dir im Flugzeug. Sei bitte morgens pünktlich um 8 Uhr bei mir. Die Maschine geht halb elf ab Düsseldorf.«

»Aye, aye, Sir!« salutierte er.

In vier Stunden in einer anderen Welt

Es war trocken, heiß und staubig, als wir auf dem Flughafen Reina Sofia ankamen. Der Mietwagen war nicht teuer und wir nahmen den kürzeren, wenn auch gefährlicheren Weg über die Berge in den Norden der Insel.

Je weiter wir uns vom Flughafen entfernten, um so schöner wurde es. Während im Süden die Bananen- und Tomatenplantagen die Landschaft bestimmten – meist noch von häßlichen Betonmauern umrundet, die die salzige Meerluft abhalten sollten – waren es in den Bergen die einheimischen Pflanzen, die es nur hier gab. Wolfsmilchgewächse, sogenannte Euphorbien, eingeschleppte Opuntien, die berühmten kanarischen Palmen und dazwischen von Bauern angelegte Terrassen mit Mandel- und Feigenbäumen. Kaum zu glauben, nur knapp vier Stunden in der Luft und schon in einer anderen Welt.

Die Straßen waren schmal und die Kurven gefährlich. Ich saß am Steuer, denn Hajo fuhr wie ein Henker und war auch noch stolz darauf. Vor uns quälte sich ein Bus die Serpentinen hoch, schwarzen Qualm bei jedem Runterschalten ausstoßend. Auf der letzten Bank des Busses knutschte ungeniert ein Pärchen. Hajo beobachtete es neugierig.

»Guck mal, die beiden«, meinte er und zückte seine Kamera.

»Mein Gott, laß sie in Ruhe«, zischte ich. Doch er knipste schon drauflos.

»Daß ihr Fotografen immer draufhalten müßt«, maulte ich, »spar lieber dein Material für wichtige Dinge.«

»Okay, ich bin schon fertig. Nun reg dich nicht auf, Chefin!« Er konnte meine schlechte Laune noch nie ertragen und spurte dann gewöhnlich.

Ich blickte auf. Das Pärchen knutschte nicht mehr. Hajos Linse hatte ihm den Spaß verdorben.

Als wir die Berge hinunterfuhren, lag Garachico unter uns. Ein Fischerdorf direkt am Meer, schwarze Strände aus Lavasand, die mich an heimische Kohlehalden erinnerten. Vor dem Ort im Meer ein großer Felsen, von dem Vögel aufflogen. Eine Sommerfrische, wie gemalt und für einen Urlaub prächtig geeignet.

»Wie willst du rauskriegen, wo Korn seine Bude hat?« fragte Hajo.

»Wart's nur ab, hör gut zu und lerne – und misch dich nicht ein.«

Am Ortseingang prangte uns ein Schild entgegen: »Bienvenidos a Garachico« – man hieß uns also willkommen. Warum auch nicht. Natürlich hatte der Ort eine Touristen-Information. Wir stiegen aus. Eine junge Frau langweilte sich hinter einem Tresen.

»Sprechen Sie deutsch?« fragte ich. Als sie nickte, erzählte ich die Geschichte von Senor Korn, der uns in seine Finca in Garachico eingeladen hatte. Jetzt wüßten wir gern, wie wir fahren mußten.

»Ah, la Finca Botanica!« Sie beschrieb uns den Weg, wünschte uns einen schönen Urlaub und wir bedankten uns.

Hinter dem Hafen sollten wir etwa zwei Kilometer auf der Hauptstraße bleiben, kurz hinter Garachico auf dem Weg nach Buenavista sollte es dann links einen kleinen steilen Weg hochgehen. Wir schlängelten uns die Straße entlang und fanden die Einfahrt in die kleine Straße.

Hoch oben lag die Finca. Sie war von der Straße aus gut zu sehen. Weiß getüncht, mit rotem Dach und hölzernen Balkonen. Von dem Haus aus mußte man einen guten Ausblick haben. Besonders auf Leute, die sich mit einem kleinen roten Mietwagen näherten.

Wir fuhren wieder nach Garachico zurück und buchten ein Zimmer in einem kleinen Hotel, das ein paar Kilometer von unserem Ziel entfernt lag. Wir nahmen ein Doppelzimmer, das war unverfänglicher als zwei Einzelzimmer. Der Hotelbesitzer hielt uns wohl für ein ganz normales Touristenpaar aus Deutschland.

»Heute machen wir nichts, es wird sowieso bald dunkel«, meinte ich. »Wir packen aus und gehen essen.«

»Wie du willst«, sagte Hajo erleichtert. »Ich bin sowieso todmüde.«

»Wovon das denn?« konnte ich mir nicht verkneifen zu fragen. Schließlich war ich die 170 km über die Berge gekurvt. Ich war etwas gereizt, denn ich hatte nicht die geringste Ahnung, was wir eigentlich hier machen sollten. Allein schon ungesehen ans Haus heranzukommen war unmöglich. Und von Hajo waren auch keine tollen Ideen oder gar Initiativen zu erwarten.

Wir setzten uns in ein kleines Restaurant direkt am Meer. Langsam ging die Sonne unter. Sie ließ sich viel Zeit heute abend, als wisse sie, daß sie eine begeisterte Zuschauerin hatte. Der Weißwein schmeckte nach Erde und der »Conejo« war eine Spur zu salzig. Direkt vor uns rollten die Wellen auf eine

Steinmauer zu und ein feuchter salziger Schleier legte sich langsam auf meine Brillengläser.

Hajo plapperte Anekdoten aus seinem aufregenden Fotografenleben. Ich hörte nicht hin, sondern lauschte den Wellen, die eine bestimmte Melodie zu produzieren schienen. Zuerst sanft und dann immer stärker, dann langsam steigernd bis zum furioso.

Ich dachte an ein Ferienhaus an der Nordsee. Vielleicht war er da und starrte genau wie ich aufs Meer. Ich hatte alles gründlich verdorben und würde es trotzdem wieder so machen. Ich war eine Überzeugungstäterin.

Hajo plapperte und plapperte. Ich griff zum vierten Glas Wein. Nur so konnte ich die wahnsinnig spannenden Geschichten ertragen, von den schönen Mädchen, die er durch seine Fotos reihenweise ganz groß rausgebracht hatte (»die Yvette arbeitet jetzt für Vogue in Paris«), bis zu den lebensgefährlichen Klettereien auf einen Hochspannungsmast, in dem eine vom Starkstrom verkohlte Leiche gehangen hatte.

»Ich mußte mich schon überwinden, auf den Auslöser zu drücken, so wie der Tote aussah! Doch Job ist Job, dachte ich mir, und ich habe das Bild noch am selben Tag international verkauft.« Ich nickte freundlich und griff zum fünften Glas Wein. Zum Glück hatten wir das Auto am Hotel stehenlassen, denn ich war bereits leicht beschwipst.

»Du hörst mir gar nicht zu!« stellte Hajo nach weiteren endlos langen Aufschneidereien fest.

»Laß gut sein, Süßer. Ich genieße den Abend. Schau, die Sonne ist gleich weg. Eben war sie nur noch ein flacher heller Streifen über dem Meer. Und seit Jahrmillionen passiert hier immer dasselbe. Hier und überall auf der Welt, nur zu unterschiedlichen Zeiten. Ist das nicht wunderbar?«

»Du bist ja richtig romantisch! Du, die knallharte Reporterin!« staunte er.

»Am Abgrund kommt es nur auf die Haltung an«, sagte ich. Er schaute mich verständnislos an. Er hatte nichts kapiert, konnte er ja auch nicht.

Eine dreiviertel Stunde später lagen wir erschlagen und

ziemlich besäuselt in dem harten spanischen Doppelbett. Zum Glück war eine Ritze dazwischen. Als Hajo einen Gutenachtkuß wollte: »Nur so, nicht daß du dir was dabei denkst«, winkte ich müde ab, so besoffen konnte ich gar nicht sein. »Laß es, Bruder, dies ist eine Dienstreise, außerdem könnte ich deine Mutter sein.« War zwar etwas übertrieben bei fünf Jahren Altersunterschied, aber es half. Er hatte wohl eine gespannte Beziehung zu seiner Frau Mutter.

»Ich weiß, du stehst auf Machotypen in dunklen Anzügen mit viel Geld, aber die kriegst du nicht.« Er lachte schadenfroh.

»Halt endlich die Klappe«, sagte ich ärgerlich. »Und wehe, du schnarchst!« Dann mir fielen die Augen zu.

Ich hatte alles im Griff?!

Der morgendliche Kater blieb aus, der Landwein war wohl in Ordnung. Wir frühstückten ordentlich in dem kleinen Gästezimmer, viel Kaffee mit Milch und Weißbrot. Die Insulaner hatten sich auf deutsches Frühstück eingestellt, sie selbst tranken nur eine winzige Tasse Café solo und aßen einen Gebäckkringel.

»Hast du dir schon überlegt, wie wir ungesehen an die Finca herankommen?« fragte Hajo, dessen blonde Haare um einen Kamm flehten. Dann warf er eine Zigarettenkippe mitten in den Raum, wo sie jemand anderer würde aufheben müssen.

»Wir tarnen uns als Touristen. Ich kaufe mir einen Strohhut, setze eine große Sonnenbrille auf und wir fahren den Weg hinauf. Von unten können wir gesehen werden, aber wir müssen die Lage von oben prüfen. Einfach zwei-, dreihundert Meter höher fahren und dann zu Fuß zurück.«

»Hört sich gut an, hoffentlich klappt es.«

»Hör zu, auf das Gelände gehe ich allein. Einer von uns darf sich nicht erwischen lassen, sondern muß die Beweise sammeln.« Hajo hörte mir staunend zu. Ich spielte die Überlegene, die alles im Griff hat.

»Ich klingele einfach und verlange Herrn Korn zu sprechen.

Korn wird mir schon nichts tun vor so vielen Zeugen. Dann ist er von dir abgelenkt. Du mußt Fotos machen von allem, was sich bewegt, und du nimmst den Kassettenrecorder mit dem kleinen Wurf-Mikrofon.«

Ich erklärte ihm das Gerät, das ich mir von einem unserer Hörfunk-Techniker hatte umgestalten lassen. Eine winzige Schnur, an deren einem Ende ein kleines Mikrofon war, die andere Seite der Strippe paßte in den Recorder, so, daß wir mit Kopfhörern aus 150 Metern Entfernung hören und aufzeichnen konnten, was im Haus gesprochen werden würde. Das Kabel war nämlich genau 150 Meter lang.

»Also alles klar, Bruder?« Er nickte. »Und noch etwas. Wenn du die Kassetten voll hast, dann versteck' sie irgendwo. Auch deine Filme. Und dann kommst du mich holen.«

»Wie das denn? Soll ich auch klingeln?«

»Das mußt du spontan entscheiden. Notfalls komme mit der Polizei! Du kannst ja auch vorher in der Finca anrufen und Korn klar machen, daß ich nicht allein bin. Wir müssen uns möglichst normal verhalten, nicht wie Detektive, sondern wie Journalisten, die eine Story recherchieren.«

»Bist du sicher, daß alles so läuft, wie du sagst?« fragte er.

»Ich habe alles genau geplant«, sagte ich großspurig und in meinen Magen kroch ein verdammt flaues Gefühl. »Da kann nichts schiefgehen. Verlaß dich nur auf mich. Mir passiert schon nichts. Kümmere du dich um die Fotos und die Tonaufnahmen, sie sind das wichtigste — sozusagen unser Kapital. Wir haben nicht den geringsten Grund, uns Sorgen zu machen!«

Das war eine glatte Lüge. Ich hatte Angst vor Korn. Ich hatte Angst vor Prügeln und Verletzungen, von schlimmeren Dingen ganz zu schweigen.

Aber jetzt noch aufgeben? Das kam überhaupt nicht in Frage. Ich würde mich lächerlich machen.

Und dabei hatte ich noch nicht mal eine Pistole. Auch sonst nichts, mit dem ich mich verteidigen konnte. Auch Sprünge aus dem Fenster dürften nicht das richtige für mich sein, denn ich bin verdammt unsportlich. Das einzige, was ich mir zutraute, war ein Ritt auf einem Pferd in gestrecktem Galopp. Doch Pferde gab es auf der Finca wohl kaum.

Ich mußte mich also auf mein Mundwerk und mein Glück verlassen. Ich schaute Hajo an. Ein Held war der auch nicht, aber — wer weiß? Viele Menschen wachsen ja mit ihren Aufgaben.

Sommerfrische vom Allerfeinsten

Es war gegen elf, als wir an der Finca vorbeifuhren. Ein großes, schönes Haus mit einem tollen, riesigen Garten am Hang. Beim zügigen Vorbeifahren sah ich den Swimming-Pool türkis herüberleuchten, von dem Blondchen so geschwärmt hatte.

Im Garten hatten es sich einige junge Leute bequem gemacht. In Liegestühlen, in einer Laube beim Cocktailtrinken. Junge Mädchen in knappen Bikinis schnatterten um die Wette. Die Sonne brannte, die Luft war frisch und Schmetterlinge taumelten durch den Garten. Eine richtig schöne kleine Sommerfrische der Korn'schen Sonder- und Spezialabteilung. Kein Gedanke an Prostitution, Erpressung, Mord oder Totschlag.

Wir fuhren etwa 500 Meter weiter und ich zog allein los. »Also, nochmal. Ich geh' da jetzt rein und werde erwischt. Danach läßt die Aufmerksamkeit nach und du kannst in Ruhe Fotos und Tonaufnahmen machen.«

Hajo nickte eifrig. Er schien sich ganz auf mich zu verlassen. Sein kindliches Vertrauen in meine Cleverness machte mich mutig. Irgendwie würde das schon hinhauen.

Ich ging in Richtung Haus. Die Finca war mit einem Holzzaun vor fremden Eindringlingen geschützt. Aber es gab eine Glocke. Ich läutete sie und ihr Klang war ohrenbetäubend schrill. Keiner von den jungen Leuten nahm Notiz von mir. Vermutlich wurde ich für eine Touristin gehalten, die nach dem Weg fragen wollte.

Nach einer Weile kam ein Dienstmädchen in weißer Schür-

ze. Sie sprach mich auf spanisch an: »Que desean la Senora?«
Ich identifizierte es als: »Was wünschen Sie?«

»Por favor«, stammelte ich, »busco Senor Kurt Korn, es aqui?«

Sie blickte mich abweisend an. »Como ha dicho que se llamaba?«

Ich verstand nur Bahnhof.

Sie öffnete dann doch und ließ mich durch die Tür. Sie führte mich eine steile Treppe hinauf zu einer offenen Terrasse.

Dort lümmelte sich ein dicker Mann auf einer Liege. Er setzte sich auf, als das Mädchen ihm etwas zurief und blickte zu mir herüber.

»Ich habe geahnt, daß Sie mir folgen würden«, sagte Kurt Korn. »aber ich habe nicht damit gerechnet, daß es so bald sein würde!« Er reagierte völlig gelassen und schien nicht überrascht zu sein.

»Rosemarie hat mir erzählt, daß sie von Ihnen ausgefragt worden ist. Nehmen Sie bitte Platz, Frau Grappa. Ein Glas Wein oder einen Aperitif?«

Ich bemühte mich, ganz locker zu wirken. »Danke, Herr Korn, aber dafür ist es noch zu früh. Sie haben mich also erwartet?«

Korn brachte seinen Bauch über der Tennishose in Ordnung. Das Sonnenschutzmittel leuchtete aus seinen Bauchfalten. Er behandelte mich wie eine alte Bekannte.

»Sie haben den Ruf, nicht lockerzulassen. Sich festzubeißen. Leute wie Sie ...«, er machte eine Pause und schaute mich direkt an, »die werden gewöhnlich bestochen oder für immer aus dem Verkehr gezogen. Dazwischen gibt es kaum was. Vielleicht noch die Möglichkeit, sie persönlich unmöglich zu machen, so daß Ihnen niemand mehr glaubt. Aber — Sie sind zu lange in dem Job und Ihr Ruf ist so ziemlich ohne Tadel. Sie sind clever und Sie werden keine Story veröffentlichen, die Sie nicht beweisen können. Und das, was Sie hier erfahren werden, wird Ihnen niemand glauben.«

Damit hatte er ins Schwarze getroffen. Ohne handfeste Beweise keine Story. Um mir die Beweise zu holen, deshalb war ich hier. Deshalb stand ich auf dieser sonnigen Terrasse in einer anderen Welt und bemühte mich, freundlich zu diesem Drecksack zu sein.

Ich entspannte mich. Blondchen Rosemarie erschien in dem Bikini vom Bierstädter Kaufhauswühltisch auf der Terrasse.

»Hallo«, lächelte sie, »als ich Kurti von unserem Treffen erzählt hatte, meinte er gleich, daß Sie uns besuchen würden. Und er hat mal wieder recht gehabt, mein Hasi.« Sie trat hinter ihn und massierte ihm die Halswirbel. Er stöhnte voller Wohlgefallen. Ich sagte nichts und schaute mir die Szene an. Blondchen ließ von ihm ab.

Er wandte sich wieder mir zu: »Ich habe heute ausgesprochen gute Laune«, meinte er und schaute sein Blondchen verliebt an, »deshalb lade ich Sie ein, mein Gast zu sein. Und heute abend können Sie selbstverständlich an unserer Teambesprechung teilnehmen – die Sonderabteilung mit den Spezialaufgaben, Sie verstehen? Die interessiert Sie doch so brennend oder? Deshalb haben Sie die weite Reise doch auf sich genommen, oder sollte ich mich täuschen?«

Ich schüttelte den Kopf, denn er täuschte sich nicht. Ich war verunsichert und verblüfft. Ich hatte mit einem Schlag auf den Kopf, einem Messer am Hals oder sonstwas gerechnet, aber nicht mit einer freundlichen Einladung zur Jahreshauptversammlung eines Mörderclubs, auf der die Erfolge und Mißerfolge des letzten Jahres bilanziert werden würden. Korn hatte gute Nerven und mußte sich verdammt sicher sein, daß ich ohne jeden Beweis von hier verschwinden würde.

»Dolores wird Ihnen Ihr Zimmer zeigen.« Er schnippte das Dienstmädchen mit den Fingern heran. »Ruhen Sie sich etwas aus oder hüpfen Sie in den Pool – ganz wie Sie wollen. Einen Badeanzug leihen wir Ihnen, obwohl ich unsicher bin ...«, er unterbrach und sah mich abschätzend an, »... ob wir Ihre Größe vorrätig haben.«

Ich schwieg. Nach Schwimmen war mir nicht zumute, egal in welchem Dress und egal in welcher Gesellschaft.

Dolores zeigte mir mein Zimmer. Es war spartanisch im kanarischen Stil mit viel Holz eingerichtet und lag in der oberen

Etage der Finca. Einen Zugang zum Balkon gab es von hier aus nicht. Wenn ich raus wollte, mußte es also durch die Tür sein.

Ich legte mich auf das mit kühlem Leinen bezogene Bett. Nein, das alles lief nicht so, wie es normalerweise in Kriminalromanen zu laufen hatte. Oder doch? Ich hörte, wie jemand leise die Tür von außen abschloß. Ich war gefangen und ich freute mich fast darüber. Also ganz so cool war der Typ doch nicht, wenn er die Tür verriegeln ließ!

Hoffentlich behielt Hajo die Nerven und ließ sich bei seinen technischen Spielereien auf dem Gelände nicht erwischen. Ich schaute aus dem vergitterten Fenster. Unten im Garten spielten zwei junge Männer Badminton. Es waren zwei der Schlägertypen, die das Leben von Elfriede Strunk auf dem Gewissen hatten. Fred und Olli. Ich war genau am richtigen Ort.

Willkommen im Club!

Die Gefangenschaft in dem Zimmer dauerte an. Ich hatte mein Zeitgefühl verloren, Minuten um Minuten verrannen. Durchs Fenster erblickte ich viel Grün, sonst sah ich nur den Rasen, auf dem jetzt niemand mehr Badminton spielte.

Ab und zu hörte ich eine Stimme, doch ich konnte nicht genau bestimmen, ob sie dem Personal des Hauses oder seinen Gästen gehörte. Gegen Mittag brachte mir das Mädchen ein Mittagessen. Sie öffnete nur kurz die Tür und schob das Tablett hinein. Ich lag auf dem Bett und döste.

Gazpacho, Steak und Salat und Pudding. Dazu Weißbrot, Oliven, etwas Schinken und eine Karaffe Rotwein. Ich tat das, was ich immer zu tun pflege, wenn ich ein leckeres Mahl vor mir stehen habe: Ich fing an zu essen. Auch den Wein verschmähte ich nicht. Es schmeckte alles ganz normal.

Ich ergab mich zunächst in mein Schicksal. Würde es Hajo gelingen, das Wurfmikrofon in den richtigen Raum hinabzulassen? Ich selbst hatte noch ein kleines Diktiergerät dabei, dessen Qualität allerdings für Aufnahmen kaum ausreichen dürfte, ich konnte das Ding Korn und seinen Leuten ja wohl kaum vor die Nase halten bei der Jahreshauptversammlung seiner Truppe heute abend.

Ich wunderte mich, daß ich so ruhig blieb. Aber – ich hatte es ja nicht anders gewollt, als mittendrin zu sein in dem kriminellen Geschehen.

Ich gähnte. Nun war eine kleine Siesta angebracht. Ich legte mich aufs Ohr und wunderte mich noch einmal über meine Gelassenheit. Andere Detektive wären längst dabei, einen Tunnel durch den Kamin zu graben, das Dienstmädchen ins Zimmer zu locken und zu überrumpeln oder hätten längst das Eisengitter am Fenster zersägt, um dann aus drei Meter Höhe in die Tiefe zu springen und den Verbrecher zu überwältigen.

Aber – hier lief zur Zeit überhaupt nichts wie im Film oder im Krimi. Nur eins gab mir zu denken – daß Korn mich zu dem Treffen heute abend eingeladen hatte. Irgendwas stimmte nicht. Er, der lieber verbarg als preisgab, hatte ausgesprochen entspannt auf mein plötzliches Erscheinen reagiert. So, als wäre er überzeugt, daß ich keine Gelegenheit mehr haben würde, etwas auszuplaudern.

Ich beruhigte mich selbst. Ein Schritt nach dem anderen, dachte ich, erst den Abend erleben und dann nix wie weg. Hoffentlich hatte Hajo seinen Auftritt zur rechten Zeit, um mich rauszuholen. Nach einem kurzen Schläfchen wusch ich mich in dem kleinen Badezimmer. Ich schaute in den Spiegel und sah, daß ich mir auf der Nase einen Sonnenbrand geholt hatte. Ich hörte, wie jemand den Schlüssel im Schloß herumdrehte. Korn betrat das Zimmer.

»Entschuldigen Sie die kurze Gefangenschaft, aber ich wollte nicht, daß Sie meine Leute mit Fragen verunsichern. Ein gutes Betriebsklima, das auf gegenseitigem Vertrauen aufgebaut ist, kann gar nicht hoch genug eingeschätzt werden.«

Er winkte mich mit der Hand zur Tür. Es sollte also los gehen. Er führte mich in ein großes Zimmer nach unten. Wie in einem Seminarraum sah es hier aus. Auf den Tischen – sie waren weiß gedeckt – standen Getränke und lagen kleine Knabbereien.

Ich suchte mit den Augen unauffällig die Wände ab. Die Fenster lagen leicht erhöht, also lag der Raum — zumindest zur Hälfte — im Keller. Ein leichter Luftzug ließ die weißen Tischtücher erzittern. Ich schaute nach den geöffneten Fenstern.

Da! An dem mittleren Fenster bemerkte ich einen kleinen schwarzen Punkt zwischen Wand und Rahmen. Das Mikrofon!

Hajo hatte es also geschafft. Er mußte die allgemeine Siesta genutzt haben, um ungesehen über den Zaun zu klettern, ans Haus zu gelangen und das Mikro durch das geöffnete Kellerfenster in den Clubraum herunterzulassen. Über Kopfhörer konnte Hajo nun genau mitbekommen, was sich in dem Raum abspielen würde.

»Sie werden gleich eine ganz besondere Erfahrung machen«, säuselte Kurt Korn gutgelaunt in mein Ohr, »Sie werden viel hören und sehen, das Sie interessiert. Ich bin ganz offen zu Ihnen und meine Leute werden es auch sein. Aber — all' das, was Sie hören werden, nützt Ihnen nichts. Denn Sie werden nichts, aber auch gar nichts beweisen können von dem, was heute hier gesprochen wird.«

Ich ließ den Dummkopf in dem Glauben und machte für alle Fälle mal ein betrübtes Gesicht.

»Und ein ganz besonderes Bonbon habe ich noch zu späterer Zeit für Sie vorbereitet. Es wird Ihnen gefallen!« Er lachte fett.

Ein Extra-Bonbon für mich! Vermutlich sollte ich als Höhepunkt des Abends im Swimming-Pool ertränkt werden! Mit spanischer Flamenco-Musik unterlegt. Und alle klatschen im Rhythmus.

Ich sah ihn an. Seine fette Maske glänzte noch vom Sonnenöl und vor Selbstzufriedenheit. Ja Kurti, du bist der Boß, hast alles im Griff und läßt andere springen. Du kannst es dir sogar leisten, mich zu verarschen. Aber — freu dich trotzdem nicht zu früh!

Langsam füllte sich der Raum. Ich zählte insgesamt 15 junge Frauen und junge Männer. Die Mädchen durchweg hübsch, einige der Jungs auch, doch dazwischen Typen wie Olli und

Fred, die Jungs fürs Grobe: Bullig, tätowiert, schiefe Nasen, Hände wie Schaufeln und Gehirne wie Mücken.

Beide guckten mich auch prompt prüfend an. Erinnerten sie sich an mich? Zumindest Fred hätte es tun müssen, denn er hatte ja immerhin schon mal eine Glaskaraffe von mir über den Schädel gekriegt. Doch — sein Grübeln brachte ihn nicht weiter. Die Kapazität im Kopf reichte nicht aus. Er wandte sich ab.

Die jungen Mädchen warfen derweil ihrem Boß neckische Blicke zu, die von Rosemarie mit pikierter Miene bedacht wurden. Blondchen stand inzwischen neben ihrem Kurti, die Haare frisch gelockt, in einem knappen Sonnentop, das den hübschen Bauchnabel frei ließ. Korns Hand lag dabei ungeniert auf ihrem Hintern.

Man hätte sie alle für die Abschlußklasse einer Berufsschule im Friseurhandwerk halten können, die einen Ausflug ins Schullandheim macht!

Dann bat Kurt Korn um Aufmerksamkeit. Alle hatten inzwischen Platz genommen, sich an den Getränken bedient oder sich einen Glimmstengel zwischen die Zähne geschoben. Und ich saß mittendrin, als ob ich dazugehörte.

»Es freut mich, daß wir heute wieder komplett erschienen sind. Unsere Ferienreise ist ja inzwischen schon zu einer kleinen Tradition geworden.«

Ich kam mir vor wie bei einer Mitgliederversammlung der Arbeiterwohlfahrt!

»Lassen Sie mich gleich etwas Ungewöhnliches tun: Wir haben heute einen Gast bei uns, den ich begrüßen möchte. Überraschend ist diese Frau hier ...« er deutete auf mich »... hier aufgetaucht. Aber — wir sind ja flexibel und können uns auf neue Situationen einstellen.«

Ich lächelte freundlich und blickte in die Runde. Abwartende Gesichter, Blondchen Rosemarie lächelte und eine Dame namens Corinna blickte mich weit weniger freundlich an.

»Frau Grappa ist Journalistin beim Bierstädter Radio«, fuhr er fort. »Sie verfolgt mich seit Wochen. Sie ist auf der Suche nach Beweisen für Straftaten, die ich begangen haben soll. Sie hat die Staatsanwaltschaft auf mich gehetzt — und hatte keinen Erfolg, denn die Ermittlungen gegen mich sind vor ein paar Tagen eingestellt worden. Trotzdem ist diese Frau von einer krankhaften Idee besessen. Sie will mich überführen — der Erpressung, der Körperverletzung, des Totschlages und des Mordes. Deshalb ist sie auch heute hier. Und damit sie diese weite Reise nicht ganz vergebens gemacht hat, habe ich sie gebeten, heute abend unser Gast zu sein. Und das, was sie hier hören wird, wird ihr nichts nutzen, weil sie nämlich nichts beweisen kann.«

Nichts rührte sich im Saal. Alle warteten, was nun geschehen würde. Hoffentlich saß Hajo draußen und schnitt alles mit. Ich bemühte mich, nicht nach dem Mikrofon zu schielen.

»Dürfte ich um Ihre Handtasche bitten?« meinte Korn plötzlich und nahm sie mir ab. Er griff hinein und fand, was er suchte: das Diktiergerät. Ich machte ein betroffenes Gesicht. Er legte das Gerät auf den Tisch.

»Kommen wir nun zu unserem Halbjahresbericht.« Korn zog ein paar Zettel hervor. »Im März hat unser Kollege und Freund Richie Mansfeld vom Leben Abschied genommen. Wir kennen seine Gründe nicht, aber das Unternehmen und auch wir, seine Kolleginnen und Kollegen haben einen guten Freund und Mitarbeiter verloren. Zu seinem Angedenken legen wir jetzt bitte eine Schweigeminute ein.«

Alle erhoben sich und taten, wie es Korn befohlen hatte. Er selbst hatte die Hände über seinem Fettwanst gefaltet — versunken in ein stilles Gebet. Eins mußte ich ihm lassen, er hatte diese Mannschaft im Griff. Wie der Regisseur einer Schmierenkomödie.

Ich nutzte die stille Minute, um zum Fenster zu schielen. Dort hing es noch, das süße schwarze Ding, das mir meine heiße Story sichern sollte. Ich atmete erleichtert durch. Alle setzten sich wieder.

»Ich dachte, Sie hätten Ihren Mitarbeiter auf die Schienen gelegt«, mischte ich mich ein. »Und dasselbe kann Ihnen allen auch passieren, wenn Sie nicht spuren ...«, sagte ich in die Runde.

»Sie sind verrückt geworden, Sie hysterische Ziege!« brüllte Korn und verlor die Fassung.

»Wer hat's denn sonst getan?« fragte ich, »Das war kein Selbstmord. Sie alle wissen, was Richie Mansfeld gearbeitet hat, er war ja schließlich Mitglied Ihrer Truppe. Und Sie haben doch auch mitgekriegt, daß er plötzlich Schwierigkeiten bekam ... mit Herrn Korn nämlich. Entweder weil er aussteigen oder auf eigene Rechnung arbeiten wollte. Dadurch wurde er zum Sicherheitsrisiko. Und was geschieht mit solchen Leuten? Sie werden eliminiert!«

Niemand rührte sich. Es hatte keinen Zweck, sie wollten nichts glauben, was ihr harmonisches Weltbild von der netten kleinen Mörder- und Erpresserfamilie ins Wanken bringen könnte.

»Sie sehen, wie Ihre Haßtiraden bei meinen Leuten verfangen, nämlich gar nicht«, triumphierte Korn, »und jetzt zu den erfreulichen Fakten.« Er nahm einen Schluck Wein und wischte sich mit dem Handrücken die glänzenden Lippen ab. »Daß mein Unternehmen in der Nordstadt etwa 250 Wohnungen innerhalb kurzer Zeit freiziehen konnte, war in erster Linie das Verdienst der Abteilung Eins.« Olli und Fred schauten erfreut auf.

»Unsere Taktik brauchte im Vergleich zu den Vorjahren nicht geändert werden. Bei den meisten Mietern genügte ein Brief und ein kleiner Besuch kurz vor dem Dunkelwerden mit den entsprechenden Forderungen. Bei den schwierigen Mietern mußte die Abteilung Eins zu härteren Mitteln greifen. Wir sorgten dafür, daß Wasser und Strom ausfielen und machten das Treppenhaus mehr oder weniger unbegehbar. Körperliche Gewalt war bis auf einen Fall nicht notwendig. Ein chronischer Provokateur, der uns durch seine Terroraktionen schon häufiger aufgefallen war, mußte durch den Einsatz einer Eisenstange wieder auf den richtigen Weg geführt werden, wenn ich das mal so bezeichnen darf.«

Das Plenum lachte über den gelungenen Scherz. Es war Zeit, sich wieder einzumischen.

»Und was ist mit Frau Strunk, der alten Dame aus der Kielstraße? Ich war dabei, als diese beiden dort sie umgebracht haben.« Ich zeigte mit dem Finger auf Olli und Fred.

»Paperlapap!« fuhr Korn dazwischen, »die Frau hatte ein schwaches Herz. Sie ist an den Fragen gestorben, die Sie ihr gestellt haben! Olli und Fred waren zwar da, aber sie haben nichts getan!« Keiner rührte sich. Es war zwecklos. Immerhin hatte ich auf Kassette, daß die beiden Schläger von Korn geschickt worden waren!

»Ich fahre fort«, sagte Korn, »natürlich haben einige Mieter Anzeige erstattet, die Polizei hat die Ermittlungen aufgenommen. Und hier hat dann die Abteilung Zwei gezeigt, was sie kann: Unsere Mädchen. Der Polizeichef wurde im Kreise von stadtbekannten Ganoven fotografiert, und unserer Amelia gelang es, den leitenden Kriminalbeamten dieser Untersuchung zu einer kleinen Party einzuladen. Amelia sprach dann noch einmal sicherheitshalber telefonisch mit der Frau des Mannes — und die Ermittlungen verliefen im Sande. Bravo, Amelia!«

Ein rothaariges Busenwunder erhob sich und bedankte sich mit einem Nicken für das Lob des Chefs.

»Bei der zuständigen Staatsanwaltschaft gestaltete sich die Sache etwas schwieriger. Ich mußte selbst eingreifen. Leider wurde die Sache dann etwas teurer als vermutet, doch auch sie wurde zu einem guten Ende gebracht.«

Das war mir neu. Wenn er nicht log, dann hatte Strickmann doch schlapp gemacht. Na egal, das, was hoffentlich auf dem Band war, würde Strickmanns Nachfolger im Amt oder einen anderen Ermittler überzeugen müssen. Aber — was hatte ich bisher zusammen? Ich überlegte und kam auf Nötigung, Erpressung in mehreren Fällen, Bestechung, schwere Körperverletzung mit Todesfolge. Das Mordgeständnis stand noch aus. Leider.

»Insgesamt haben wir — trotz gewisser Störungen, die wir nicht unerheblich dieser Frau hier zu verdanken haben — eine positive Geschäftsentwicklung gehabt, so daß ich Ihnen auch in diesem Halbjahr einen zusätzlichen Bonus zahlen kann.«

Tosender Beifall brauste auf. Sie mochten ihren Chef, der das nette kleine Familienunternehmen mit so starker Hand erfolgreich führte.

Korn wartete, bis die Freude über das zusätzliche Geld abgeklungen war. »Dennoch«, erzählte er weiter, »werden wir uns heute zum letzten Mal sehen. Ich werde mein Unternehmen verkaufen, oder — richtiger gesagt — ich habe schon verkauft ...«

Er machte eine Pause. »Das bedeutet aber nicht, daß die Sonderabteilungen aufgelöst werden — ganz im Gegenteil. Der neue Besitzer des Unternehmens wird das Geschäft ganz in meinem Sinne weiterführen und es sogar noch erweitern. Und jetzt stelle ich Ihnen Ihren neuen Chef vor.«

Alle starrten zu der Tür, auf die Korn gedeutet hatte. Sie öffnete sich und ein hochgewachsener schlanker Mann, Mitte 40, mit dunklem Haar betrat den Raum. Seine Haut war leicht gebräunt, das weiße Hemd nachlässig in die Leinenhose gestopft. Und ich wußte, bevor er den Mund aufmachte, daß er einen entzückenden kleinen S-Fehler hatte.

Er blickte mich an und schien nicht überrascht zu sein, mich zu sehen. Und ich hatte das Gefühl, daß ich verdammt derbe reingelegt worden war und mich benommen hatte wie die dämlichste, dusseligste, vertrauensseligste Top-Idiotin der Welt. In meinem Gehirn tanzten Kobolde.

Doch die Veranstaltung lief weiter. »Hier ist er, mein Nachfolger und Ihr künftiger Chef. Darf ich Ihnen Michael Muradt vorstellen, meinen Bruder. Er wird das Unternehmen ab sofort leiten.«

Bruder! Ich hätte fast laut losgelacht. Eine neue Lüge oder endlich die Erklärung für Muradts merkwürdige, von Anfang an so enge Kontakte zu Korn. Familienbande! Stimme des Blutes! Und er hatte mir kein Wort gesagt, mich ausgehorcht und reingelegt, nur um seinem Bruder zu helfen. Meine Recherchen waren für die Katz gewesen! Jeder Schritt von mir, jede Information, die ich herausbekam, alles landete sofort bei Korn. Ich war eine verdammt dilettantische Idiotin. Ich war systematisch bespitzelt worden! Ich hätte vor Wut in die Tischkante beißen können.

Muradt ergriff das Wort. Er schilderte die künftige Geschäftsentwicklung als günstig, hatte vor, die Sonderabteilungen zu erweitern um eine Abteilung »Hilfe für Gastronomen«. Das klang nach Schutzgelderpressung. Er deutete an, sich auch am Drogenhandel beteiligen zu wollen. Noch immer läge hier der Markt der Zukunft.

Sie hörten ihm gebannt zu, besonders die Mädchen saßen schon in den Startlöchern auf dem Weg zu seiner Gunst. Ich konnte nicht glauben, was sich da vor meinen Ohren und Augen abspielte!

Zum Glück hatte ich alles auf Band. Hajo hatte bestimmt seine Freude an dieser Entwicklung, denn er wußte schließlich, daß ich mich in einen Herrn namens Muradt verliebt hatte, der nun der Oberteufel war.

Ich goß mein Glas voll mit Rotwein und leerte es mit einem Zug. »Trink nicht so hastig, Liebste, sonst verschluckst du dich noch«, meinte dieses Monster vor allen Leuten zu mir und lächelte mich auch noch besorgt an. Das war zuviel!

Alle lachten. Ich hing in anderthalb Sekunden unter der Decke. Ich nahm den Keramikweinkrug, der noch halb voll war und schleuderte ihm die rote Suppe auf sein blütenweißes Hemd. Alles hielt den Atem an. Muradt schaute verblüfft.

Fred sprang auf, legte die zwei Meter bis zu mir mit einer Art Sprung zurück und schlug mich voll ins Gesicht. Wollte seinem neuen Boß wohl zeigen, was er alles kann. Ich sah Sterne und taumelte. Ich griff die Blumenvase und haute dem Affengesicht eins auf die Birne, ähnlich wie damals bei Frau Strunk, nur da war's eine Glaskaraffe gewesen.

Bevor er nochmal auf mich losgehen konnte, hielten ihn einige der Jungs fest. Mir lief Blut aus der Nase. Ich tastete sie vorsichtig ab, sie schien ihre übliche Form nicht mehr zu haben.

»Schade, daß diese harmonische Veranstaltung so unschön endet«, meinte der neue Chef des Mörder-Imperiums, »lassen Sie uns zum gemütlichen Teil übergehen. Es ist ja auch alles gesagt worden. Guten Abend!«

Er lächelte in die Runde und blickte in meine Richtung. Leider können Blicke doch nicht töten, sonst wäre er glatt umgekippt. Ich tupfte das Blut aus meinem Gesicht. Ich hatte

Schmerzen. Doch der Schmerz war gering gegen meine Wut. Ich war nicht nur auf einen Vorstadt-Casanova reingefallen, sondern auf einen skrupellosen Verbrecher. Er war viel schlimmer als Korn! Mit seiner Intelligenz würde er den Erpresserclub zu einem gut gemanagten Millionenunternehmen ausbauen.

»Komm, wir gehen«, sagte er sanft zu mir und warf einen besorgten Blick auf meine kaputte Nase.

»Du kannst mich mal«, fauchte ich.

Er packte mich am Ellenbogen und schob mich die Treppe hoch, öffnete mein Gefangenenzimmer, schob mich hinein und verriegelte die Tür von innen.

Ich legte mich aufs Bett, er holte ein feuchtes Handtuch aus dem Bad und wollte es mir in den Nacken legen. Dabei blickte er mich an, als habe er schon immer Notarzt werden wollen.

»Hau bloß ab, faß' mich nicht an. Du hast mich reingelegt, nun spiel nicht auch noch den Krankenpfleger! Ich will weg hier!«

»Erst wenn deine Nase aufhört zu bluten«, meinte er.

»Wie fürsorglich! Warum verschwindest du nicht und baldowerst mit deiner Schlägertruppe die nächsten Erpressungen aus? Oder ein paar nette Morde nach Mafia-Art. Leichen in Beton oder mit Ziegelsteinen an den Füßen in den Kanal. Oder stell' doch schon mal die Liste zusammen ... bei welchen Kneipiers ihr demnächst Schutzgeld kassiert!«

Er schwieg. »Oh, der Herr hüllen sich in Schweigen. Wie geheimnisvoll! Aber eins kannst du mir vielleicht doch sagen, nämlich warum Kurt Korn plötzlich dein Bruder geworden ist?«

»Nicht plötzlich, sondern schon immer. Ganz einfach: Meine Mutter ließ sich von Korns Vater scheiden und heiratete noch einmal — meinen Vater.«

»Und warum hast du das nicht von Anfang an gesagt?«

»Hättest du dich dann mit mir abgegeben?«

»Nein, aber was hätte dir das schon bedeuten können? Als Informationsquelle war ich ja auch nicht besonders ergiebig. Warum also diese Zeitverschwendung?«

»Ich habe meine Zeit nicht verschwendet. Ich habe zum ersten Mal eine Frau getroffen, mit der ich mich gut unterhalten kann, die lebensfroh, engagiert und auch noch intelligent ist. Das hat mir viel Spaß gemacht. Die Bekanntschaft mit dir war ausgesprochen aufregend. Ist sie übrigens immer noch.«

»Wie schön, daß du deine Freude an mir hattest. Und — wie soll es jetzt weitergehen?«

»Du kannst wieder nach Bierstadt zurückfahren. Das Risiko, daß du eine Geschichte über deine Erlebnisse schreibst, gehe ich gerne ein.«

»Du weißt genau, daß ich das nicht tun werde. Erinnerst du dich an unser letztes Gespräch? Über die Wahrheit? Ich kann die Geschichte nicht schreiben, weil ich mit dir im Bett war und es mir auch noch Spaß gemacht hat. Und das weißt du ganz genau, du scheinheiliges Monster!«

Tränen traten mir in die Augen, ich hatte mir die beste Story meines Lebens gründlich versaut.

»Wein doch nicht«, sagte er, »ich hatte nicht geplant, mit dir eine Affäre zu beginnen ...«

»Ach ja?« höhnte ich, »ich bin natürlich die Frau deines Lebens, nicht wahr? Die nur zufällig deinem Bruder Korn auf die Schliche kommen wollte! Da konntest du ja das Angenehme mit dem Nützlichen verbinden! Sowas nennt man erfolgsorientiertes Management! Aber sage mir bitte noch eins: Warum übernimmst du Korns Geschäfte? Warum mußt du das tun? Du hast doch genug Vermögen!« Ich heulte inzwischen.

»Korn muß aus dem Verkehr gezogen werden«, sagte er ernst. »Er wird nicht mehr nach Deutschland zurückkehren. Er bleibt hier. Daß Kurt seinen Konzern aufgibt, ist kein freiwilliger Entschluß. Ich habe ihn dazu gezwungen. Sein Führungsstil ist veraltet, seine Methoden unnötig brutal. Es wäre nur eine Frage der Zeit gewesen, bis man ihn erwischt hätte.«

»Und womit hast du ihn gezwungen, alles an dich abzutreten?«

»Er hat mir gestanden, daß er Richies Tod in Auftrag gegeben hat. Richie hat versucht, ihn zu erpressen, er wollte sich sozusagen selbständig machen und auf eigene Rechnung arbeiten. Kurt hat Richie in seiner Wohnung aufgesucht, und als Richie nicht hören wollte, hat er gedroht, ihn umzubringen. Richie hat Kurt ausgelacht. Kurt hatte nur vergessen, daß die Wohnung mit elektronischen Geräten ausgestattet war, jedes Wort wurde also mitgeschnitten.«

»Und wer hat die Tonbandaufnahme?«

»Ich natürlich. Sie steckte noch in der Maschine. Kurt hat mir den Mord dann noch einmal schriftlich gestanden. Und da wir schon einmal dabei waren, den Mord an seiner Frau gleich mit.«

»Wie bitte? Du hast ihn erpreßt mit den eigenen Mordgeständnissen?«

»So ist es. Freiwillig wäre er nie ausgeschieden. Seine Häuser im Ausland habe ich ihm gelassen, ich werde die Immobilien in Bierstadt übernehmen.«

»Du kommst also nach Bierstadt zurück?«

Er zögerte mit der Antwort. Dann sagte er: »Das hängt davon ab, wie sich die Dinge hier auf der Insel entwickeln.«

»Was meinst du damit?«

»Glaubst du wirklich, daß ich diese Jungen und Mädchen am Hals haben möchte? Ich werde die Spezialabteilung langsam abbauen. Das dauert jedoch seine Zeit. Ich muß jeden Fall prüfen, damit es aus Enttäuschung nicht zu störenden Zeugenaussagen kommt.«

»Du bist vielleicht abgebrüht! Vorhin hast du ihnen noch neue Aufträge vorgegaukelt! Und daß Korn deinen Neffen umgebracht hat, das ist dir vollkommen schnuppe?«

»Meinen Neffen? Ich kannte diesen Jungen nicht. Zumindest nicht näher. Ich wußte nur, daß er für Kurt gearbeitet hat.«

»War das etwa alles Lüge? Von Anfang an? Keine Schwester, die früh gestorben ist? Kein Neffe, der die Hotelfachschule besucht hat?« Ich war fassungslos.

»Deine Recherchen über den Tod des Jungen mußten unweigerlich zu Kurt führen. Ich wollte auf dem laufenden sein. Deshalb habe ich Kontakt zu dir aufgenommen.«

Ich hätte es früher merken müssen, dachte ich, aber meine Verliebtheit hatte mich mit Blindheit geschlagen. Deshalb hatte es so lange gedauert, bis er den Schlüssel zu Richies Wohnung beschafft hatte, deshalb hatte er kaum etwas über ihn gewußt. Muradts Ziele waren immer gewesen, seinen Bruder aus der Schußlinie zu halten, um ihm später sein Imperium abjagen zu können. Und ich hatte ihm tatkräftig dabei geholfen.

»Was war mit Lisa Korn? Warum mußte sie sterben?«

»Sie hat von ihm verlangt, daß er mit seinen Geschäften aufhört. Und mit seinen Weibergeschichten. Sie hat es ihm einfach gemacht, so behauptet er. Die Tabletten im Champagner — sie muß es gemerkt haben. Sie litt unter Depressionen, war ein Sicherheitsrisiko, er wollte sie loswerden.«

»Du hast also zwei Mordgeständnisse und erpreßt deinen Bruder. Warum tust du das alles?«

»Ich will Macht und Geld. Freiheit und Unabhängigkeit. Ich suche eine Herausforderung, will gestalten, kreativ sein — was weiß ich? Was glaubst du?«

»Du achtest die Würde anderer Menschen nicht — das ist dein Fehler. Du bist kalt und skrupellos, kriminell und ohne Gewissen. Und welches Spiel du mit mir gespielt hast ...«

Er kam auf mich zu. »Das hatte damit nichts zu tun ...«

Ich hielt mir die Ohren zu. »Ich kann deine Lügen nicht mehr ertragen«, schrie ich, »wir haben uns nichts mehr zu sagen. Sag' mir nur noch, wann ich hier weg kann!«

»Du kannst mit der nächsten Maschine zurückfliegen.«

»Also kann ich jetzt das Haus verlassen?«

Er nickte. »Du kannst gehen.« Er wartete, als würde er auf ein Verabschiedungsritual hoffen.

»Schade«, meinte er nach einer Weile und blickte an sich herab, »du hast mein Lieblingshemd ruiniert. Das geht nie wieder weg. Aber — du bist auf allen Gebieten nun mal etwas heftiger als andere Frauen.«

In diesem Augenblick klopfte es heftig an der Tür. »Michael, mach auf, verdammt noch mal«, brüllte Korn. »Es ist wichtig.«

Nur widerstrebend ging Muradt zur Tür und drehte den Schlüssel um. Korn stolperte hinein. Anklagend hielt er seinem Bruder die geöffnete Handfläche unter die Nase. »Hier, was sagst du jetzt?«

In seiner Hand lag ein kleines schwarzes Ding, das meinem Mikro nicht nur ähnlich sah, es war mein Mikro!

»Rate mal, was das ist, du Oberschlaumeier? Ich kann's dir sagen, das ist ein hochempfindliches Mikrofon, an dem ein langes Kabel befestigt war. Und das Kabel war abgeschnitten. Was glaubst du, wo dieses Kabel eingestöpselt war? In einen Kassettenrecorder! Und was meinst du, was in dem Recorder drin war? Richtig — Kassetten. Und auf diesen Kassetten sind meine gesammelten Geständnisse aufgezeichnet.«

Triumphierend wartete Korn ab. Muradt wandte sich mir zu und fragte mit gefährlich sanfter Stimme: »Das warst du. Wer hat die Bänder? Mit wem bist du hier?«

Ich schwieg verstockt. »Maria, du solltest es mir sagen. Das erspart dir Probleme.«

Ich stellte meine Ohren auf Durchzug. »Solange wir die Bänder nicht haben, können wir dich leider nicht laufen lassen«, meinte Muradt und zu seinem Bruder sagte er: »Mach dir keine Sorgen. Ich kümmere mich darum.«

Korn explodierte. »Wie denn, du Superschlauer? Wie willst du denn an die Bänder kommen?«

»Laß das meine Sorge sein, Kurt«, sagte er leichthin — so, als habe er schon einen Plan, »ich kümmere mich darum. Und nun laß uns gehen! Du wirst verstehen, Maria, daß wir dich noch einmal einschließen müssen, bis die Sache mit den Bändern geklärt ist.« Er zog die Tür hinter sich zu und schloß ab.

»Macht es gut, ihr miesen Gangster«, brüllte ich ihnen voller Wut nach. »Ihr könnt euch auf meine Geschichte freuen! Die werde ich nämlich doch schreiben, ihr Kriminellen, ihr!«

So ein Mist! Hätte Korn das Mikrofon nicht zehn Minuten später finden können? Muradt war nun unterwegs, um meinen Partner zu suchen. Hoffentlich passierte Hajo nichts.

Brunnes Versuchung

Hajo Brunne saß in dem Zimmer der kleinen Pension und dachte nach. Dann nahm er die Kassetten aus dem Recorder und die Fotos aus der Kamera und plazierte sie in seiner Fototasche. Später würde er sie woanders unterbringen.

Jetzt mußte er in der Finca anrufen. Er kramte in seiner Hosentasche. Da war er, der Zettel mit der Telefonnummer. Er suchte seinen Sprachführer und schlug ihn an einer beliebigen Stelle auf. »Sie sind ein Glückspilz, Sie haben es geschafft« stand da geschrieben. Auf spanisch hörte sich das viel netter an: »Es usted un tio de suerte, lo ha logrado.«

Hajo sprach diese Sätze beschwörend vor sich hin, er hielt sie für ein gutes Omen. Er blätterte weiter und fand das Kapitel »Post, Telefon«. Hier mußten die entsprechenden Sätze stehen. A ja, da war's.

»Ich möchte gern Herrn Direktor Müller sprechen«, war angegeben. »Quisiera hablar con el director Müller.« Das war der richtige Satz, er mußte nur noch etwas abgewandelt werden, denn einen Direktor Müller gab es in der Finca nicht.

»Quisiera hablar con el Senor Kurt Korn«, so hieß der Satz richtig. Er ließ sich an der Rezeption ein Amt geben, denn das Hotel sollte die Telefonverbindung nicht herstellen. Es sollte niemand wissen, wo er sich verbarg.

Er hörte es mehrere Male klingeln. Dann meldete sich eine Frau. Jetzt kam sein Spruch: »Quisiera hablar con el director ... con el senor Kurt Korn?« Fast hätte er nun doch noch den Direktor Müller verlangt!

Die Frau antwortete: »En este momento no puede ponerse. Podria volver a llamar mas tarde?«

Hajo guckte den Hörer an und stammelte: »Gracias«. Irgendwie, so fand er, hatte er das nicht besonders geschickt angestellt! Kaum hatte er den Hörer wieder aufgelegt, klingelte das Telefon. »Senor, da ist Besuch für Sie«, sagte der Mann an der Rezeption in schönstem Deutsch zu ihm, denn er hatte in Deutschland gearbeitet, »darf ich den Herrn zu Ihnen aufs Zimmer schicken?«

»Nein«, sagte Hajo geistesgegenwärtig, »er soll unten Platz nehmen, an der Bar. Ich komme sofort.«

Hajo holte die Tonbänder aus seiner Fototasche, legte sie in einen luft- und lichtundurchlässigen Plastiksack, holte ein starkes Klebeband, verschloß die Tüte damit und klebte das Päckchen flach unter den hölzernen Kleiderschrank. Dann ging er nach unten.

In der Bar saß der Schnösel, den er von der Spielbank-Gala kannte und der der neue Boß der Bande war, wie er durch die Bänder erfahren hatte.

»Guten Abend«, *sagte der Besucher freundlich*, »ich freue mich daß Sie Zeit für mich haben. Ich werde Sie auch nicht lange aufhalten.«

Hajo wartete. »Ich will die Tonbänder haben. Ich biete Ihnen 20000 Mark dafür. In bar und ohne Quittung.«

»Wieso glauben Sie, daß ich Tonbänder habe?«

Der Mann zeigte ihm das kleine schwarze Mikrofon. »Deshalb.«

»Wie kommen Sie mir vor? Ich habe nichts zu verkaufen.«

»Nein? Wie schade. Ich kann mein Angebot auch noch erhöhen. Auf 50000. Schauen Sie!« *Der Mann langte neben sich und legte einen Aktenkoffer auf seine Knie. Dann ließ er das Schloß schnappen. Vor Hajos Augen präsentierten sich Geldschein-Bündel in ihrer gepflegten Schönheit. Der Mann ließ ihn den Augenblick genießen.*

»Das sind 50000 Mark in bar. Geben Sie mir die Bänder und das Geld gehört Ihnen.«

Hajo schluckte. Ihm brach der kalte Schweiß aus. Das war genau das Geld, das er brauchte als Anschubfinanzierung für ein eigenes Foto-Studio. Er träumte. Keine Jubilarehrungen mehr, keine Karnickel-Schau, kein Fußballspiel in der Kreisliga, keine der verdammten Goldhochzeiten mehr ... nur noch Klassefotos von schicken Models in Hochglanzzeitschriften.

Der Mann störte Hajo bei seinen Träumen nicht, er wartete nur. »Gut«, *sagte Hajo Brunne mit gebrochener Stimme*, »ich bin einverstanden. Sie können die Bänder haben. Ich habe sie oben im Zimmer.«

»Dann holen Sie sie doch am besten schnell, ich warte solange hier unten. Bringen Sie die Fotos auch gleich mit, die Sie vielleicht gemacht haben!«

Hajo nickte. »Ist gut. Ich bin gleich wieder da ...«

Kurze Zeit später wechselten Filme, Kassetten und der Koffer ihre jeweiligen Besitzer.

Der Mann fragte: »Wollen Sie auf Ihre Kollegin warten, um mit ihr zusammen zurückzufliegen?«

Hajo schüttelte hektisch den Kopf, ihm kroch die Angst ins Genick: »Nein, lieber nicht! Die bringt mich um, wenn sie erfährt, daß ...«

Der Mann nickte verständnisvoll. »Das könnte gut sein«, meinte er und steckte seine Beute in sein Jackett. Dann ging er, nicht ohne sich von dem Gastwirt zu verabschieden.

Hajo hatte es eilig. Er stürzte in sein Zimmer, um zu packen. Der Reiseführer lag noch auf dem Tisch und Hajo las: »Es usted un tio de suerte.« Ja, er war ein Glückspilz, der es geschafft hatte!

Er warf schnell seine Sachen in den Koffer, ging zur Rezeption und machte dem Mann klar, daß er doch bitte die Sachen der Senora schon mal zusammenpacken sollte. Die käme in kurzer Zeit und würde auch die Hotelrechnung bezahlen. Er selbst müsse dringend weg, zurück nach Alemania. Er deponierte das Flugticket der Senora an der Rezeption.

Dann schnappte er sich den Mietwagenschlüssel, verstaute seine Sachen, legte den Geld-Koffer neben sich auf den Beifahrersitz und fuhr los.

Ja, er war ein Glückspilz, »un tio de suerte«. Hoffentlich sah er diese Insel nie wieder. Er wollte ein neues Leben beginnen — mit den 50000 Mark.

Die Aussicht darauf ließ ihn mutig aufs Gaspedal treten. Er nahm die Haarnadelkurven über die Berge mit Bravour und pfiff fröhlich vor sich hin.

Rosemarie will aussteigen

Meine Nase war unförmig geschwollen, an Hals und T-Shirt klebte getrocknetes Blut. Korns Schlägertype hatte mich ordentlich zugerichtet! Im Bad zog ich das T-Shirt aus und versuchte, mit dem kleinen Stückchen Gästeseife die Flecken auszuwaschen.

Meine Hände arbeiteten mechanisch und ich dachte nach. Ich zweifelte nicht daran, daß Muradt Hajo Brunne finden würde. In Garachico gab es nicht so viele Hotels, in denen semmelblonde Jungs mit Fotokiste abstiegen. Und Hajo hatte nie zu den besonders mutigen Kämpfern gezählt, ihm war seine Ruhe im Zweifelsfall lieber als eine Auseinandersetzung, bei der es zur Sache gehen würde. Er war Muradt nicht gewachsen.

Die heiße Story war futsch. So oder so. Nicht nur, wenn Muradt dem Jungen die Tonbänder abnehmen würde. Ich konnte nicht über einen Verbrecher schreiben, mit dessen Bruder ich eine Affäre gehabt hatte. Und ich hätte nicht verschweigen können, daß dieser Bruder nun der neue Boß des Unternehmens war.
Was würde bleiben? Ein überzogenes Gehaltskonto und eine zertrümmerte Nase, die meinem Gesicht sicherlich eine ganz besonders außergewöhnliche Note geben würde. Ich wünschte fast, die Sache wäre vorbei. Ich wünschte, Muradt hätte die Beweise in seiner Hand und ich könnte endlich weg hier.
In Bierstadt würde ich mich auf die Themen konzentrieren, die Frauen im Journalismus sowieso besser zu Gesicht standen: Berichte über Eltern-Kinder-Spielkreise, Altentreffen, Bürgerinitiativen, die sich für eine Verkehrsberuhigung in ihrem Stadtteil einsetzen. Außerdem würde ich mich unverzüglich an die Serie »Die Frau an seiner Seite« machen.
Ich hörte Geräusche an der Tür. Blitzschnell quälte ich mich in das feuchte T-Shirt und lief zur Tür. Ganz langsam öffnete sie sich und vor mir stand Blondchen Rosemarie. Mit ihr hätte ich nun wirklich zuallerletzt gerechnet. Ich gab meine feindselige Haltung auf und fragte: »Was machen Sie denn hier?«
»Ich helfe Ihnen hier raus, aber ich will mit.« flüsterte sie. Erst jetzt sah ich, daß sie rotgeweinte Augen, verrutschte Kleider und eine Prellung am Oberarm hatte.
»Und warum wollen Sie plötzlich weg?« fragte ich mißtrauisch.
»Korn will sich zur Ruhe setzen. Hier in diesem Haus. Er will, daß ich bei ihm bleibe, aber ich habe keine Lust, mit einem alten Mann auf einer Insel zu versauern! Hier, ich habe seinen Autoschlüssel genommen. Ein zweites Auto gibt es nicht ...«
»Ich dachte, Kurti sei Ihre große Liebe?« warf ich ironisch dazwischen, »sind die Flitterwochen schon vorbei?«
»Ich muß hier weg, schauen Sie mich an! Er bringt mich um, wenn er merkt, daß ich gehen will!«

»Und wozu brauchen Sie mich? Sie hätten doch schon längst weg sein können mit dem Auto.«

»Ich kann nicht autofahren!«

Ach du lieber Himmel. Ich griff zum Schlüssel und sagte: »Dann los!« Wir gingen zur Tür, doch wir kamen nicht weit. Ein vor Wut schnaubender Korn drängte uns mit Faustschlägen ins Zimmer zurück und verriegelte es.

»Du mieses Flittchen«, brüllte er sein Blondi an, »hier bist du also? Zu dämlich, um allein abzuhauen. Du willst weg? Weißt du nicht mehr, wie ich dich aus dem Kohlenkasten geholt habe?«

Korn schlug auf sie ein, Rosemarie brüllte wie am Spieß. Als er seine Hände an ihren Hals legte, bekam die Geschichte eine gefährlichere Wendung. Ich suchte im Zimmer einen Gegenstand, mit dem ich Korn von Rosemarie ablenken konnte. Sie konnte nicht mehr schreien, röchelte nur noch. Und er drückte und drückte.

Ich fand nur eine Vase, aber mit solchen Waffen kannte ich mich ja inzwischen aus. Ich trat hinter Korn und schlug zu. Die Vase zerbarst, Korn zeigte sich nicht beeindruckt. Ich hatte offenbar trotz mehrfacher Übung in dieser Kampfsportart noch nicht den richtigen Dreh rausgefunden.

»Lassen Sie sie los ...« schrie ich, denn da passierte ein Mord. Direkt vor meinen Augen. Ich schrie wie am Spieß, warum kam uns niemand zur Hilfe?

Plötzlich ließ er sie los. Rosemaries Körper sackte nach unten weg. Ich beugte mich zu ihr runter und stellte kein Lebenszeichen mehr fest. Sie war tot.

»Sie haben sie erwürgt, Sie widerliches Schwein«, stellte ich fest. Mir war schlecht und ich hatte einen Schock. Was sollte ich nur tun? Über Mord schreiben oder einen Mord mitzuerleben, das waren völlig unterschiedliche Dinge.

Korn schien das ebenfalls so zu sehen, eine Zeugin konnte er nicht gebrauchen. Er bewegte sich zielstrebig in meine Richtung.

»Jetzt zu dir, du Miststück! Erst seitdem du dich eingemischt hast, ist alles schief gegangen.« Sein Gesicht war verzerrt und in seiner Stimme klang blanker Haß.

In meiner Not plapperte ich drauflos: »Und wie wollen Sie der Polizei zwei Frauenleichen in ihrem Haus erklären?« fragte ich lahm. Ich spürte, wie mir ganz langsam die Angst über den Rücken in den Nacken kroch. Ich war wie gelähmt.

Noch nicht mal vierzig und schon tot! Ich sah mich leblos direkt neben Blondchen liegen und die Vorstellung gefiel mir überhaupt nicht.

Der Samariter würde zuhause im Radio mit seiner schönen Stimme einen Nachruf auf mich verfassen. Der Schreibtischtäter würde heimlich einen Piccolo öffnen und sich selbst beglückwünschen. Ich schluchzte vor Selbstmitleid auf!

Aber — noch war es nicht soweit. Arme, tote Rosemarie, wie sie da lag mit verrenkten Gliedern. Ich würde mich jedoch nicht so leicht killen lassen!

Ich flüchtete hinter den Tisch und sagte zu Korn: »Versuchen Sie's doch! Na los, kommen Sie schon!«

Solange der Tisch zwischen mir und ihm war, konnte er meinen Hals nicht erreichen. Leider war's nur ein mickriges Tischchen von höchstens einem Meter Durchmesser. Ich dachte an die Kinofilme, in denen die Detektive ähnliche Möbelstücke locker auf den Angreifer schmeißen, der dann unter der Last zusammenbricht.

Ich umfaßte das Möbel mit beiden Händen, vor dem Bauch die Tischplatte. Mit den vier Beinen konnte ich Korn eine Weile auf Distanz halten.

Korn lief im Rund, Mordlust glomm in seinen Augen. Mal sehen, wie lange wir beide das durchhalten konnten. Ich mußte irgendwie zur Tür kommen, denn da steckte der Schlüssel. Doch ihn umzudrehen, kostete Zeit. Ich mußte ihn ablenken.

»Warum haben Sie das arme Mädchen erwürgt? Warum haben Sie sich keine neue Frau gekauft mit Ihrem Erpressergeld?« Er antwortete nicht, sondern konzentrierte sich darauf, mich zu erwischen.

Dann machte ich einen Fehler. Ich blieb mit meinem T-Shirt an irgendetwas hängen, drehte mich um, um zu sehen, was es war, achtete nicht auf meinen hölzernen Schutzschild und spürte Korns Pranken an meiner Gurgel.

Ich trat ihn in das, was Männer gemeinhin für ihre edelsten Teile halten. Immerhin ließ er eine Hand los und legte sie zur Beruhigung zwischen seine Beine. Seine Mimik machte mir Freude. Damit ich nicht fliehen konnte, drückte er mich mit seinem Körper gegen die Wand. Mir wurde fast schlecht von seinem Alkoholatem und dem Schweißgeruch. Ich trat nochmal zu, denn er hatte seine zweite Pfote schon wieder an meinem Hals.

Endlich ließ er los und legte beide Hände aufs Getroffene. Er trat von einem Bein aufs andere und murmelte unverständliche Beschwörungsformeln — wie ein Medizinmann bei afrikanischen Beschneidungsritualen!

Zeit genug, um zur Tür zu hechten und den Schlüssel umzudrehen. Ich blieb an einer Männerbrust in frisch gestärktem Hemd hängen. »Was ist denn hier los, um Himmels willen?« fragte Muradt und sah sich interessiert im Zimmer um.

»Nichts weiter«, giftete ich ihn an, »nur, daß dein Bruder einen Mord und einen Mordversuch begangen hat. Aber damit werdet ihr Jungs ja spielend fertig! Ich wäre nämlich die nächste gewesen!« Er blickte auf Rosemarie, dann zu mir.

»Geht es dir auch gut?«

»Natürlich, kein Problem. Ich habe inzwischen Umgang mit Würgern. Man gewöhnt sich an alles.«

Korn saß auf dem Bett, stöhnte vor sich hin. Sein Bruder legte ihm eine Hand auf die Schulter: »Ich glaube, Kurt, du hast etwas sehr Unkluges getan.«

Unklug — so kann man Mord auch bezeichnen. Fragt sich nur, für wen das unklug war, für den Täter oder das Opfer.

»Und was passiert jetzt?« fragte ich.

Muradt sagte schlicht: »Ich werde mich um alles Notwendige kümmern.«

»Na, dann können wir ja beruhigt zur Tagesordnung übergehen. Du kümmerst dich um alles! Ist ja prima!« Ich lachte hysterisch los.

»Ich kann deinen Zorn und deinen Sarkasmus verstehen«, sagte er sanft und legte seine Hand auf meinen Oberarm. Ich spürte seine kühle Haut durch die Baumwolle. Für den Moment einer Sekunde mußte ich die Augen schließen.

»Du wirst jetzt meinen Wagen nehmen, hier sind die Schlüssel. Du wirst deine Sachen aus dem Hotel holen und über die Berge zum Flughafen fahren. Dort nimmst du die nächste Maschine nach Düsseldorf. Dann gehst du zum Arzt und zeigst ihm deine Nase. Und dann vergißt du alles, was du auf dieser Insel erlebt hast.«

»Was wird aus ihm?« Ich deutete mit dem Kinn auf Korn, der wie ein Verrückter wirre Dinge vor sich hinmurmelte. Er hatte durchgedreht!

»Ich werde dafür sorgen, daß er kein Unheil mehr anrichten kann«, sagte Muradt mit eisiger Entschlossenheit, »ich habe ihn immer wieder unterstützt, ihm aus seinen miesen Geschäften herausgeholfen, meinen eigenen guten Ruf ruiniert ... und jetzt das! Ich habe unserer Mutter versprechen müssen, mich um ihn zu kümmern, aber jetzt geht es nicht mehr.« Er blickte seinen Halbbruder an. Der war nicht in der Lage, der Unterhaltung zu folgen.

»Der soll kein Unheil mehr anrichten? Soll das heißen, daß du jetzt einen Mord begehen willst?« fragte ich erschrocken.

»Ich hoffe nicht, daß es soweit kommen muß. Ich glaube, es wird besser sein, wenn er so endet, wie seine Frau offiziell endete — durch Selbstmord.«

»Du willst ihn in den Selbstmord treiben? Bist du wahnsinnig geworden? Was hindert dich daran, ihn den Behörden zu übergeben?«

»Nein«, wehrte er ab. »Ich habe mich selbst strafbar gemacht. Ich habe ihn immer wieder gedeckt, für ihn gelogen und anderes mehr. Dann wäre mein Leben auch zuende. Ich habe keine Lust, ins Gefängnis zu gehen, lieber bringe ich mich um.«

»Und — was wird also aus dir?«

»Ich weiß es nicht. Das hängt von Kurt ab. Vielleicht gehen wir auch zusammen zugrunde. Du weißt doch: Am Abgrund kommt es nur auf die Haltung an. Und ich habe nicht vor, die nächsten Jahre meines Lebens in einer Gefängniszelle zu verbringen.« Er war am Ende.

»Kann ich etwas für dich tun?«

Er schüttelte den Kopf. Seine Augen waren plötzlich müde.

Er griff in seine Hosentasche und holte ein Bündel Geldscheine heraus.

»Hier, nimm das.«

Ich schüttelte den Kopf. »Was soll das? Ich will dein Geld nicht.«

»Nein, du wolltest mein Geld ja nie. Komisch, bisher wollten alle Frauen zuerst immer mein Geld. Ich habe mich so daran gewöhnt, daß ich vergessen habe, daß es auch noch andere Dinge gibt. Ich habe früh gemerkt, daß ich großen Erfolg in einer an sich verachtenswerten Beschäftigung hatte, dem Geldmachen. Also habe ich gar nicht versucht, einen anderen Beruf zu ergreifen. Oder auszusteigen und etwas anderes zu versuchen.«

»Willst du nicht mit mir kommen? Laß diesen Korn hier sitzen mit seiner Leiche im Zimmer. Irgendwie kommst du aus der Sache raus! Ich bin davon überzeugt! Ein guter Anwalt ...« Ich log und er wußte es.

»Geh jetzt bitte, Maria. Es ist sinnlos. Es tut mir alles so leid.«

»Werden wir uns je wieder sehen?« wollte ich wissen.

Er schaute mich nur an und legte seine Hand an meine Wange. Ich umarmte ihn ein letztes Mal, drehte mich um und verließ schnell das Haus. Niemand hielt mich zurück.

Hajo läßt zum Abschied grüßen

Der Mietwagen war weg, an der Rezeption stand mein Koffer, der Wirt überreichte mir meinen Flugschein und einen Brief. »Ihr Freund mußte dringend weg nach Deutschland.« Ich riß den Briefumschlag auf: »Hallo, Maria! Tut mir leid, daß aus unserer tollen Story nichts geworden ist. Die Tonbandaufnahmen sind nichts geworden. Sorry, bis dann. Mußte dringend weg. Gruß Hajo.«

Die blonde Ratte hatte mich verschaukelt. »Hatte mein Freund heute abend Besuch?«

»Ja, da war ein Herr, ein Deutscher, der gut spanisch sprach. Hat sich mit Ihrem Freund unterhalten. Der ist aufs Zimmer gegangen und hat ein Paket geholt. Danach ist er schnell weggefahren.« Muradt hatte ihm die Bänder abgekauft. Er hatte Hajo richtig eingeschätzt. Ich packte meinen Koffer.

»Senora«, meinte der Wirt leicht peinlich berührt, »Ihr Freund hat gesagt, daß Sie die Rechnung bezahlen.«

Warum nicht, bezahlte ich also die Rechnung. Story im Eimer, Beweise futsch, Konto blank, Nase hin. Ich füllte einen Euroscheck aus.

Er war erleichtert. »Will sich die Senora nicht noch duschen und umziehen und etwas essen?« bot er mir an. Ich schüttelte den Kopf, kramte dann aber doch einen sauberen Pullover aus dem Koffer. Ich mußte los, es war stockdunkel und die Straßen gefährlich.

»Wann ist mein Freund gefahren?«

Der Wirt schaute auf die Uhr: »Vor zwei Stunden.« Zu lange her, um den Verräter zu erwischen. Ich sagte tschüs und bat ihn, dem Herrn, der vielleicht nach dem Auto fragen würde, auszurichten, daß ich das Gefährt am Flughafen parken würde. Ich startete. Die Fahrt war furchtbar, die Kurven nadelspitz, die Straßen steil und kaum beleuchtet. Meine Nase schmerzte, meine Augen tränten. Bierstadt, mon amour! Wie sehnte ich mich nach deiner provinziellen Unschuld, nach deiner langweiligen Überheblichkeit und dem unnachahmlichen Charme deiner zahlreichen Industriebrachen!

Endlich lagen die Berge hinter mir und die Autobahn begann. Der Weg zum Flughafen war schnell geschafft.

Ich ging zum Schalter. Die letzte Maschine nach Düsseldorf war vor einer halben Stunde gestartet — mit Hajo Brunne, so die Frau am Computer.

Ich ließ den Flugschein auf den nächsten Tag umbuchen, legte einen Zettel aufs Armaturenbrett des Autos und schloß den Wagen ab. Den Schlüssel deponierte ich bei der Touristeninformation. Ein Taxi brachte mich in ein kleines Hotel nahe des Aeropuerto. Ich duschte heiß und lange und schlief tief und traumlos.

Geborgenheit im Ritual

Bierstadt war so, als sei ich nie weg gewesen. Die S-Bahn-Fahrt von Düsseldorf bis nach Hause dauerte die üblichen anderthalb Stunden. Das Wetter wurde schlechter, je näher ich meiner Stadt kam. Doch es tat der Freude über mein glimpfliches Ende bei dieser Geschichte keinen Abbruch. Hatte ich wirklich gesehen, wie ein Mann eine junge Frau erwürgt hatte? Hatte ich wirklich mit eigenen Ohren gehört, wie mein ehemaliger Liebhaber einen Mörder- und Erpresser-Konzern übernommen hatte?

Nein, die Geschichte würde mir niemand glauben. Ich brauchte jetzt vor allen Dingen Ruhe und Entspannung, mußte mich körperlich und seelisch erholen.

Ich klingelte bei meiner Nachbarin. Gnädig nahmen meine Katzen zur Kenntnis, daß ich wieder da war. Frau Litzmann kochte Kaffee und erzählte mir die neuesten Streiche meiner Haustiere. Miou, die Siamesin, schnurrte auf meinem Schoß, Happy, die Braune, räkelte sich auf Nachbarins Paradekissen. Mein Adoptiv-Wellensittich Lorchen randalierte in seinem Käfig.

Ich fühlte mich geborgen, weil ich alles so gut kannte. Ich fühlte mich sicher, weil ich geborgen war. Geborgenheit im Ritual — so nennen Psychologen das.

Das Aus für das lokale Radio

Wochen waren vergangen. Die Stadt hatte wieder eine neue Bürgermeisterin. Walter Drösig, der Favorit von Fraktionschef Willy Stalinski, hatte es nicht geschafft. Zweite Frau der Stadt war die Vorsitzende der Gleichstellungskommission des Bierstädter Rates geworden. Sie würde sich nicht, so wie Lisa Korn, mit den Brosamen von Gregor Gottwalds Tisch zufrieden geben.

Die Serie »Die Frau an seiner Seite« hatte ich inzwischen erfolgreich abgeschlossen. Zwölf Folgen hatte ich zustande gebracht. Mein Verständnis für komplizierte Blumengestecke, ganzheitlichen Jazz-Tanz und rustikale Reiterbälle hatte zugenommen.

Der Schreibtischtäter war zufrieden mit mir. Nur selten dachte ich noch an die Toten vom Frühjahr. Der Name Kurt Korn spielte in der Politik keine Rolle mehr. Auch von Michael Muradt hörte ich nichts.

Hatte es auf Teneriffa wirklich noch einen Kampf aufs Messer zwischen den beiden Brüdern gegeben? Ich wußte es nicht. Vielleicht war alles auch nur Schwindel gewesen, wie so vieles in dieser Geschichte. Korn und Muradt hatten vermutlich ihre Millionen gepackt und sich in ein sonniges Inselparadies abgesetzt, wie man es in solchen Kreisen zu tun pflegt.

Inzwischen war es Sommer geworden. Ich forschte auch nach Hajo Brunne. Bei den Lokalblättern hatte er sich verabschiedet, seine Stunde sei jetzt gekommen, seiner Karriere stünde nichts mehr im Weg mit einem eigenen Fotoatelier — endlich sei sein Traum wahr geworden und bla, bla, bla! Ich wußte, daß er mir irgendwann wieder über den Weg laufen würde, denn Journalisten treffen sich alle wieder — irgendwann und irgendwo.

Im Funkhaus war die Stimmung gedrückt, denn das Lokalradio sollte aufgelöst werden. Der Sender, der sich über Gebühren finanzierte, hatte ehrgeizigere Pläne, als Radio in der Provinz zu finanzieren. Da mußten viele Millionen in neue Satelliten-Programme gesteckt werden, da waren die hohen Kosten für den Neubau eines riesigen Sendezentrums in der Landeshauptstadt, da wurde viel Geld in ein deutsch-französisches Kulturfernsehprogramm gesteckt, das deutsche und französische Politiker ausgeheckt hatten. Alles wichtigere Dinge, als ein paar Hörer in der Provinz mit Informationen aus ihrer Region zu versorgen.

Nicht, daß wir unseren Job verlieren würden! Nein, dafür sorgte schon der Personalrat. Aber unsere Redaktion wurde aufgelöst, wir alle sollten über die anderen Studios verstreut werden — ländliche Gegenden bevorzugt.

Die Kolleginnen und Kollegen waren zudem in ihrer Kampfeskraft geschwächt. Der Schreibtischtäter hatte sie in den Jahren seiner Herrschaft gegängelt, sie verunsichert und ihnen den Spaß an der Arbeit genommen. Die meisten warteten ab und schwiegen. Andere träumten, zum Beispiel der Samariter.

»Ich werde eine eigene Sendung bekommen im Sendezentrum«, schwärmte er. »Eine Nachbarschaftssendung wie in Bierstadt, aber mit einem riesigen Verbreitungsgebiet. In ganz Nordrhein-Westfalen. Gespräche mit Menschen, die Hilfe suchen. Die etwas brauchen oder verschenken wollen. Und Menschen, die Hilfe anbieten, die etwas Gutes tun wollen.«

Ich wollte ihn bei seinem Höhenflug nicht stören. Falls es diese Nachbarschaftssendung wirklich einmal geben sollte, dann würde eins mit Sicherheit passieren: In den Altmöbelmarkt des Landes würde Bewegung kommen!

Ich selbst hatte keine Pläne. Irgendwo auf dieser Welt würde eine erfolglose Journalistin mit roten Zahlen auf dem Konto gebraucht werden. In der Dritten Welt vielleicht, oder — wie wär's mit den neuen Bundesländern? In den Osten waren in den letzten Monaten so viele Leute mit Karriereknick hineingescheitert! Warum nicht auch ich?

Das Telefon riß mich aus meinen Träumen. »Grappa, Lokalradio, womit kann ich Ihnen helfen?« schnarrte ich lustlos. Sollte mir jetzt bloß keiner mit einer heißen Story auf die Bude rücken.

»Guten Tag, Frau Grappa«, flötete eine Frauenstimme am anderen Ende der Strippe, »hier Rechtsanwälte Dr. Stockmeier und Partner. Herr Dr. Stockmeier würde Sie gern sprechen. Moment, ich verbinde Sie ...«

»Frau Grappa? Hier Dr. Stockmeier. Ich würde Sie gern von etwas in Kenntnis setzen. Könnten Sie bei mir am Entenwall vorbeischauen? Heute nachmittag hätte ich noch einen Termin frei. So gegen 14 Uhr?«

Es sei etwas Erfreuliches, konnte ich ihm noch entlocken. Mehr wollte mir Herr Dr. Stockmeier nicht verraten. Ich hatte Zeit an diesem Tag und war neugierig. Mein nächster Termin war im Rathaus um 15.30 Uhr und die Kanzlei lag in der Nähe.

Ich sagte zu. Erfreulich – hatte er gesagt! Wie schön, lange nichts mehr passiert in dieser Richtung!

Geld oder die lang ersehnte Wahrheit?

Ich fuhr noch schnell zu Hause vorbei, warf mich in Schale, wusch mir die Haare, schminkte mich sorgfältig und betrachtete mein Spiegelbild mit Wohlwollen. Meine Nase hatte inzwischen wieder ihre alte Form, das kanarische Abenteuer im Frühsommer hatte mich ein paar Pfunde gekostet, was mir ausgezeichnet stand.

Stockmeiers Kanzlei war ein nobles Büro mit viel Edelstahl. Hier wurden keine Handtaschenräuber oder kleine Ganoven vertreten. Hier wurden Millionen-Verträge beurkundet oder lukrative Privatklagen abgehandelt.

Dr. Stockmeier thronte hinter seinem Glasschreibtisch. »Ich möchte Sie von einer Erbschaft in Kenntnis setzen«, begann er.

»Das muß ein Irrtum sein, ich kenne niemanden, der mir etwas hinterlassen könnte. Oder ist der langerwartete reiche Onkel aus Amerika endlich aufgetaucht?«

Humor hatte Stockmeier nicht die Bohne. »Sie sind doch Frau Grappa?« vergewisserte er sich, »von Beruf Journalistin?«

Ich sagte nicht nein. »Es geht um das Testament von Herrn Michael Muradt«, fuhr er fort.

Guter Gag, dachte ich und sagte: »Muß man nicht erst tot sein, um etwas zu vererben?«

»Eben«, meinte er lapidar, »um genau diesen Fall geht es. Herr Muradt ist tot.«

Ich merkte, wie ich blaß wurde. Oh nein, bitte nicht! »Wie ist das passiert?«

»Ein Unfall auf Teneriffa. Hier, lesen Sie das ...« Er reichte mir ein amtlich aussehendes Schriftstück in spanischer Sprache und schob die deutsche Übersetzung gleich hinter her. Ich las hastig und verstand folgendes:

Michael Muradt und sein Bruder Kurt Korn starteten vom Hafen in Garachico aus, Ziel unbekannt. Zwei Tage später wurde das treibende Boot von der spanischen Wasserpolizei geentert. An Bord die Leiche des Bierstädter Geschäftsmannes Kurt Korn und jede Menge Blut. Die Polizei rekonstruierte die Vorfälle an Bord und stellte fest, daß Kurt Korn zuerst auf seinen jüngeren Halbbruder geschossen haben mußte, denn aus einer Pistole fehlten mehrere Kugeln. Die Leiche des Bruders habe Korn ins Meer geworfen, oder der Körper sei ins Meer gefallen. Kurt Korn habe in seinem Haus in Garachico einen Abschiedsbrief hinterlassen, in dem er gestand, seine Freundin erwürgt und seine Frau mit Schlafmittel umgebracht zu haben. Nun wolle er Schluß machen, auch mit seinem Bruder, der alles wisse und ihn zu erpressen versucht habe. Muradts Leiche sei nicht auf dem Boot gewesen. Korn hatte die Waffe noch in der Hand, mit der er sich erschossen habe. Eine Kugel steckte in seinem Kopf. Eine Männerleiche, die vier Tage danach an einem kleinen Strand gefunden worden war, sei als Muradt identifiziert worden.

So ging sie also wirklich zuende, meine Geschichte. Armer Muradt! Mir war übel. Ich hatte mal eine Wasserleiche gesehen und die Vorstellung, daß er ... Ich schloß die Augen und bemühte mich, die Fassung zu behalten.

Stockmeier erwies sich als Mensch und gönnte mir eine Pause. »Haben Sie Herrn Muradt gut gekannt?« fragte er dann mit Mitleid und Neugier in der Stimme.

Ich schüttelte den Kopf. »Nicht so gut, wie es notwendig gewesen wäre und ich es gern gehabt hätte.«

»Kann ich fortfahren, Frau Grappa?« Ja, er konnte. »Herr Muradt hat — kurz bevor er diese Insel besuchte — bei mir ein Testament gemacht. Ich wunderte mich, doch er redete von einem gefährlichen Urlaub. Das kommt häufiger vor, als Sie denken, daß vor Abenteuer-Urlauben der Nachlaß geordnet wird. Ich hatte bei Herrn Muradt allerdings nicht mit einem Teneriffa-Urlaub gerechnet, sondern mit einer Himalaya-Besteigung oder einer Sahara-Durchquerung oder ähnlichen Dingen. Er sagte noch, daß er im Ausland etwas sehr Wichtiges und Gefährliches zu regeln habe.«

»Haben Sie gewußt, daß der Bauunternehmer Korn und er Halbbrüder waren?«

»Nein, das habe ich erst aus dem Polizeibericht der Spanier erfahren.«

»In welcher Stimmung war Muradt, als er ...« ich schluckte, »das Testament gemacht hat?«

»Heiter und ausgeglichen wie immer. Ich habe ihn nie anders erlebt. Als ich ihn fragte, wer Sie seien, meinte er nur: 'Frau Grappa, das ist die, die immer auf der Suche nach der Wahrheit ist' und lachte ...«

»Und — um welchen Nachlaß geht es nun eigentlich? Was hat das alles mit mir zu tun?«

»Sie haben den Besitz von Herrn Muradt geerbt. Die drei Restaurants, die Häuser in Bierstadt und in Holland und eine Bargeldsumme von 250000 Mark. Wenn Sie diese Möglichkeit wählen.«

»Wieso? Gibt es noch eine andere?«

Stockmeier nickte. »Sie haben die Wahl. Sie können das Vermögen, das ich Ihnen eben aufgelistet habe, wählen oder diesen Briefumschlag«.

Er hob einen DIN-A-4-Umschlag in die Höhe, der prall gefüllt schien.

»Und, was ist da drin?«

»Ich weiß es nicht. Nach einer Erklärung von Herrn Muradt ist hier — wie sagte er noch? — die Wahrheit drin. Sie müssen wählen. Entweder das Geld oder diesen Umschlag.«

Da hatte sich Muradt etwas Trickreiches ausgedacht. Ich hatte die Wahl zwischen Reichtum und Wahrheit. Ein später Test für mich. Schade nur, daß er das Ergebnis nicht mehr erleben konnte.

Unser Gespräch über die Wahrheit war ihm wohl in Erinnerung geblieben. »Wie konnte Muradt wissen, daß er sterben würde?« Mein Kopf schwirrte und ich konnte meine wirren Gedanken nicht kontrollieren.

»Er sagte, daß er für den Fall, daß ich keine Todesnachricht von ihm erhielte — die Sachen wieder abholen würde. Aber nun ist sie ja da, die traurige Nachricht.«

»Ich verstehe die Zusammenhänge nicht mehr.« Ich kam ins Grübeln und konnte nicht mehr weiterdenken. Stockmeier sah auf die Uhr.

»Brauchen Sie Bedenkzeit? Wir können gern noch einen Termin machen?«

Nein, keine Bedenkzeit. Nur das nicht. Was war mir wichtiger? Das Geld hätte mich von allen Sorgen befreit, aber ich würde nie erfahren, was in dem Umschlag gewesen war. Nein, ich wollte nicht seine Erbin sein. Ich konnte nicht in sein Haus gehen, seine Restaurants betreten und weiterführen. Ich mußte vergessen und so war das unmöglich.

»Was geschieht mit dem Vermögen, wenn ich den Umschlag wähle?«

»Für diesen Fall hat mich Herrn Muradt beauftragt, alles zu veräußern und die Summe an eine soziale Stiftung in Brasilien zu überweisen. Als Spende.«

»Ich nehme den Umschlag.«

Stockmeier guckte mich an, als zweifle er an meinem Geisteszustand. »Wissen Sie auch, was Sie tun?« fragte er.

»Ich will die Wahrheit, also den Umschlag, verdammt noch mal«, beharrte ich und hoffte, er würde den Mund halten. Sonst würde ich womöglich doch noch schwach werden. »Also, her mit dem Umschlag!«

Er gab ihn mir. Er war nicht schwer und schien mit Schriftstücken gefüllt zu sein.

»Wenn Sie hier noch unterschreiben würden ...«

Ich unterschrieb eine Erklärung, in der ich den Empfang des Umschlages quittierte und meinen Verzicht auf das Erbe ausdrücklich bestätigte.

Eine Frage hatte ich aber doch noch: »Wenn Herr Korn auch tot ist, wer erbt dann eigentlich sein Vermögen?«

»Alles fällt an die Kommune.«

Warum nicht? Hoffentlich machte die Stadt etwas daraus für ihre Bürger. Ich erhob mich und verließ die Kanzlei.

Auf Wiedersehen, Reichtum! Ich würde weiterhin jeden Freitag den Lottoschein abgeben, um an ein paar Mark zu kommen, denn zur Zeit zählten lediglich die roten Zahlen auf den Kontoauszügen zu meinem Freundeskreis.

Lisa-und-Kurt-Korn-Stiftung gegen die Wohnungsnot

Ich ließ den Umschlag zunächst unberührt, denn ich hatte nach dem Notartermin noch eine Pressekonferenz zu besuchen. Thema: Gründung einer Stiftung gegen die Wohnungsnot. Beim Lesen der Einladung hatte ich nichts Besonderes gedacht, jetzt war mir klar, daß es sich nur um Korns Erbe handeln konnte. Die Politik hatte mal wieder schnell reagiert.

Im Sitzungsraum im Rathaus saß Oberbürgermeister Gregor Gottwald, flankiert von Willy Stalinski, dem Vorsitzenden der Mehrheitsfraktion, Knut Bauer, dem Chef der Christlich-Konservativen im Rat und von Dr. Arno Asbach, dem Fraktionsvorsitzenden der Bunten. Es herrschte eine durchaus feierliche Stimmung. Die Journalisten warteten gespannt.

Dann berichtete der OB von der soeben vollzogenen Gründung einer selbstständigen Stiftung gegen die Wohnungsnot. Der Name: Lisa-und-Kurt-Korn-Stiftung.

»Der Bürgermeisterin und ihrem Mann lagen die Wohnungsverhältnisse in Bierstadt ja immer schon am Herzen«, meinte Gottwald zweideutig, »und da diese wertvollen Menschen nun beide unter ... na ja, tragischen Umständen aus dem Leben geschieden sind und der Stadt das Erbe zugefallen ist, hoffen wir im Sinne der Verstorbenen zu handeln, wenn wir diese Stiftung ins Leben rufen. Ich möchte noch sagen, daß die Gründung sozusagen eine parteiübergreifende Aktion ist, alle Parteien im Rat haben diese Idee begrüßt.«

Gottwald blickte nach rechts und nach links und seine Ratskollegen nickten brav. Schönste Einigkeit, genau, wie er gesagt hatte!

»Wieviel Stiftungskapital ist vorhanden?« wollte ich wissen »und — wie wird die Stiftung arbeiten, was ist das Stiftungsziel?«

»Wir rechnen zunächst — es sind noch einige Unklarheiten vorhanden — mit einem Stiftungskapital von 80 Millionen

Mark. Dieses Geld wird hauptsächlich durch die Immobilien eingebracht, der Rest durch die Firmenverkäufe. Wir haben einen Wirtschaftsprüfer mit der Abwicklung beauftragt. Das Bargeld wird angelegt und von den Zinsen bestreiten wir unsere laufenden Kosten.«

»Wer ist wir?« fragte ein Kollege. »Ich als Oberbürgermeister bin Vorsitzender der Stiftung, ehrenamtlich natürlich, die drei Herren hier gehören zu den Gründungsmitgliedern. Wer die Geschäftsführung übernimmt, das wird die Zukunft zeigen. Für Bierstadt ist es wichtig, daß ein politisches Signal gegen Wohnungsnot gesetzt wird – da sind wir anderen Städten mal wieder eine Nasenlänge voraus.« Gottwald rieb sich vor Freude die Hände.

Er machte eine Pause, als warte er auf allgemeinen Applaus. Eine nette Idee hat der alte Fuchs da gehabt, dachte ich, so macht er aus Korns erpreßten und erschwindelten Millionen eine saubere Sache. Und niemand kann etwas dagegen sagen, sogar die Bunten halten den Mund. Realpolitik – so wird das wohl genannt.

»Sie hatten noch nach dem Stiftungsziel gefragt, Frau Grappa«, meinte Gottwald. Er vergaß nie eine Frage, die ihm gestellt worden war. »Das ist ganz einfach: Förderung des Wohnungsbaus. Die Immobilien von Herrn Korn werden in diese Stiftung eingebracht, die Stadt wird die Wohnungen, für die er Bauvoranfragen gestellt hat, in seinem Sinne weiterbauen. Der Wohnungsbau in Bierstadt wird neue Impulse bekommen. Sie wissen ja, daß wir nach einem Gutachten 30000 Wohnungen bis zum Jahr 2000 bauen müssen, um die Wohnungsnot zu lindern. Das schaffen wir jetzt ohne Probleme.« Er zog vor Freude heftig an seiner erkalteten Pfeife.

Die anderen drei Herren waren recht schweigsam. Lediglich Dr. Asbach tönte, daß es immer ein Anliegen der Bunten gewesen sei, für möglichst viele Menschen preiswerten und guten Wohnraum zur Verfügung zu stellen. Der jahrelange Kampf der Partei habe sich also gelohnt.

Es war mal wieder alles in schönster Ordnung in unserem netten Bierstadt. Gregor Gottwalds Handstreich war wirklich genial ausgedacht. Er hatte nicht nur den Wohnraum und Korns Geld für die Stadt gerettet, sondern auch alle Parteien an einen Tisch gebracht. Was seinen Ruf als charismatische Integrationsfigur festigte.

In unserem politischen Magazin am Nachmittag kommentierte der Schreibtischtäter die Gründung der Stiftung als »einmalige soziale Tat«. Er erinnerte an Lisa und Kurt Korn und lobte vor allen Dingen den Oberbürgermeister, der mit »einmaligem politischen Fingerspitzengefühl« gehandelt habe. Er bescheinigte ihm vollmundig staatsmännische Qualitäten, nach denen sich die Politiker in Bonn die Finger lecken würden. Endlich sei »der Silberstreif am Himmel der Wohnungsnot aufgetaucht«, die Kommune habe hier beispielhaft »einen Schritt in die richtige Richtung« getan. Seine nächste Einladung zu Gottwalds Privatfeier war damit mal wieder gesichert.

Auch ich war beeindruckt von Gottwald. Aber aus anderen Gründen. Er hatte Korns schmutziges Geld schön weiß gewaschen. Das Geld eines Mannes, der ein mehrfacher Mörder war, an seiner Frau und seiner Geliebten. Von dem unbedeutenden Richie Mansfeld ganz zu schweigen, aber den hatten sowieso alle vergessen.

Zumindest Gottwald weiß es ganz bestimmt, dachte ich, denn er hat sich den genauen Hergang des Abgangs von Kurt Korn sicherlich in allen Einzelheiten berichten lassen.

Hier hatte ich endlich ein Stückchen Wahrheit. Doch ich konnte sie keinem erzählen, denn auch ich wollte schließlich für Bierstadt das Beste. Schließlich suchten inzwischen 6000 Familien mit geringem Einkommen eine vernünftige Wohnung. Und wenn ich die Stiftung »hochgehen« ließe, wären diese Träume vorläufig ausgeträumt, denn die Behörden würden Korns Vermögen erst mal einfrieren.

Ich spürte förmlich, wie es »Klipp-klapp« machte in meinem Gehirn. Die Schere im Kopf arbeitete außergewöhnlich präzise und schnell.

Ich dachte an Muradt, der an dieser Situation sicher einen großen Spaß gehabt hätte. Ich Moralistin hatte mich in meinen dämlichen Prinzipien heillos verstrickt ... und war bewegungsunfähig.

Eine parteiübergreifende Bombe

Die Wahrheit im braunen Umschlag war eine Bombe. Mir war nur noch nicht klar, ob ich den Zündmechanismus so einstellen könnte, daß bei der Explosion nicht ganz Bierstadt in die Luft flöge.

Eine Akte war drin mit der Aufschrift: »Operation BI-GE-WO«. BI-GE-WO, das war die Abkürzung für »Bierstädter Gemeinnützige Wohnungsbaugesellschaft«, ein stadteigenes Unternehmen, in dem der gesamte städtische Wohnungs- und Teile des Grundstücksbesitzes zusammengefaßt worden waren.

Die Gesellschaft wurde von der sogenannten »Beteiligungsverwaltung« der Kämmerei geführt, mit eigenem Geschäftsführer und Personal. Der Rat der Stadt fällte weiterhin die Entscheidungen über dieses Unternehmen, mußte Käufen oder Verkäufen also zustimmen. So konnte die Politik eine gewisse Kontrolle ausüben.

Korn hatte geplant — so las ich in den Papieren —, sich die BI-GE-WO unter den Nagel zu reißen und zwar legal mit Zustimmung des Rates der Stadt. Ein gerissener Plan, der fein säuberlich in Gesprächsprotokollen und Vorverträgen dokumentiert worden war.

Alle diese Verträge und Protokolle waren in dem Umschlag — als Originale. Woher Muradt die Akte wohl hatte? Ich würde es nie erfahren.

Ich öffnete eine Flasche Wein, meine Hände zitterten vor Aufregung. In der Akte waren sie alle versammelt, sozusagen parteiübergreifend und in trauter Einigkeit ihren Reibach zu machen und dafür die Stadt und ihr Vermögen zu verkaufen.

Nein, dachte ich, einer fehlt. Kein Hinweis auf Gregor Gottwald. Ihn hatte man nicht miteinbezogen in das Spiel um Posten und Millionen. Vielleicht hatten sie ihn für ein Sicherheitsrisiko gehalten.

Er war kein Mann für eine solche Aktion. Für ein solches Spiel brauchte man die kleinen miesen Charaktere, die Verschwiegenen und Verschlagenen, die sich immer auf der Schattenseite des Lebens sahen, ohne zu bemerken, daß ihre Anwesenheit auf der Sonnenseite ohnehin zu erheblichen Störungen der Erdatmosphäre geführt hätte.

Ich goß den Wein in mich hinein. Dann studierte ich die Akte weiter. Eine Mehrheit im Rat für den Ausverkauf der BI-GE-WO zu bekommen, wäre für Korn unter normalen Umständen unmöglich gewesen. Also nahm er Kontakt auf. Mit Knut Bauer, dem Chef der Christlich-Konservativen, mit Willy Stalinski, dem Boß der Mehrheitsfraktion, und mit Dr. Asbach von den Bunten.

Irgendwann gab es dann ein erstes Treffen mit ihnen, jeweils unter vier Augen natürlich. Einige Wochen später wurden dann die Vorverträge gemacht. Alle drei verpflichteten sich, ihre Fraktionsmitglieder zur Zustimmung eines Verkaufes der BI-GE-WO an Kurt Korn zu überreden.

Nicht alle sollten dafür sein, nein, so unverschämt war Korn nun wieder auch nicht. Nein, eine satte Mehrheit, darauf war es ihm angekommen. Wenn dann einige Genossen oder einige der Christlichen nicht zustimmen würden, wäre das überhaupt kein Mangel – so wurde Korn in einem Gesprächsprotokoll zitiert. Eine Einstimmigkeit bei der Entscheidung würde überhaupt keinen guten Eindruck in der Öffentlichkeit machen.

Ich las mir die Verträge durch. Es waren Vorverträge, die im Fall des Scheiterns der Aktion für null und nichtig erklärt werden sollten.

Dr. Arno Asbach, der noch nie in seinem Leben einer geregelten Beschäftigung nachgegangen war, sollte zum Geschäftsführer aufsteigen. Bei der Korn-Firma »Altsan«. Aha, dachte ich, das war die Firma, die den Boden von Korns billig erworbenen Altlastengrundstücken »säubern« sollte, um ihn dann in den östlichen Bundesländern still und heimlich abzuladen. Ich blätterte weiter. Asbach sollte ein stolzes Gehalt von 10000 Mark im Monat bekommen. Für jemanden, der von der

Stütze lebt, der reinste Lottogewinn. Dienstwagen und eigenes Büro inklusive, das wurde auf Wunsch von Asbach ausdrücklich vermerkt. Vermutlich auch noch mit Büromöbeln aus Tropenholz, dachte ich bitter.

Asbachs Gier kannte kein Ende: Eine Eigentumswohnung sollte er zusätzlich bekommen. Aus dem Protokoll ging hervor, daß Asbachs Forderungen nur erfüllt wurden, weil seine Partei beim Verkauf der BI-GE-WO den lautesten Krach geschlagen hätte. Da hätte ich gerne Mäuschen gespielt, wie er Erika Wurmdobler-Schillemeit von der Nützlichkeit des Verkaufes von billigen Wohnraum an einen skrupellosen Bauunternehmer überzeugt hätte. Na ja, ihm wäre sicherlich ein schlagendes Argument eingefallen. Sonst glaubt seine Fraktion ihm ja auch jeden Schrott.

Knut Bauer, der einige Sanitärinstallationsgeschäfte besaß, schnitt vergleichweise mager ab. Er sollte bei der Luxussanierung die Badewannen und Klos liefern und einbauen dürfen. Bei knapp 6000 Wohnungen auch ein schönes Geschäft für einen Mittelständler!

Willy Stalinski war für Korn wohl der hartnäckigste Brokken gewesen. In der Akte waren umfangreiche Protokolle über »Einzeltherapie«-Stunden. Schließlich leierte der Fraktionschef Korn den Bau einer neuen Konzerthalle für die Stadt aus dem Kreuz. Investitionsvolumen: 50 Mio Mark.

Ich klappte den Deckel der Akte zu. So – das war die Wahrheit. Alle waren mehr oder weniger bestechlich in Bierstadt. Und ich hatte die Beweise. Doch – was nützten sie mir? Wer würde diese Geschichte veröffentlichen?

Gut gemacht, Muradt, dachte ich. Du hast mich ausgetrickst und zwar gründlich. Die Wahrheit hat keine Chance gegen die Wirklichkeit. Die Wahrheit ist ein moralisches Gut und schwebt weit über unseren Köpfen, die Wirklichkeit wird von Fakten bestimmt, denen wir uns alle unterordnen müssen.

Die Fakten waren: Die Stadt behält ihre Wohnungen und bekommt noch viele dazu, was den Menschen Vorteile bringt.

Eine parteiübergreifende Bestechung war zwar geplant, ist aber nicht mehr ausgeführt worden.

Der einzige Mann, an dem mir je etwas gelegen hat, liegt verscharrt in der Erde einer kanarischen Insel.

Sechs Menschen waren auf der Strecke geblieben.

Ich hatte mit meiner hartnäckigen Fragerei nichts erreicht, sondern nur Schaden angerichtet. Ich hatte die Geschichte brillant gedeichselt!

Eine Nummer zu groß?

Einen kleinen Scherz wollte ich mir aber doch noch erlauben. Ich ließ mir einen dringenden Termin beim Schreibtischtäter geben. »Herr Riesling«, begann ich aufgeregt, »ich brauche Ihren journalistischen Rat. Ich habe Probleme, die Sache allein zu beurteilen.«

Er lehnte sich in seinem Stuhl zurück und blickte erstaunt auf mich. Glaubte er wirklich, ich würde mir ausgerechnet bei ihm Rat holen? Er glaubte es. Der erfolgreiche Abschluß meiner Prominenten-Serie hatte sein Vertrauen in mich wieder etwas gefestigt. Ich berichtete ihm von der Akte, die mir zugespielt worden war, von den Bestechungsversuchen von Korn, von dem geplanten Coup mit dem Verkauf der städtischen Wohnungen. Erwähnte, daß die neue Stiftung mit dem Geld eines mehrfachen Mörders aufgebaut worden war und daß es vielleicht unsere journalistische Pflicht sei, darüber offen und schonungslos zu berichten.

»Ich kann die Geschichte in mehreren Teilen erzählen und sie bis zum Wochenende soweit fertig haben«, bot ich an.

Er war während meines Berichtes bleich geworden. Dann fragte er, ob ich alles beweisen könne, er wolle die Akte sehen und so weiter. Ich reichte sie ihm, fein säuberlich kopiert.

»Das Original ist in einem Schließfach«, erklärte ich, »für alle Fälle.«

Er schaute sie Blatt für Blatt durch und schien erleichtert. »Ich muß erst darüber nachdenken, ob sich unser kleiner Lokalsender eine solche Geschichte leisten kann ...«, murmelte er. »Diese Geschichte ist eher etwas für ... den 'Spiegel' oder ein

Polit-Magazin. Für uns ist sie eigentlich eine Nummer zu groß.«

»Ach wirklich?« Ich zeigte mich enttäuscht, aber durchaus einsichtig, »Vielleicht haben Sie recht. Jetzt — wo in Bierstadt wieder alles so gut läuft. Warum neuen Wirbel machen?«

»Es freut mich, daß Sie es auch so sehen, liebe Frau Kollegin!« Er schaute mich mit angestrengter Herzlichkeit an.

Ich stand auf, um das Büro zu verlassen. Doch vorher legte ich ihm noch ein weiteres Blatt auf seine Schreibtischunterlage. Er blickte wortlos auf das Papier, das seine Unterschrift trug.

Auf diesem Blatt verpflichtete er sich gegen ein Honorar von 3000 Mark im Monat, die publizistischen Geschicke der Kurt Korn GmbH zu lenken. Insbesondere würde er sich um die werbewirksame Begleitung der »Operation BI-GE-WO« kümmern.

»Tschüs, Herr Riesling«, warf ich ihm über die rechte Schulter zu. Ich sah noch, wie er gebannt auf die Kopie seines Vorvertrages mit Korn starrte.

Ins eigene Haus pinkelt man nicht

Niemand in Bierstadt wollte meine Geschichte senden oder drucken. Ich rief einen Kollegen bei einer Hamburger Zeitschrift an. Der war interessiert. Ich verkaufte ihm die Originalakte und meine sämtlichen Informationen. Die Aktion sanierte mein Konto und vergällte mir trotzdem mein Leben.

Das Blatt brachte die Story unter dem Namen des Kollegen groß raus. Andere Zeitungen rissen sich um die Rechte und auch in Bierstadt fand die Story einen gewissen Wiederhall. Der war allerdings sehr dezent. Die Bierstädter Blätter und unser Radio werteten die Story als neidvollen Angriff von außen. Gregor Gottwald verteidigte öffentlich sein Stiftungs-Modell und warf den Kritikern »Miesmacherei« vor.

Ich schwieg. Ich war genauso scheinheilig, wie alle um mich herum. Wer hatte in Bierstadt Interesse an der Wahrheit? Man darf nicht – so hatte es mir ein weiser Kollege vor Jahren mal mit auf den Weg gegeben – in sein eigenes Haus pinkeln. Besser man sorgt dafür, daß jemand anderes hineinpinkelt, dann kann man darüber berichten, sich schön aufregen und die Informationen kommen auch rüber.

Langsam besserte sich meine Stimmung und ich beschloß, meinen Beruf nicht mehr so zwanghaft zu betreiben. Locker und easy – so würde meine Devise künftig heißen.

Und als ich dann – an einem regnerischen Herbsttag – noch Hajo Brunne mit einer Kamera durch die City traben sah, mußte ich fast lachen. Doch meine Rachelust war völlig verflogen. Ich trat auf ihn zu und sagte freundlich: »Na, du mieser verräterischer Feigling, komm mir ja nicht noch mal unter die Augen, du widerlicher Wicht, oder du kriegst von mir eine ordentliche Tracht Prügel!«

Er gab Fersengeld und am anderen Tag sah ich eins seiner Fotos in der Stadtteilzeitung: Er hatte bei der Rassehunde-Schau in den Hallen den Jahressieger fotografiert. Einen Pinscher namens »Pepi von der Wartburg«. Ich lachte mich halbtot. Ausgerechnet ein Pinscher! Jeder macht die Fotos, die zu ihm passen.

Der erste Ausklang

»Was wirst du denn beruflich machen?« fragte mich der Samariter. »Manfred, ich habe nicht die geringste Ahnung. Vielleicht belege ich einen Makramee-Kurs bei der Volkshochschule oder mache zusammen mit der Schwester des Papstes eine Herrenboutique in Wuppertal auf. Aber wahrscheinlich werde ich einen Krimi schreiben über eine Geschichte, die ich in den letzten Monaten erlebt habe.«

Ich hatte beschlossen, nicht darauf zu warten, welchen Stuhl man mir in der Provinz zuweisen würde. Denn der Sender wurde dicht gemacht. Ich hatte gekündigt, um als freie Journalistin zu arbeiten.

Manfred Poppe staunte über meine Zukunftspläne. »Kommt unser Radio in deinem Krimi auch vor?«

»Darauf kannst du Gift nehmen. Ihr alle kommt drin vor. Aber du darfst mir nicht böse sein, wenn du dich wiedererkennst! Versprich es mir bitte!«
»Du warnst mich also schon heute?« Ihm schwante Böses.
Ich nickte. »So in etwa. Aber in diesem Krimi werden alle schlecht behandelt. Ich eingeschlossen.«
»Und wenn niemand dein Manuskript haben will?«
»Dann wandert es ins Rundarchiv, also in den Papierkorb. Und ich schreibe ein Buch über die italienische Küche.«
»Das traue ich dir schon eher zu«, meinte er, »ich kann mir nicht vorstellen, daß du für eine Kriminalschriftstellerin das Talent hast. Ein Schriftsteller muß sich in andere Menschen einfühlen können und das hast du noch nie gekonnt.«
Ich wurde mit dem Schlag prima fertig. »Und was machst du, Manfred?«
»Ich bekomme meine landesweite Sendung. Ein Haus für Susanne und die Kinder habe ich auch schon gefunden. Es liegt direkt am Rhein und hat einen großen Garten.«
»Ja, an deiner schönen Stimme kommt halt niemand vorbei. Ich wünsche dir alles Gute.«
Die anderen Kollegen standen ebenfalls nicht auf der Straße. Lediglich der Schreibtischtäter kehrte diesem Beruf den Rücken: Er wurde Sektenbeauftragter der Landeskirche. Der richtige Posten für ihn, der Andersdenkende schon immer gern verfolgt hat!

Letzter Ausklang

Ich hatte die ersten Kapitel meines Krimis bereits geschrieben, als der Postbote mir einen Kartengruß vorbeibrachte.
Die Ansichtskarte war aus Brasilien und schön bunt. Tropenidylle am Strand. Das übliche. Auf dem freien Platz auf der Rückseite stand geschrieben:
»Was hast du nun mit der Wahrheit anfangen können? Bist du glücklicher geworden? Ist Moral für dich noch immer wichtiger als Liebe? Ich wäre glücklich, dich wiederzusehen.«

Ich erkannte die Handschrift. Ich schaute auf die Adresse: Der Name einer Hacienda in Salvador de Bahia. Was hatte mir der Notar gesagt? Das Vermögen des toten Michael Muradt sollte an eine Stiftung in Brasilien überführt werden!

Die Karte war vor zwei Wochen abgestempelt worden. Ich ging ans Telefon und rief mein Reisebüro an. Um nach Salvador de Bahia zu kommen, mußte ich über Recife fliegen. Ich buchte die nächste Maschine.

Krimis von Gabriella Wollenhaupt I

Grappas Versuchung
ISBN 3-89425-034-8
Der erste Krimi mit Maria Grappa
»Ein spannender Stoff, eine köstlich ironische Auseinandersetzung mit der Region. Und wenn es der Autorin gelingt, die Figur der Maria Grappa mit all ihren Brüchen, Schrullen und Vorurteilen als Rolle zu verdichten, dann hat sie eine Kunstfigur geschaffen, mit der sie in weitere Abenteuer ... ziehen kann.« (WDR)

Grappas Treibjagd
ISBN 3-89425-038-0
Der zweite Krimi mit Maria Grappa
Laura Gutweil, Psychologin und Therapeutin von sexuell mißbrauchten Mädchen, wird während einer Party ermordet. Reporterin Maria Grappa macht Jagd auf einen geheimnisvollen »Onkel Herbert«, der seit Jahren in Bierstadt sein Unwesen treibt.

Grappa macht Theater
ISBN 3-89425-042-9
Der dritte Krimi mit Maria Grappa
Ein Theaterkritiker Nello wird entführt und ermordet. Beherrscht ein Geheimbund die Kulturszene in Bierstadt? Ein Möchtegern-Intendant, der lokale Schullyriker, der zynische Kulturdezernent und die junge Schauspielerin - sie alle sind in Grappas Augen verdächtig.

Grappa dreht durch
ISBN 3-89425-046-1
Der vierte Krimi mit Maria Grappa
Sprang Fernsehjournalist John Masul freiwillig vom Dach des City-Center oder half jemand nach? Maria Grappa erhält den Job des Toten. Bald bemerkt die Reporterin, daß bei TELEBOSS nicht nur Filme über Schützenfeste und Krötenwanderungen gedreht werden ...

Grappa fängt Feuer
ISBN 3-89425-050-X
Der fünfte Krimi mit Maria Grappa
Maria Grappa entflammt in Hellas für den schwarzgelockten Apoll; doch der in der Mythologie erfahrene Mörder aus der Bierstädter Reisegruppe bleibt cool.

Krimis von Gabriella Wollenhaupt II

Grappa und der Wolf
ISBN 3-89425-061-5
Der sechste Krimi mit Maria Grappa
Dubiose BKA-Leute und Plutonium-Schmuggler in Bierstadt, ein Killer mit Stil, einige Allzufrühverstorbene und mittendrin Maria Grappa.

Killt Grappa
ISBN 3-89425-066-6
Der siebte Krimi mit Maria Grappa
Der bekannte Schönheitschirurg Dr. Oktavio Grid wird in seinem Ehebett abgeschlachtet - Racheakt einer verunstalteten Patientin, Verzweiflungstat der gequälten Ehefrau oder Ritualmord einer obskuren Sekte? Maria Grappa macht mit dem Satanismus Bekanntschaft.

Grappa und die fantastischen Fünf
ISBN 3-89425-076-3
Der achte Krimi mit Maria Grappa
Unter den Trümmern der gesprengten Bibliothek findet man die Leiche des bekanntesten Bierstädter Teppichhändlers. Dann wird die Stadt erpreßt und der Stop des Flughafenausbaus gefordert.

Grappa-Baby
ISBN 3-89425-207-3
Der neunte Krimi mit Maria Grappa
Seit fünf Monaten liegt Kristin Faber im Koma; nun ist sie im dritten Monat schwanger. Wer oder was steckt dahinter?

Zu bunt für Grappa
ISBN 3-89425-224-3
Der zehnte Krimi mit Maria Grappa
Ein Kollege, zwei Tote und drei Fragen beschäftigen Maria Grappa bei ihrem Aufenthalt in der Provence: Wem gehört der braune Hund? Ist der unbekannte van Gogh wirklich echt? Und kann sie Antonio Cortez, ihrem neuen Liebhaber, vertrauen?

Crime Ladies

Dorothee Becker
Mord verjährt nicht
ISBN 3-89425-056-9
Warum verschwand Theo de la Cour? Veronika Wenger macht sich auf die Suche nach dem Verschollenen und lernt die verschiedenen Mitglieder einer zweifelhaften Familie kennen.

Dorothee Becker
Der rankende Tod
ISBN 3-89425-040-2
Was trieb den lebenslustigen Clemens in den Tod? Die junge Witwe Veronika Wenger ahnt nicht, daß sie selbst in Lebensgefahr schwebt.

Annette Jäckel
Talk
ISBN 3-89425-202-2
»Ich würde aus Eifersucht töten!« sagt Clara, die »Frau für alle Fälle« vor laufender Kamera. Dumm gelaufen: Ihre beste Freundin Michelle ist kurze Zeit später tot.

Agnes Kottmann
Tote streiken nicht
ISBN 3-89425-052-6
Eine junge und unbescheuerte Gewerkschafterin wird von einemTriebtäter verfolgt.

Heike Lischewski/Stefanie Berg
Bananensplit
ISBN 3-89425-206-5
Als Kind mißbraucht - jetzt wird das Opfer zur Täterin.

Beate Sauer
Der Heilige in deiner Mitte
ISBN 3-89425-220-0
Veit Kadamczik, raumgreifender Theologieprofessor, ist tot. Und das nach einem heftigen exegetischen Streit mit der feministischen Theologin Verena Carsten. O-Ton Kommissarin: »Ich habe eine Abneigung gegen lebende Priester und konnte mir nicht vorstellen, daß mir ein toter wesentlich sympathischer sein sollte.«

Ursula Steck
Alles im Fluss
ISBN 3-89425-219-7
Ein toter Junge treibt in den Fluten des Rheins - vor den Augen der Taxifahrerin Toni Walter. Als ihre Freundin Nora überfallen wird, ist es mit Tonis Phlegma endgültig vorbei. Was hat es mit der Mailbox auf sich, die Nora betreute?